— 김태진 평론집 —

論 아득한
성자

한누리미디어

| 서문 |

횡설수설(橫說竪說), 산으로 만행(?)을 떠나며

수불
(안국선원 회주, 부산불교방송 사장)

소납은 범어사로 출가하여 오현스님과는 같은 문중으로 오랜 인연을 이어오곤 했습니다. 1970년대 후반 지금은 금정총림 방장으로 계시는 지유 큰스님으로부터 달마 혈맥론(血脈論)을 배우던 시절이었지요. 이때 처음으로 "태어날 때 이미 마음을 가지고 나왔는데 또 찾을 필요가 있습니까?"라고 질문하자 지유 큰스님은 불가의 허공 비유를 들어 설명하셨습니다. 말씀이 싱겁다고 생각해서 "그 말이 그 말 아닙니까?"하고 말대꾸를 한 적이 있습니다. 그러곤 '내가 배우러 온 놈인데 이 무슨 소리인가!' 하고 반성하려는 순간 큰스님께서 "저기 문 열어놓은 데에 바위가 보이지. 어른이 보는 것과 막 태어난 아이가 보는 게 보는 데 있어서"란 말씀을 다 하시기도 전에 찰나지간에 마치 두개골이 쪼개지는 전광석화 같은 느낌을 받았지요. 그러고 나서 "참 싱겁습니다!"라고 혼자말로 토를 달던 기억이 납니다.

그러다보니 스님의 스승이자 저도 시은을 입은 고암스님 일화도 생각이 납니다. 법손(法孫)이셨던 스님에게 고암스님은 스승 용성스님 말씀을 자주하셨지요. 오래 전 고암스님이 용성스님께 '묵언정진' 허락을 청하자 용성스님은 "입으로만 말하지 않는 것이 아니라 마음으로도 말하지 않는 것이 '묵언수행'이다"란 가르침을 전해 받았던 기억이 오롯합니다. 고암당의 사법(嗣法) 제자로 스님의 은사이신 성준스님 또한 '묵언패'를 목에 걸고 수행해 온 것으로 유명하죠. 그 스승에 그 제자들이 아닐 수 없다 할 것입니다. "진실로 묘한 뜻은 말이 끊겨졌으나 글과 말을 빌어서 그 뜻을 말하고 참 종지가 그 모양은 아니나 이름과 모양을 빌어서 그 종지를 표방한다"라고 하시곤 말없이 빙그레 웃으시던 고암스님의 모습이 오늘따라 새롭습니다.

이후 제방을 다니며 선에서는 말의 모순을 타파하려고 언어도단을 하기도 한다는 걸 알았습니다. 횡설과 수설은 결국 언어를 사용해서 언어를 떠나려는 선가(禪家)의 방편이라는 것임을요. 횡설수설(橫說竪說)이 바로 그것이죠. 그러니 말을 눕히기도 하고 세우기도 해보는 겁니다. 오늘이야말로 과거의 소납이 현재의 오현스님을 만나 당래(當來)의 도리를 여쭙는 무차선회(無遮禪會)하기 참 좋은 날이란 생각을 해 봅니다. 비로소 "좋은 말을 하려면 입이 없어야 하고 좋은 소리를 들으려면 귀가 없어야 한다"는 '오현당의 무설설'을 새깁니다.

운수선납의 본분이듯 걸망을 매고 선지식을 찾아 이리저리 떠돌던 소납은 만행에서 돌아와 "닦을 바가 없다. 무수(無修)"라는 방장큰스님의 말씀에 따라 '다 내려놓는' 수행을 하기로 합니다. 80년대 말 부산에서 금정포교당을 열어 대중포교를 시작하였는데 대중선방은 그 때가 시초였던 것 같습니다. 어찌 보면 선납(禪衲)이 포교당을 연다는 건 시장바닥 한가운데를 수행처 삼아 산문 밖을 나서는 셈이기도 한 것입니다. 고준하게 말하면 심우송(尋牛頌) 열 번째 단계인 시장에 나가 손을 내미는 입전수수(入廛垂手)라 할 수 있겠죠. 고대광실(高臺廣室) 같은 전각을 두고 몇 평짜리 '획고빙'을 빌려 포교팅(신방)을 하나내면서 서장하게 입전수수 운운하며 그냥 고행(?)의 길로 갔습니다. 지금 생각해도 아찔합니다만, 숲이 우거져 새들이 노래하고 시냇물이 흐르는 고준하기 그지없는 산사(山寺)를 떠난 것이죠. 허 허! 이것도 인연인가? 하면서….

산문안팎의 중생들을 찾아 설악산과 서울을 무시 왕래하시던 스님은 어느 해 백담사 무금선원 동안거 해제법문에서 '절집에 부처가 없다'고 하셨다지요. 그 의미를 묻는 이에게 "맞는 말이지. 부처님 삶도 그렇잖아. 평생 먼지 나고 시끄러운 중생 곁에 계셨잖아. 그런데 어떻게 깨달음이 공기 좋은 절집, 산속에 있겠어"라며 호방하게 웃으셨던 기억이 있습니다. 그 말씀을 아직도 부산, 서울을 부지런히 오가는 소납으로서는 천금 같은 걸로 또 새겼습니다.

소납의 법명은 잘 아시듯 수불(修弗)입니다. '닦되 닦은 바가 없다'라는 의미에서 아니 불(弗)자를 써서 '수불'이라고 한답니다. 말하자면 '무수(無修)'에서 유래한 것이죠. 그 무렵 이름에도 생사에도 걸리지 않으려는 마음으로 게송(偈頌) 하나를 지었습니다. 1978년 음력으로 6월 21일 사시(巳時)였던 걸로 기억합니다. 아득히 사십년도 더 넘은 거 같습니다.

생사(生死) 본래 그대로인 것
헤아리면 그것이 곧 생사
경계가 변해도 변함없다면
생사 그대로 불세계(佛世界)로다.

숱한 시간이 흘러 오늘에 보아도 오현스님의 생사 그대로의 불세계와 광활한 선시 세계 그 장광설에 비할 바 없는 것 같습니다. 스님! 스님의 남기신 시를 읽고 또 읽습니다.

어제 그저께 영축산 다비장에서
오랜 도반을 한줌 재로 흩뿌리고

누군가 훌쩍거리는 그 울음도 날려 보냈다

거기, 길가에 버려진 듯 누운 부도
돌에도 숨결이 있어 검버섯이 돋아났나
한참을 들여다보다가 그대로 내려왔다

언젠가 내 가고 나면 무엇이 남을 건가
어느 숲 눈먼 뻐꾸기 슬픔이라도 자아낼까
곰곰이 뒤돌아보니 내가 뿌린 재 한줌뿐이네

– 오현, 〈재 한줌〉 전문

마침 소납과는 승속불이의 범어문도로 인연이 지중한 지국 김태진 교수가 오현스님의 선시세계를 조망한 '논, 아득한 성자' 란 제목의 문학평론집을 발간한다는 소식을 들었습니다. '오현당 3주기 추모다례재와 부도탑비 조성법회' 를 앞두고 상재한다는 말에 감히 발문을 헌사하기로 했습니다. 지국거사가 공무원불자회 회장으로 있을 때 '호국영령 순직공무원 추모 호국법회' 를 서너 해 동안 봐준 인연이 있습니다. 그의 퇴임 무렵 발간한 호국경전인 '인왕반야경(현명한 정치지도자가 나라를 보호하고 지키는 지혜의 완성)' 홍포에도 작은 성심을 보태기도 하였습니다.

이런 저런 인연으로 오늘 스님의 '논, 아득한 성자' 발간의 시절인연을 대하고 보니 이 또한 전생사 인연의 도리인가 합니다. 하지만 '씨잘데기(?) 없는 짓 하고 있어' 라고 나무라실지도 모를 일은 아닌가 하고 조심스런 심사에 불현 발아래를 살피게 됩니다.

평소 소납이 기거 중인 안국동 한옥 기둥 옆에 경허선사의 게송 '주련(柱聯)' 4구절을 적어두고 있습니다. 오늘 이 게송을 새삼 일러보니 오롯이 오현당의 본지풍광이 드러남에 은인자중할 뿐입니다.

조사입멸전개망 (祖師入滅傳皆妄)
금일분명좌차대 (今日分明坐此臺)
장두유안명여칠 (杖頭有眼明如漆)
조파산하대지래 (照破山河大地來)

조사가 죽었다는 말은 다 허망하게 전해진 말이다.
오늘에도 분명히 여기 앉아 계신다.
지팡이 꼭대기 눈이 달려 있는데 그 밝기가 칠흑 같고
(그 눈으로) 비춰서 산하를 깨뜨리니 대지가 드러난다.

　가끔 소납도 나름 법회준비나 수행 틈틈이 선시(禪詩)랄 것도 없는 글
을 짓다 보면 문득 아득하기만 한 스님의 경지를 몰록 가늠할 뿐입니다.
오래 전에 써둔 글을 꺼내어 아득해진 오늘 가르침을 청해 올립니다.

　깊고 깊은 연못 속의 용을 잠 깨우니
　순식간에 어두워지고 뒤집어지는구나.
　이 날뛰는 용을 잡아 길들이기 위해
　날쌘 수단을 마련하지 않으면 안 되나니
　과연 무엇이 그 날쌘 수단일까?

　생각이 생각을 일으키는 것도 아니고
　마음이 생각을 일으키는 것도 아니라면
　이 일어나는 생각은 누가 일으키는고?
　이 일단의 일을 한 번에 잡들여
　앞뒤를 끊든지 바로 살펴 의심해서
　그 끝을 보지 않고서는 결단코 놓지 말아야 한다.

마치 밤송이가 목에 걸린 것처럼
감옥에 갇혀 갑갑한 것처럼
의심하지 않으면 안 될 것이니
벽을 만나면 의심하고 의심해서
깨트릴 때까지 결코 물러나지 말지어다.

말 속에 뜻을 담아 말은 하지만
어떻게 모든 것을 다 드러낼 수 있으리오.
다만 영리한 놈이라면
이 속에서 충분히 힘을 발휘하여
날뛰는 용을 잡아 길들일 수 있을 것이니
혼신의 힘을 다해 정진해볼지어다.
마치 쥐가 고양이 목에 방울을 달 수 있을까 하는
모습과도 같음이니
최선을 다해 날뛰는 용을
잡아 가두어야 될 것이로다.

일월이 빛을 잃고 암흑에 잠기니
천지는 혼돈에 빠졌도다.
용맹스런 자가 날뛰는 용을 잡으려고
최선을 다한 끝에 꼬리를 잡음이여,
칠통(漆桶 · 깜깜한 통)이 타파되니 끓는 물에 연꽃 피고
지옥고가 사라짐이로다.

　　오래 진《황금빛 봉황이》란 책을 내면서 석어눈〈날뛰는 용을 잡아 길
들이려면〉이란 졸문을 스님의 선시 그리고 행장기록에 덧대어 추모합니

다.

올해는 하안거 결제 일을 앞두고 지리산 방장선원으로 한철 방부를 들였습니다. "불법을 닦을 때 생사를 해탈하려면, 먼저 생사가 없는 이치를 알아야 하고(知無生死), 둘째 생사가 없는 이치를 증득하여야 하며(證無生死), 셋째 생사가 없는 것을 활용할 줄 알아야 한다(用無生死)"는 어느 노승의 열반송을 화두삼아 산으로 만행을 떠납니다.

거기에서도 의기양양 스님과의 '피모대각(被毛戴角)' 법설이 끊어질 듯 이어지리라 생각하니 마음 설렙니다. 스님, 스님의 스승 성준스님과 스승의 스승이신 고암스님과 나란히 부도탑비가 세워진 모습을 미리 그려보니 그 자체로도 무진설법입니다.

두고두고 중중무진(重重無盡), 무설설이요, 횡설수설입니다.

지리산 칠선계곡으로 만행을 나서며 오월 어느 좋은 날

수불 분향합장

| 펴내는 말 |

'아득한 성자' 는 승려시인 오현스님의 대표작이자 시조집 제목이기도 하다. 이 작품에 작은 소견을 덧대어보는 것은 이 시가 고승들이 깨치는 순간, 그 깨달음을 읊은 선시라며 뒤늦게 오도송(悟道頌)으로 알려져 세간의 화제가 되기도 했다는데 있다. 더욱이 필자로선 '깨침의 시, 구도의 시' 라는 평가에 작은 가르침이라도 배워볼 요량이었다. 더하여 스님은 비로소 구도승, 수행승에서 깨달은 재또 다른 성자로 자리매김한 것으로도 회자되는 때문이기도 한 것이다. 또한 성과 속, 세간과 출세간이 하나가 되는 삶을 노래한 것으로 보았다. 살아가면서 분별과 욕망, 차별심을 일으키는 근원인 육안을 넘어 혜안이라는 또 다른 눈으로 세상을 바라다본 것이었다는 생각에 다다른 것이기도 했다. 많은 평론 글에서 '중생과 부저가 불이 아닌 불이의 세세, 즉 오노(悟道)의 세계인 공(空)의 삶을 통찰한 것' 이라는 결론에 이른 것에 대해 공감하였다.

스님은 평생 안개 자욱한 설악산과 함께 해오며 자연스레 얻은 이름, 안개 산 '무산(霧山)'으로 산과 속세를 무시 왕래하였다. 스님은 2018년 여든일곱이란 세상나이로 입적하셨다. 그리하여 산산이 부서진 이름, 무산(霧散)이 되어 버린 지도 모를 일이다. 이제 와서 많은 문인들이 그동안 문학계 어른으로 떠받들었다고, 큰 역할을 많이 하셨다고 추켜세우지만 정작 스님은 스스로를 '설악산 산지기'라 자칭했을 뿐이다.

"내 몸에 털이 나고 머리에는 뿔이 돋는구나. 사람이었다가 도로 짐승이 된 듯 부끄러움을 느낀다"며 하셨다는 문학상 수상소감은 당시 수행자로서 세속의 상을 받는 것을 경계했던 발언이라고 알려져 있다. 그러나 필자가 보기에는 문학이라는 장치를 빌려 에둘러 말씀하신 것일 뿐 그것은 사자후에 다름 아니었다. 더 나아가 문학이라는 이름의 또 다른 손을 만들었고 비로소 세상을 향해 정녕 손을 내민 것은 아닌가 한다. 그 논거는 '우리나라에 내로라하는 깨달은 선지식은 많지마는 그 깨달음대로 실천하며 사는 선지식은 많지 않은 것 같다'고 일갈하신 적이 있기 때문이다. 평소 그 말씀에 따른 삶의 면모는 물론이요 이에 순응 일치된 그대로를 보여 주고 가셨기에 말문마저 막히고 만다.

지행합일 그 자체로 사시다가 떠나시는 행로에 하신 열반게송 또한 시종여일하니 여여한 울림이 된다. 삼천대천세계를 울린다.

천방지축(天方地軸) 기고만장(氣高萬丈)
허장성세(虛張聲勢)로 살다 보니
온몸에 털이 나고
이마에 뿔이 돋는구나
억!

이번에 출간하는 '논 아득한 성자'는 오현스님의 시와 선사상을 조망한 평론 글로 그동안 계간 한국불교문학에서 세 차례에 걸쳐 연재해 온 것이다. 스님의 3주기를 즈음하여 뜻있는 분들의 의견에 따라 졸고나마 단행본으로 엮기로 했다. 스님 3주기 추념이라는 출간의 의미를 더하기 위해 불교평론 발행인이신 스님을 대행중인 홍사성 편집인을 만났다. 스님 1주기에 발표된 '설악무산 스님, 그 흔적과 기억' 편자와 필진의 동의를 받아 발췌한 글 몇 편을 옮겨 실었다. 인연 닿은 몇 분의 추모 글을 더하고 나니 씨잘데기 없는 짓 한다고 질타하실 오현스님 생각이 문득 났다. 스님은 이태 전 입적하셨으니 신흥사 회주를 물려받은 스님의 제자 우송스님을 대신 뵙기로 하고 메시지를 보내고 서울을 떠나 신흥사를 찾았다. 조사당을 돌아 보제루를 나오려는 순간 "지금 암자에 와 있어 메시지를 못 봐서 이제야 연락드린다"는 스님과 어렵사리 조우를 했다. 단행본 출간과 서로의 근황을 묻고 은사스님 부도탑비 준공을 앞두고 있는 스님의 노고와 생각나는 덕담을 곁들인 뒤 후일을 기약했다.

경내를 돌며 스님의 남겨진 행장을 찾으려니 그 어디에도 선 듯 찾을 수 없었다. 마치 세월이 물처럼 흘러 새 물길을 만들고 만 것인가? 답답하던 차에 수곽을 들러 약수로라도 목을 축이려 했으나 코로나19탓에 접근금지로 띠를 둘렀다.

이런저런 생각들로 마음 황량하던 차에 오현스님의 부도탑비 공사현장에 다다랐다. 긴 호흡 끝에 바라보니 스님의 부도는 스승 성준 선사의 옆자리에 터를 마련하였고 스승의 스승이신 고암종정의 부도탑비와 나란하다. 잠시 필자 고교시절 지근에서 뵈온 고암스님의 자비로운 미소와 오현스님의 호방한 웃음소리가 오버랩 되었다가 사라진다. 안개 자욱한 설악을 한참 바라보다말고 오현스님 3주기 추모다례와 신흥사 부도탑비 제막회향 법회를 상상하며 열리듯 닫힌 산문을 내려왔다.

필자는 법학자로서 평소 사람의 권리보장, 인간존엄의 사상을 원천으로 하는 오늘날 민주헌법의 가치를 가르치는 만큼 거기에 자비실천의 사유와 성찰이라는 점에 더욱 천착하게 마련이다. 그에 기반한 문학적 장치야말로 세상을 더욱 풍요롭게 한다는 생각에 고무된다. 오늘날 우리가 당면하는 사회문제는 분명 공동체의 관심과 참여로 그 해결의 길을 마련해 나갈 수 있다. 갈등을 조율하고 조정하는 많은 노력 가운데에 문학적 상상력과 그 역할을 무시할 수 없다고 생각한다. 어쩌면 가장 중요한 역할 중 하나가 문학적 치유에 있는지도 모른다. 더 나아가 불교문학이야말로 수행의 방편으로서도 부족함이 없겠다고 생각했음이다. 그러니 전공과 달리 스님의 남기신 글을 곱씹어 이 평론을 쓰게 된 이유이기도 하다.

스님의 남겨진 행장이나마 추억할 요량으로 지선, 수불, 토진, 효림, 금곡, 법안, 혜관, 진오, 지운스님과 전보삼 만해기념관장, '조오현 선시연구' 김민서 박사, 박상률 · 김용섭 · 오대혁 교수 등과 이광복 한국문인협회 이사장, 김호운 한국소설가협회 이사장, 홍사성 『불교평론』 주간, 김재엽 한국불교문인협회 회장, 문혜관 '불교문예' 발행인, 이학종 시인, 김금희 '붓다를 사랑하는 사람들' 공동대표, 최승천 대기자 등과 추모의 의미를 되새기려 자문도 받았음이다.

이번 스님 추모다례를 계기로 승속이 함께 스님의 행장을 선양하는 것을 넘어 남기신 그 크신 뜻을 펼치고 이어서 많은 분들이 뒤따르게 되었으면 하고 소망한다. 외람되게도 이 기회에 필자가 '아득한 성자'를 기리는 이유이기도 한 가칭 '오현문학상' 제정을 주창해 본다.

하루살이나 여러해살이나 단 하루 동안을 살면서 '뜨는 해'와 '지는 해'를 다 보았으니 차별 없고 '더 이상 볼 것이 없는' 경계에 닮은꼴이다. 그 하루살이가 알 까고 죽듯이 뭇 생명 또한 존재의 값진 의미를 잉태함이 마땅하다. 그리하여 하루살이와 스님은 자타일시성불도, 아득한 성자가 되었다. 분명 가야 할 때를 아는 선사는 그래서 열반게송을 노래했다. 하루살이의 '오늘 하루'는 우리네 '오늘 하루'인가 아닌가? 붓다께서 "난생과 태생과 습생과 화생[四生]을 형상과 종류에 따라 차별적으로 보지 말라"고 하셨는데 그 말씀이 진정 그 말씀 아닌가?

그러기에 하루 만에 나고 죽는 하루살이는 나날이 늘 새로운 것이다. 우리네 살림살이 또한 하루하루는 날마다 좋은 날[日日是好日]이 아닐 수 없다. 단 하루를 살아도 후회와 집착 없이 자유로이 살 수 있는 경계, 그것이 곧 깨달은 자의 무애행이 아닌가 한다. 그리하여 승속이 옷을 홀딱 벗어두고 비를 맞으며 서로 말없이 춤을 춘다. 대자유인을 꿈꾼다. 덩실덩실 춤이라도 춘다. 그리하여 열반은 또 다른 열반을 잉태하고 있다. 스님의 무애행이 그리워지는 오늘이다.

2021년, 하얀 소띠 해
오월의 봄 고려불교의 성지 금토산에서

지국 김태진 합장

차례

제 1 부. '적멸' 을 위하여

제 2 부. '아득한 성자' 를 그리며

제 3 부. 말과 글을 끊어낸 자리, 털이 나고 뿔이 돋다
(論, 아득한 성자 · 1)

제4부. 길을 물으니, 도(道)를 노래하다
(論, 아득한 성자 · 2)

차례

제5부. 아득한 성자'의 기고만장, '님의 침묵'과 상통하다
(論, 아득한 성자 · 3)

제6부. 사족

제 1 부

'적멸'을 위하여

적멸을 위하여

조오현 (오현스님)

삶의 즐거움을 모르는 놈이
죽음의 즐거움을 알겠느냐
어차피 한 마리
기는 벌레가 아니 더냐
이 다음 숲에서 사는
새의 먹이로 가야겠다.

— 조오현 시집 《적멸을 위하여》 중에서

　스님은 평소에도 담배를 손에 들고 있는 경우가 많았다는 데 정작 지근
에서 지켜 본 사람들에 의하면 우리말로 '뻐끔담배'를 태우신 것이라 했
다. 스님의 지기 정휴스님에 따르면 오현스님은 20~30대 때 빈한하기 그
지없는 밀양 삼랑진 금오산 약수암에서 홀로 살았다. 돈이 없어 법당엔
시주로 산 불상이 아니라 자기가 나무를 깎아 만든 불상을 모셔두었고,
그 옆방 거처엔 『현대문학』 등 문학잡지 수십 권을 쌓아놓고, 파랑새 담
배 한 갑을 천장에 고무줄을 달아 늘어뜨려 놓아 누워서 책을 보다가 고
무줄을 잡아당겨 담배를 피우곤 했는데, 작은 방안은 넉넉했고 조금도 어
색하거나 가난에 쪼들리는 모습을 발견할 수 없었다고 한다. 천진하고 소
탈한 성품이 가난 속에서도 안빈낙도의 넉넉함을 잃지 않았다는 것이다.
　어쩌면 스님의 담배, 손에서 피어오르든 그 현란한 연기에 현혹되어 많
은 사람들이 길을 묻다가 정작 그 길을 묻는 일조차 잊어버린 것은 아닐

까? 필자로선 그것이 스님식 불공(?)인가?, '향공양', '연초공양'인가? 하며 피식 웃어본다.

서울에서 많은 사람들을 제접하시던 스님은 누군가 찾아와 인생, 삶과 죽음, 철학, 불교, 사랑이 무어냐고 물으면 사자좌의 고승처럼 주장자를 곧추세우거나 가로 눕히는 시늉 마냥, 해골 인형을 들어 보이셨다. 주장자를 세 번 내리찍는 의미를 알 길 없는 중생들이 스님 해골 퍼포먼스를 어찌 알았으랴마는 정작 내민 해골은 두려워 예외 없이 얼굴을 찡그리기 일쑤였다. 주장자는 말이 없으되 스님은 마지못해 한 말씀을 보탠다.

"해골이야말로 우리의 본래 모습인 기라. 누구든 해골이 되지 않을 사람이 어디 있노? 석가도 예수도 진시황도 나폴레옹도 다 백골이 됐다. 사람들은 자기는 천년만년 살고 죽지 않을 거라고 생각한다. 그래서 욕심 부리고 화내고 못된 짓 하는 기라. 부처님 가르침이 머 별거 있나. 누구나 죽으면 백골이 된다는 것을 알라는 거다. 이것만 알면 더 깨달을 것이 없다. 내가 저걸 옆에 두고 아침저녁 쳐다보는 건 내 본래 면목을 잊지 않기 위해서다. 그래야 헛된 욕망에 넘어가려 하다가도 다시 정신을 차린다…"

만해 마을 심우장에 있는 스님의 방에는 불상이 아닌 사람 두개골 모형을 본뜬 등신대 해골이 있었다. 서울 강남 압구정길 유심문화원이던 선불선원에는 스님이 중국에서 사온 춤추는 해골이 있다. 스님은 "해골이야말로 우리의 본래 모습인 기라"하며 해골을 흔들며 말씀하셨다. 그리고 길을 묻는 이에게 시뻘건 불덩이가 담긴 담뱃재를 툴툴 털며 마침내 가야 할 곳조차 일러 적멸을 노래한다. 깨달음의 경지에서 생사는 일여(一如)이고, 생사가 곧 열반이나. 석녈은 생사가 없는 열반(涅槃)적정(寂靜)과 입멸(入滅)입적(入寂)을 이르는 말이다.

– 〈論, 아득한 성자〉 본문 중에서

나는 할 일을 다 했다

우송 (설악산 신흥사 회주)

　지난 2016년 5월 21일, 설악무산 조실스님께서는 하안거 결제법회에 앞서 설악산문 현판 제막법회를 주관하셨다. 국내 최대 규모로 조성된 설악산문에는 '조계선풍시원도량설악산문(曹溪禪風始原道場雪嶽山門)'이라는 현판을 걸었다. 이날 조실스님께서는 "나는 이제 설악산에 와서 할 일을 다 했다. 혹시 훗날 문도들 사이에 시빗거리라도 생기면 이 현판을 한 번 쳐다보아라. 그러면 나의 뜻을 알 것이다"라고 내게 말씀하셨다.

　조실스님께서는 나에게 본사 주지 소임을 맡기실 때 법통을 강조하셨고 여러 번 법거량을 하셨다. 내가 코앞의 것들에 욕심을 내는 '현실주의자'인지, 길게 보는 눈을 지닌 '미래주의자'인지를 검증하셨다. 검증이 끝나자 곧바로 품신 서류를 준비하라 이르셨고, 나는 삼배를 올려 예를 갖추었다. 스님께서는 '용성, 고암, 성준, 무산으로 이어져 온 법통이 이제 잘 전해졌다'고 말씀하시고는 훗날에도 이 법통을 잘 지키라고 당부하셨다.

　조실스님께서는 진솔함과 진정성 그 자체셨다. 나를 비롯한 제자들을 단 한 번도 속이신 적이 없다. 속은 것이 있다면 제자들이 자기의 마음을 어쩌지 못해 자신한테 속은 것뿐이다. 스님은 항상 가능성을 열어두고 말씀하셨고, 그것을 향해 최선을 다하라고 독려하셨다. 일문이 열리면 백문이 열리듯이 이치를 깨쳐 다 이해할 수 있도록 가르침을 주셨다. 스님의 법문이 승속 구분 없이 대중들에게 큰 감화를 준 것은 바로 스님의 이 진정성, 진솔함 때문이었다.

스님께서는 수줍음도 많이 타셨는데 이 수줍음 속에는 언제나 진정성과 진솔함이 녹아 있었다. 소탈함, 자유로움, 섬세함, 자상함 등은 다 이 진정성과 진솔함에서 우러나오는 것이었다.

조실스님께서는 겉으로는 엄해 보이셔도 결코 칭찬에 야박하지 않으셨다. 스님께서 지시하신 일들을 원만히 처리하고 전화로 결과를 보고 드릴 때면 늘 "고맙다"라거나 "애썼다"라고 짧게 말씀하셨다. 그러나 이 짧은 말씀을 듣고 나면 엄청난 에너지와 크나큰 칭찬이 온몸으로 느껴졌다. 나를 포함한 스님의 제자들은 이 세 마디를 듣기 위해 최선을 다해 살아왔다. 스님의 칭찬은 법문이요 생명을 살리는 큰 가르침이었다.

조실스님께서는 평생 외롭게 가는 게 수행자란 말씀을 일러 주셨다. 수행자가 지닌 천애의 외로움을 갖고 계셨지만, 이 외로움을 뛰어넘는 활달함 또한 지니고 계셨다. 그러하셨기 때문에 속인들의 외로움까지도 잘 헤아려 늘 위로를 아끼지 않으셨고, 당신을 닮은 활달한 문인들을 존중해 주셨다. 하지만 스님께서 아무리 외로움과 활달함을 겸수한 도인이라 하셨더라도 스님 시에 나오듯이 삶이 지닌 아지랑이와 같은 속성에는 쓸쓸함과 허망함을 감추지 않으셨다.

조실스님께서 입적하시기 전 마지막이 된 '부처님오신 날'을 보내실 때, 스님께서는 유독 이 쓸쓸함과 허망함을 드러내 보이셨다. 나는 스님의 손을 잡아드리면서 "스님, 스님 말씀대로 삶이 본래 허망한 것이고, 끝까지 외롭게 가는 게 수행자 아니겠습니까?"라고 말씀드렸다. 이 말씀을 드리고 난 뒤 스님과 서로 마주 보며 껄껄 웃었다.

사무치게 그리운 산! 무산이여!

- 〈설악무산 그 흔적과 기억〉 중에서

중은 벨일 없어야 도인이다

지혜 (신흥사 주지)

먼 산에 눈 녹고 앞뜰에 꽃망울 맺히니 새봄이다. 절 앞 얼었던 어성천이 풀리고 버들개지는 움을 틔운 지 오래 됐다. 이맘때쯤이면 무문관에서 해제를 하고 나온 무산 사형님이 늘 전화로 안부를 물어오곤 했다.

"내다. 잘 지냈나. 몸은 우떻고? 벨일 없으믄 됐다. 중은 벨일 없어야 도인이다."

사형님은 늘 그랬다. 종문의 큰 어른임에도 병약하거나 못난 사람일수록 끔찍하게 챙겼다. "아래가 먼저 안부를 물어야 하는데……" 하고 송구스러워하면 "니는 참중이고 내는 가짜중 아이가?" 하며 무안까지 덮어주셨다.

우리나라 불교에는 누구누구하는 고승이 참 많았다. 나도 그중에는 몇 분을 모시고 배운 적이 있다. 그러나 스님처럼 품이 넓고 속이 깊은 분은 많지 않았다. 누구는 불교를 일러 '인간학'이라고 한다. 인간의 모든 희로애락에 대하여 관여하고 해결해 주려는 종교라는 뜻이다. 내가 보기에 스님이야말로 그런 명제에 가장 합당하게 살았던 분이었다.

언젠가 사형님이 넌지시 나의 공부를 시험한 적이 있었다. 스님은 이렇게 말문을 열었다.

"니는 언제 출가했나?"

원래 사형님은 대처를 한 인월스님 밑으로 출가한 분이었다. 나의 은사인 성준 화상 밑으로 입실한 분이어서 어려서 출가한 나의 내력은 잘 몰랐다. 그게 궁금해서 그러는 줄 알고 "저는 열 살 전후 은사스님이 동두천

자재암에 계실 때 그리로 출가했습니다"라고 말씀드렸다.

"그러니까 지혜 사제도 동진출가란 말이제?"

스님은 반가워하면서 이산교연(怡山皎然) 선사가 동진출가의 공덕을 찬탄한 발원문을 아느냐고 물었다.

"알고말고요. '날 적마다 좋은 국토 밝은 스승 만나오며/ 바른 신심 굳게 세워 아이로서 출가하여/ 귀와 눈이 총명하고 말과 뜻이 진실하여/ 세상일에 물 안 들고 청정범행 닦으리다(生逢中國 長遇明師 正信出家 童眞入道 六根通利 三業純化 不染世緣 常修梵行)……' 라며 아침마다 행선축원을 할 때 외우지 않습니까."

그러자 스님은 또 한 마디 더 물었다.

"그런데 사제는 이 발원문을 쓴 사람이 이산교연인지 어떻게 아는가. 옛날 우리가 염불 배울 때 읽던《불자지송》에는 이산혜연(怡山慧然)이라 돼 있지 않던가?"

"아, 그거 말씀인가요. 강당 사미반에서 배우는《치문(緇門)》에 이 발원문이 실려 있는데 안진호 스님이 주석하기를 '이산연은 이산혜연이다' 라고 해서 그 때부터 이산혜연이 됐다 합니다. 그런데 그건 왜 물어보시는지요?"

"알았다. 지혜 사제가 이력종장(履歷宗匠)이라 해서 어느 정도인지 궁금해 물어본 거야."

그날부터 스님은 나를 인정해 주셨다. 그리고 돌아가실 때까지 중노릇 잘하라고 걱정하고 챙겨주셨다. 한 번은 스님이 내가 그림 그리는 작업실로 쓰던 한계리 예술인촌 화실로 찾아오신 적이 있다. 마침 그 때 나는 전시회에 내놓을 작품을 준비하느라 옷이며 얼굴에 물감을 묻혀 꼴이 말이 아니었다. 그림은 몇 군데 더 손을 보면 완성될 단계였다. 점심 공양을 마치자 스님은 '지혜 수좌 그림 그리는 거 十성 손 하자'고 했다. 나는 다시 붓을 잡고 그림을 그리기 시작했다. 얼마가 지났는지 모르겠다. 내가 붓을 놓았다. 그 때까지 물끄러미 바라보던 스님이 한 마디 했다.

"니는 선방 갈 필요 없다. 선방 수좌들도 이렇게 몰두해서 공부하는 사람 없다. 그림삼매에 빠져 잡념을 일으키지 않으면 그게 공부다."

이후로 스님은 가끔 전화해서 그림은 잘 그리는지를 묻기도 하고, 어떤 때는 선정(禪定) 중에 쓴 시를 들려주기도 했다. 언젠가는 당신의 시를 읽고 그 느낌을 그림으로 그려보라고도 했다. 그러마고 약속은 했는데 게을러서 지키지 못했다. 그 대신 지난 4월 스님의 1주기를 앞두고 스님 시 100여 편에 내 그림을 붙여 '말한 바 없이 말하고 들은 바 없이 듣다'는 제목을 달아 시화일률집을 냈다. 그렇게라도 해놓고 나니 스님을 여읜 아쉬움이 조금 달래지는 것 같았다.

스님은 '중은 벨일 없어야 도인'이라 했지만, 한편으로는 스님처럼 '벨일'이 많았던 분도 드물지 싶다. 그렇다고 스님이 도인이 아니라는 뜻이 아니다. 스님은 벨일을 벨일이 아닌 것처럼 행하신 분이다.

그중 하나가 스님의 씀씀이다. 스님은 절돈 쓰는 데 선수라 할 정도로 '펑펑' 쓰던 분으로 유명하다. 많은 재정이 투입되는 만해축전을 비롯해 『불교평론』과 『유심』을 후원한 것은 스님의 큰 마음이 아니면 해낼 수 없는 사업이었다. 문인단체가 어렵다거나 하면 사업계획을 알아보고 후원해 주었다. 또 수많은 사람에게 장학금을 지원했다. 그러니 있는 게 한정이었다. 절에서는 이런저런 불만이 생길 수밖에 없었다.

어느 날 나는 '작심하고' 스님에게 한 마디 올렸다. '절돈 함부로 쓴다는 소문이 들리니 조금 자제하시는 게 어떻겠냐'는 것이었다. 그날 스님도 '작심하고' 나를 나무랐다.

"그런 소리 말아라. 불교가 세상으로부터 입은 은혜가 얼마나 크노. 신도들이 한 푼 두 푼 시주한 돈으로 먹고 사는 것 아니가. 그런데 중들은 그 은혜를 어떻게 갚고 있노? 만약 우리가 시주만 받고 은혜는 갚지 못하면 그 죄가 하늘을 덮고도 남는다. 아무리 수행을 잘하믄 뭐하노. 아침마다 외우는 장엄염불에도 오종대은(편하게 살게 해 주는 국가의 은혜, 잘 길러주신 부모의 은혜, 바르게 가르쳐준 스승의 은혜, 서로 돕고 살아가는 이웃의 은혜, 절차탁마하며 우정을 나누는 친구의 은혜)을 명심하고 잊지 말라 하지 않더냐? 그 은혜를 갚자면 우리가 가진 것을 골수까지 다 나누어주어야 한다. 이 사업들은 내가 하는 것이 아니고 불교가 받은 은혜를 세상에 회향하기 위해 설악산이 하는 거다. 그런데 니들은 움켜쥐려고만 할 뿐 놓으려고 하지 않는다. 그래서는 안 된다. 무엇이든 나누어야 한다. 옛날부터 절에서는 가난한 사람에게는 밥을 주고 객승에게는 여비를 줬다. 이렇게 나누는 것이 불교다. 내 말 틀렸나?"

한 마디도 틀리지 않는 맞는 말씀이었다. 나는 결국 얼굴이 벌게져서 자리에서 일어나야 했다. 설악산 신흥사와 양양 낙산사 등에서는 무려 10여 개의 사회복지시설을 운영하고 있다. 이는 다 스님의 보은론과 회향의 가르침 덕분이다.

- 〈설악무산 그 흔적과 기억〉 중에서

수좌(首座)가 시 하나를 내놓지 못하느냐?

효림 (경원사 주지, 전 '유심' 대표, 만해마을 사무총장)

나는 20대 초반에 선(禪)에 미쳤고 오로지 선에만 몰두했다. 그 때만 해도 선사들의 선시를 읽었고 선의 어떤 경지에 도달하면 선시는 저절로 써지는 줄로만 알았다. 선사들의 오도송(悟道頌)을 두고도 깨달음의 경지가 고준(高峻)하면 저절로 그러한 시가 나오는 줄로 생각했다.

"석장이나 하나 짚고서/ 머리털과 수염은 자라는 대로 두고/ 눈이사 먼 하늘을 담아/ 수목 우거져 새 우는 곳이면/ 내 어디든지 가리/ 가다가다 이마에 주름 늘고/ 머리털 희어지면/ 어느 양지바른 두렁 밑이라도 앉아/ 내 마지막 종을 울려야지"

그 무렵 지은 〈운수납자〉라는 자작시 전문이다.

나이 마흔이 넘어서 처음으로 시를 본격적으로 써보라는 어른 스님의 말을 들었다. 그러나 시를 쓰고자 하는 마음을 못 내고 있었는데 그 후 다시 한 번 더 말을 듣게 되었고, 그 때 역시 시를 쓰지 못했다. 그러자 세 번째는 불러 이렇게 말씀하셨다.

"내가 생각하는 바가 있어서 시를 한 번 써보라고 했는데, 어찌하여 너는 어른 말을 안 듣느냐? 보름의 말미를 줄 테니 당장 몇 편의 시를 지어서 가져와라! 잘 썼는지 못 썼는지는 내가 읽어보고 평가할 것이다. 그래 그 나이가 되도록 참선을 했다는 수좌가 시 하나를 못 내놓느냐?"

어른 스님에게 말을 듣고 방문을 나서는데 머릿속이 하얘졌다. 아마 오조 홍인대사의 명을 받은 신수대사가 이랬을 것이다.

'그동안 선 수행을 해온 살림살이가 내 시 한 수에 평가받는 것은 아닌가?' 하는 생각도 들었고, 또 나를 돌아볼 적에 '내가 그동안 수행한 것이 무엇인가?' 하는 생각이 들기도 하였다.

그 때 처소로 전철을 타고 돌아오는 가운데 쓴 시가 바로 이 시다.

큰 바윗돌이 매운 향을 뿜어낸다면
그것은 또 어떤 냄새일까

억만년 오랜 세월
뜨거운 햇볕 아래
속으로, 속으로 향내를 구워내어

깊이가 얼마인지 잴 수도 없이
한없이, 한없이 잠기어
코끝이 얼얼하게 취해 들기만 하고

오늘도 화창한 날
뜨거운 태양 아래
바윗돌은 제 몸을 달구고 있다.

– 임효림, '헌시(獻詩)' 전문

어른 스님께 바치는 헌시를 짓고 나서 나는 본격적으로 시를 쓰기로 마음먹게 되었다. 2002년 『유심』으로 등단했을 무렵 이때 어른 스님은 내게 "시를 쓰되 선시를 쓰지 말라"고 하셨다.

"니가 참으로 선을 수행하는 사람이면 그것이 저절로 시에 배어 나와서 나른 사람들이 그걸 읽고 무릎을 탁 치며, 아하! 좋은 선시로구나! 해야지, 머릿속에 선시를 써야겠다는 생각으로 이리저리 꾸미고 다듬어 선시의

제1부 _ 적멸을 위하여   33

맛을 내려고 하면, 선시도 못되고, 그냥 시도 못된다. 한 마디로 시를 망친다. 내가 시를 쓰는 스님들은 물론이고 선사라고 하는 분들 가운데 그런 분들 많이 봤다"는 말씀도 하셨다.

그래서 나는 지금도 이 말씀을 가슴에 깊이 새기고 있다. 만해로부터 시작해 오현으로 이어져 온 한글 선시가 지속적으로 맥이 이어지기를 바란다. 그러기 위해서는 더 많은 선승들이 선시를 읽고 선시를 창작해야 한다고 본다. '어느 정도 나이 들어 저승길도 보이'는 즈음에 어른스님께 헌시(獻詩)나마 지어 올린다.

빈집같이 된 사람을
만나보고 싶다

버릴 것 다 버리고
끝내는 자기조차 버리고

빈집으로 앉아 있는

그런 사람이 보고 싶다.

– 효림 시집 《어느 정도 나이 들어 저승길도 보이고》 중 〈빈집〉 전문

'참선 수행한다는 수좌(首座)란 사람이 시 하나를 내놓지 못하느냐?'고 호통치던 그 살가운 어른 스님이 보고 싶다.

혜관이 왔냐! 어서 와라

혜관 (『불교문예』 발행인)

초가을 어느 날 큰스님이 나를 불렀다.

"올가을 처음 나온 송이라고 낙산사 주지가 보내왔구나."

큰스님은 그러면서 송이를 직접 구우셨다.

"많이 먹어라" 하면서 계속 구웠다. 송이 냄새가 유심 사무실에 넘치고 나는 먹고 또 먹었다. 처음 먹어보는 자연산 송이 향기에 취하고, 큰스님의 사랑에 취하고, 그 가을의 정취에 취했다.

"스님, 너무 맛있습니다."

"그래, 많이 먹어라."

큰스님은 들지도 않고 나만 '더 먹어라, 더 먹어라' 하셨다. 큰스님은 그러셨다. 나에게는 아버지같이, 형님같이 그저 주고 또 주셨다.

큰스님과의 복된 인연은 30여 년 전으로 거슬러 올라간다. 당시 종회의원 소임을 맡아보고 있던 나는 가끔 총무원에 들렀는데, 역시 종회의원이셨던 젊은 큰스님을 뵙게 되었다. 큰스님은 먼저 알아보고 낙산사로 꼭한 번 오라고 하셨다. 부랴부랴 날을 잡아 달려갔더니 몹시 반가워하면서 이야기가 끝없이 이어졌다.

큰스님은 1968년도 『시조문학』으로 등단했는데, 나도 거의 20년 늦은 1989년에 같은 『시조문학』으로 등단한 신출내기 후배라 나름 기특하셨던 모양이다. 큰스님은 이미 중진 시인으로 자리 잡고 있었으니 신인인 나로서는 배울 것이 무궁무진했다. 수행 이야기, 문학 이야기, 종단 이야기, 정국 이야기……. 손수 차를 달여주며 마치 철없는 아이 가르치듯 자상하게 말씀하셨다.

나는 그 때 문학 포교의 큰 뜻을 품고 비록 산동네지만 홍은동 빌라에 '불교문학포교원'을 세워서 뜻을 같이하는 회원들과 스님 몇 분과 함께 조촐하게 문학 활동을 하고 있었다. 매달 모여 창작 수련을 하고 1년에 한 두 번 무크지도 만들고 있다고 하자, 큰스님은 그러지 말고 정식으로 문예지를 하나 만들어 보라고 하셨다. 그리고는 '불교문예'라는 잡지 이름도 지어주었다. 『불교문예』는 그렇게 탄생하였다.

불교문예, 그 후에도 계속 관심 있게 지켜봐 주시면서 어려움에 처할 때마다 조언해 주고, 도와주고, 이끌어 주셨다. 문단에 큰 공헌을 한 '현대불교문학상'도 큰스님께서 지원해 주었다.

수년 전 『불교문예』가 큰 시련에 부딪힌 적이 있었다. 그 때 오히려 『불교문예』를 더 잘 만들어 큰스님께 보여드렸더니 "혜관이 많이 컸다" 하면서 크게 칭찬해 주셨다. 나는 어느 누구의 칭찬보다 큰스님의 칭찬에 더 보람을 느꼈다. 큰스님은 그렇게 나의 힘이고 자랑이고 나의 큰 스승이었다.

늘 찾아뵈면 공양부터 챙기고, 문학 이야기, 『불교문예』이야기, 시 이야기를 구수한 입담으로 들려주곤 했다. "시는 쓰는 사람이 좋아 쓰는 것이지, 누구 좋으라고 쓰는 것 아니다. 절 열 채 짓는 것보다 시 한 편 멋지게 쓰는 것이 낫다. 두고두고 세인들의 입에 오르내리는 작품을 하나 써라" 하시면서 게으른 나를 꾸짖기도 하셨다.

문단에서나 종단에서는 그토록 강하고 당당하신 큰스님도 나에게는 그저 속가 아버님같이 따뜻함을 풍기는 어른이셨다. 나라를 걱정하고 종단 얘기도 하셨지만, "그 사람 마음만은 중보다 낫다. 그 시인 『불교문예』에 청탁 한 번 해라" 하면서 가난하게 사는 시인을 자상하게 챙기기도 했다.

주위 사람들 말처럼 '혜관스님 팔 하나 부러졌다'는 표현이 제일 잘 어울린다. 내가 아플 때는 병원비까지 걱정해 주시더니 큰스님 몸 불편하신 것은 다른 분의 입을 통해 전해 들을 수밖에 없었다. 너무 큰일이라 감히 입 밖에 내어 여쭙지도 못했는데 그렇게 급히 가시다니, 팔 한쪽이 아니라 내 전부를 잃은 것 같이 허전한 마음 가눌 길이 없다.

특히 가슴 아픈 일은 '통일불교문학관'을 준공하여 큰스님의 문학적 공적이 잘 드러나도록 전시하여 보여드리고 싶었는데 그러지 못하게 되었다. 그동안 수집한 고서들을 보여드리고 자랑하면 기특하다고 칭찬해 주셨을 텐데…, 그저 돌이킬 수 없는 한이 되고 말았다.

"혜관이 왔냐! 어서 와라."
큰스님이 부르는 소리 한 번만이라도 더 들어보고 싶다.
"큰스님!"

– 〈설악무산 그 흔적과 기억〉 중에서

제2부

'아득한 성자'를 그리며

아득한 성자

조오현 (오현스님)

하루라는 오늘
오늘이라는 이 하루에

뜨는 해도 다 보고
지는 해도 다 보았다고

더 이상 더 볼 것 없다고
알 까고 죽는 하루살이 떼

죽을 때가 지났는데도
나는 살아 있지만

그 어느 날 그 하루도 산 것 같지 않고 보면
천년을 산다고 해도
성자는

아득한 하루살이 떼

　산같이 많은 시를 높이 쌓아두고 먼 꼭대기에서서 종이비행기 만들어
띄우던 그대, 하늘 소식을 때때마다 전했네.

그 꼬깃꼬깃 종이비행기에 실을 기름도 승객도 없으니 오직 깨알 같은 글자를 태워 보냈겠지. 그러고 보니 스님의 글은 글이 아니었는걸.

무자화(無字話)요, 무자설(無字說) 아니던가. 어떤 날은 빨간 비행기, 또 어떤 날은 파란 비행기에 천방지축으로 글을 태워 날려 보냈지.

오방색 깃발 날리는 소리만 펄럭이고 그것이 진작 무슨 소리인지 몰랐지. 정녕 몰랐지. 그대로가 부처인 줄을 몰랐지. 만 사람이 몰랐다고 다 그렇게 말하지는 않지만 적어도 나는 그리 생각하고 말한다네.

행여 많은 이들이 붉고, 푸르고, 희고도 누른색으로 된 다양 각색의 언설로 빗대어도 그것은 '아득한 성자' 이어라. 행여 만인들이 다 아는 듯 그리 말하거나 말거나 남겨진 기록을 요리조리 맞대어 봄이 어떨까?

그리하여 문자들이 살아나 오방 깃발 펄럭이는 소리, 적, 청, 황, 백, 홍색으로 빛나리니 필시 눈이 있는 자는 듣고 귀가 있는 자는 볼지어라.

– 〈論, 아득한 성자(1)〉 본문 중에서

마지막 무애도인

문재인 (대한민국 대통령)

불가에서 '마지막 무애도인' 으로 존경받으셨던
신흥사와 백담사 조실 오현스님의
입적 소식을 들었습니다

저는 그의 한글 선시가 너무 좋아서
2016년 2월 4일 '아득한 성자' 와 '인천만 낙조' 라는
시 두 편을 페이스북에 올린 적이 있습니다

이제야 털어놓자면
스님께선 서울 나들이 때 저를 한 번씩 불러
막걸리 잔을 건네주시기도 하고
시자 몰래 슬쩍슬쩍 주머니에
용돈을 찔러주시기도 했습니다
물론 묵직한 '화두' 도 하나씩 주셨습니다

언제 청와대 구경도 시켜드리고,
이제는 제가 막걸리도 드리고
용돈도 한 번 드려야지 했는데
그럴 수가 없게 됐습니다

얼마 전에 스님께서 옛날 일을 잊지 않고
'아득한 성자' 시집을 인편에 보내오셨기에
아직 시간이 있을 줄로 알았는데,
스님의 입적 소식에 '아뿔싸!' 탄식이 절로 나왔습니다

스님은 제가 만나 뵐 때마다
늘 막걸리잔과 함께였는데
그것도 그럴듯한 사발이 아니라
언제나 일회용 종이컵이었습니다

살아계실 때도 생사를 초탈하셨던 분이었으니
'허허' 하시며 홀홀 떠나셨을
스님께 막걸리 한 잔 올립니다.

(2018. 5. 27. 문재인 대통령 페이스 북에서)

용대리 마을 주민들의 은인

정래옥 (전 인제군 북면 용대리 이장)

스님과의 인연

오현 큰스님과 나와의 인연은 1995년 1월로 거슬러 올라간다. 당시 마을 이장을 맡고 있었던 나는 외딴지역에 사는 5가구의 진입로 문제를 해결하고자 백담사를 방문하여 처음으로 큰스님을 찾아뵈었다. 마을 바로 앞의 토지가 백담사 땅이었기 때문이다.

사찰 직원을 따라 스님 방에 들어가 인사를 올리고 자초지종을 말씀드렸더니 묻지도 않으시며 "그리 해라. 내게는 제일 높은 분이신데" 하시면서 차를 한 잔 따라주셨다. 그리고는 앞으로 마을과 백담사는 어떤 일이든 잘 상의해서 살아가자고 말씀하셨다. 나와의 인연은 이렇게 시작되었다.

그날 이후 백담사를 자주 찾게 되었는데, 스님은 너무도 자신을 낮추면서 늘 자상하게 대해 주셨다. 스님께 큰 감화를 받아 "스님, 앞으로 저는 큰스님을 부모님처럼 모시겠습니다"라고 말씀드렸더니 스님께서 "이장하고 나하고는 나이 차이가 얼마 안 되어 이제부터는 내가 이장을 친동생으로 여길 터이니 그리 알고 지내자"라고 말씀하셨다. 그 때부터 스님과 나는 형제간처럼 생각하며 지내왔다.

스님을 처음 뵙고 난 지 10여 일이 지나 다시 백담사를 찾았을 때, 스님께서 차를 따라주시면서 "내가 사람을 시켜 이장 뒷조사를 해봤더니 이장이 돈이 없더라. 그런데도 자기 돈을 털어서 일을 보러 다니더라, 마을일을 말이야"라고 말씀하셨다. 그날 이후 나를 자주 부르셔서 적지 않은 액수의 용돈을 주셨다. 또한 명절이 다가오면 내 통장에 입금을 해 주시곤 했다. 형제 하나 없는 독자인 내게 그렇게 베풀어주시는 큰스님에 대한 고마움과 감사함은 이루 표현할 길이 없었다. 24년이란 긴 세월 속에 너무도 많은 정이 들어서 서로의 얼굴만 쳐다봐도 마음속으로 교감을 나눌 수 있을 정도였다.

스님께서 떠나신 후 1년이 다 되어 가는데도 내 마음속에는 여전히 스님의 그림자가 남아 있다. 돌아가셨다는 생각은 없고 어디에 잠시 다니러 떠나셨지 하는 생각이 든다. 지금도 만해마을 큰스님 계시던 방을 쳐다보면 마음이 아리고 지나간 추억에 잠기게 된다.

메주공장

2004년 어느 날, 스님과 이야기를 나누던 중 메주공장 말씀을 드렸다. 그러자 "내가 한 번 알아보겠다" 하시더니 저녁 무렵 전화로 "이장, 메주공장 짓는 데 한 2억이면 되겠느냐"라고 물어오셨다. 나는 거기에 대한 상식도 없고 해서 "그 정도면 되겠지요"라고 말씀드렸더니 "알았다" 하시더니 며칠 뒤 인제군청 문화관광과에 가보라고 하셨다.

그래서 메주공장은 자부담 3억을 포함 총 5억으로 완공되었다.

훗날 스님께서 "그 메주공장이 큰돈은 못 벌어도 몇 사람 밥은 먹고 살겠더라" 하셔서 "고맙습니다"라고 말씀드렸더니 고맙다는 말은 하지 말라고 하셨다.

범종값과 유선TV

2007년 당시, 용대 1, 2, 3리 540여 가구는 유선으로 TV를 시청하고 있었는데 선로 상태가 너무 노화되어 시청을 할 수 없는 지경에 이르렀다. 그러자 마을 어르신들이 나에게 큰스님을 찾아뵙고 잘 말씀드려 TV를 시청할 수 있도록 해달라고 떼를 쓰다시피 하셨다.

나는 하는 수 없이 스님을 뵈러 갔더니 스님께서 관리하는 사람이 없냐고 물어오셨다. 나는 가구당 5천 원을 받고 관리하는 사람이 있는데 어렵게 살다 보니 먹고사는 데 써서 낡은 연결선이나 부스터 등을 교환하지 못했다고 말씀드렸다.

스님께서 얼마면 되겠느냐고 물으시기에 1억이 든다고 말씀드렸더니, "그럼 내가 줄 터이니 당장 시작하라" 하셔서 3개 이(里)에서 이장 포함 5명씩 추진위를 구성해서 작업을 시작하였다.

1개월여가 걸려서 새로운 업자와 계약을 체결하고 다시금 마을 전체가 TV를 볼 수 있게 되었다. 스님께 보고를 드렸더니 스님께서는 "내가 이장하고 약속을 했으니 백담사에 올라가 주지한테 금액을 달라고 해라. 그 돈은 내가 범종을 만들어 달려고 모아놓은 돈이다"라고 말씀하셨다.

스님이 말씀하신 대로 백담사에 올라가니 주지스님께서 수표를 들고 나오면서 "이장님, 저기 좀 보세요"라고 말씀했다. 스님이 가리킨 곳을 보니 종각을 지어놓은 것이 눈에 들어왔다. 빈 종각을 보는 순간 고맙고 죄송한 마음에 눈물이 났다.

해바라기밭

2017년 이른 봄, 큰스님 호출을 받고 만해마을 심우장에 갔다. 스님께서는 몇 말씀 하시다가 벌떡 일어나시며 "이장, 이리 나와 봐" 하시면서 맨발로 복도로 나가셨다. 그리곤 만해마을 건물 앞 토지를 가리키며 "올해 이장이 저기다 농사를 좀 지어라. 저 밭에다 해바라기도 심고 옥수수도 좀 심어 놓으면 오가는 관광객들도 좀 따서 먹을 수 있지 않겠어?"라고 말씀하셨다.

나는 "알겠습니다"라고 약속을 드리고는 양구에 가서 해바라기 씨를 사 가지고 왔다. 이후 스님께서는 품삯과 비료대로 250만 원을 두 번씩이나 주셨다.

시간이 흘러 가을에 접어들자 해바라기 꽃이 장관을 이뤘다. 그러던 어느 날, 서울에 계시던 스님께서 내려오셔서 만해마을 심우장으로 부르셨다.

스님께서는 복도로 나가자고 하시더니 "이장, 고생했다. 너무도 보기 좋구나"라고 칭찬해 주셨다. 스님께서는 "다들 안 된다고 하더라. 참 말도 안 듣는다. 만해마을을 다시 뺐든지 해야겠다"라고 말씀하시며 웃으셨다.

지금도 만해마을을 지날 때면 그 때 생각이 나곤 한다.

마을버스

1996년 5월 말일경, 마을 주민 몇 사람과 큰스님을 뵙고 "전두환 대통령이 와서 기거 중일 때 운행하던 37인승 버스 2대가 있는데 그 버스를 마을로 주십사 하고 왔습니다"라고 했다. 스님께서는 "그래 알았다. 앞으로 함께 운영해 보자. 지분은 6대 4다"라고 말씀하셨다.

"6이 어디고 4가 어디입니까?"라고 여쭈니 스님은 웃으면서 "백담사가 6이고 마을이 4다"라고 하셨다. "큰스님, 그것은 너무 과합니다. 우리는 기사 월급도 줘야 하고 고장이 나면 수리비와 유류비가 들어갈 것이니 5대 5로 해 주십시오"라고 말씀드렸더니 "그럼, 그렇게 하라"고 하셨다.

버스를 인수하여 5월 30일 법인합자회사 용대 향토기업을 설립하고 1996년 7월 13일 백담사까지 7km 전 구간을 운행하게 되었다. 무장공비 때문에 2년간은 적자운행을 하다가 3년 차부터 정상운행을 하게 되었다. 첫 마을 결산을 보고 2천만 원을 싸들고 백담사로 올라가 큰스님을 찾아 인사를 드리고 돈을 드리면서 그간 운행보고를 드렸다.

큰스님은 알았다고 하면서 주지스님을 부르시더니 그 돈을 인제군청에 장학금으로 일나, 마을 노인회 어르신들 일나를 드리라고 하면서 그 자리에서 모두 다 내놓으셨다.

지금은 버스가 10대로 늘어나 여기서 생기는 돈으로 추석과 설에 마을 가구당 50만 원의 성과금을 주고, 쓰레기봉투를 사서 집집이 나누어 주어 마을이 청결해지도록 하고 있다. 또한 대학에 입학하는 학생들에게 1인당 100만 원씩의 장학금도 주고 마을발전기금, 불우이웃돕기 등에도 쓰고 있다. 이 모든 것이 큰스님의 도움이니 그저 고맙고 감사할 따름이다.

큰스님의 유지

2018년 3월 5일 아침, 큰스님께서 만해마을로 오라고 해서 노인회장님과 같이 갔다. 스님께서 하시는 말씀이 "내가 이제 곧 죽을 것 같다. 그동안 정래옥 이장하고는 정이 많이 들었다. 그동안 나를 편안하게 대해 주어서 고마웠다. 내가 죽걸랑 용대리 주민장으로 해달라"라고 말씀하셨다.

스님께서는 이와 비슷한 말씀을 5년 전부터 하시곤 하셨다. 그 때마다 나는 "큰스님, 제가 그렇게 하겠습니다" 하고 말씀드렸었다.

처음 이 말씀을 하시던 5년 전 가을 어느 날, 아침 일찍 일어나서 고추를 따고 있는데 당시 스님을 모시고 있던 박용기 선생의 전화가 왔다. 스님을 뵙고 인사를 드렸더니 맞절을 한 뒤 "이다음에 내가 서울에서든 용대리에서든, 죽으면 용대리 주민장으로 해줄 수가 없겠느냐?"라고 말씀하셨다.

그래서 나는 "큰스님, 제가 어떤 일이 있어도 주민들과 상의해서 그리 하겠습니다"라고 말씀드리니 "대단히 고맙다"라고 하셨다. 뒤이어 내가 "큰스님, 쉽게 가시면 안 됩니다. 스님이 강녕하시고 오래도록 사셔야 군도 좋고 저희 마을도, 저도 좋습니다"라고 했더니 "이장, 내가 이제 나이가 많아서 죽는다. 신흥사에 가든 백담사에 가든 주지들이 힘들어 한다"고 하셨다.

내가 "그렇지 않습니다. 주지스님들께서 큰스님을 어려워해서 그러는 것이겠지요”라고 말씀드리니 “그럴까?” 하셨다.

내가 돌아와 노인회장님을 찾아뵙고 스님의 뜻을 전해드렸더니 “여보게 이장! 그거야 당연히 그리해야지. 그동안 스님께서 우리 마을에 얼마나 많은 도움을 주셨나. 우리 마을이 잘 살게 된 것도 스님 덕이 아닌가”라고 말씀하셨다.

이후 용대리 이장 3명이 만약 스님께서 돌아가시면 용대리주민장으로 스님의 유지를 받들기로 했고, 3개 마을의 주민들과도 공론화가 되었다.

그로부터 5년 뒤인 이날(3월 5일) 10시경, 스님께서 다시 말씀하시기에 내가 “스님이 돌아가시면 불교계에서는 불교의식에 따라 장례를 치르려고 하시지 않겠습니까? 그러니 스님께서 어떤 언질이라도 있어야 저희가 주장할 수가 있지 않겠습니까?”라고 말씀드렸다. 그러자 스님께서 “그래, 종이하고 연필을 가져오너라” 하시더니 다음과 같이 글을 적어주셨다.

'대한불교조계종 백담사 대중 스님들께 드리는 말씀

1. 내가 죽으면 시체는 가까운 병원에 기증하고 병원에서 받지 않으면 화장해서 흩뿌려라.
2. 장례는 만해마을에서 용대리주민장으로 끝내라.
3. 염불도 하지 말고 제사도 지내지 말아라. 나는 여러분들 염불소리 듣기 싫고 제사도 먹지 않을 것이다.
4. 내 말을 듣지 않는 사람은 나의 원수다.
5. 끝으로 이 글을 유언장으로 용대리 주민 정래옥, 최영규 님에게 남긴다.

심우상에서 돌아가시기 얼마 전, 스님은 3개 마을 이장들과 마을버스 기사들을 불러 용돈을 주시면서 격려했다. 전직 군수님이 계시는 자리였

는데 당신의 장례비까지 내놓으면서 쓰고 남는 것이 있으면 장학금으로 넣으라고 덧붙이셨다.

며칠 후 스님은 나에게 노인회장을 모시고 오라고 해서 함께 심우장으로 갔다. 마을 사정을 물어본 스님은 "내가 죽으면 우리 용대리 아이들에게 누가 장학금을 주겠느냐"라면서 돌아가시기 전에 그걸 마련해 보겠다고 했다. 나는 그냥 하시는 말씀이겠거니 생각하면서 이런저런 얘기를 더 나누고 집으로 돌아왔다.

그런데 이튿날 다시 오라고 해서 노인회장님과 함께 갔더니 하나은행 통장을 꺼내어 주시면서 "이장! 이게 하나은행 통장인데 돈이 좀 들어 있다. 속초에는 하나은행이 없으니까 강릉에 가서 이체하라" 하셨다. 내가 "아니요"라고 했더니 "어서 가서 점심 먹고 갔다오라"고 하셨다.

스님의 지시대로 박용기 선생, 노인회장님이 강릉에 가서 장학금으로 쓸 돈을 노인회 통장으로 이체하고 왔다.

이후 5월 26일, 스님께서 돌아가셨고, 장례는 신흥사에서 원로회의장으로 치렀다. 큰스님의 유지를 지키지 못한 나와 주민들은 본의 아니게 스님의 원수가 되고 말았다.

- 〈설악무산 그 흔적과 기억〉 중에서

큰 스님의 따뜻한 미소가 그리운 5월에

김민서 (경기대 외래교수)

    며칠 전 서산마애삼존불상을 볼 기회가 있었다. 5월의 따뜻한 햇살 아래 번지는 미소가 2018년 5월의 찬란한 슬픔의 날에 떠나신 오현 큰스님을 떠올리게 했다.

    내가 스님을 뵌 것은 2013년 만해축전에서다. 박사과정을 수료하고 논문의 주제로 '에코페미니즘'을 정해서 진행하던 때였다. 그러던 어느 날 이지엽 지도교수께서 자료집을 나에게 여러 권 주셨다. 집에서 찬찬히 살펴보니 모두 오현 큰 스님에 관한 것이었다. 호기심이 발동하여 그 분의 시집부터 읽어 보았다. 그러던 중 내 마음에는 잔잔한 물결이 일었다.

    불교 집안이라 어릴 때부터 부모님은 늘 아침마다 불경을 틀어 놓으셨다. 그 덕에 부처님 말씀을 온 집안에 스미게 살아오던 중 불현 그 분의 시를 만났다. 스님의 시는 비로소 저의 돌아가신 어머니를 만나게 하고, 또 스스로를 깨우는 법문으로 다가왔다. 뒷날 교수님을 찾아뵙고, 큰스님의 시로 박사논문을 쓰고 싶다고 말씀 드렸다. 교수님께서는 흔쾌히 허락하셨고, 나는 고무되었다.

    그 뜨겁던 8월 나는 큰스님을 뵙기 위해 만해축전에 동참했다. 만해축전은 지도교수님 덕분에 해마다 참가를 했지만 한 번도 큰 스님을 직접 뵌 적은 없었다. 왜냐하면 그 때만 해도 문인들과 한 여름 즐기는 날로 생각했으니까. 그런데 2013년은 달랐다. 나에게 큰 스님을 꼭 뵈어야 하는 이유가 생겼기 때문이었다. 드디어 만해 마을에 도착했고, 식전에 큰스님을 뵐 수 있었다. 행사장 의자에 앉아 계시는 큰 스님을 보고 나는 그 자리로 발길을 옮겼다.

"큰 스님! 저는 경기대 이지엽 교수님 제자 김민서입니다. 제가 큰 스님의 시로 박사 논문을 쓰려고 하는데 도움 될 자료가 있을까요?"

그 때 그 어른은 따뜻한 미소로 나를 물끄러미 바라보시면서

"니가 지엽이 제자가?"

"네."

"그래. 알았다. 내가 서울 가서 니한테 전화할끼니까. 기다리고 있거라. 알았제!"

그렇게 시작된 스님과의 인연으로 나는 2014년 '조오현 선시연구'로 박사학위를 받았고, 이후로도 스님 선시의 양상과 주제를 문학론의 범주를 확장하며 후속 연구를 이어가고 있다.

그 인연 덕에 스님을 서울 홍천사에서 여러 번 뵐 수 있었다. 그 뒤로 스님과의 마지막 만남은 위례로 새로 이사한 우리집들이에서다. 위례는 그 때 도시가 형성도 되기 전이라 허허벌판으로 적막감마저 들었다. 그 누추한 곳까지 찾아오신 큰 스님의 사랑이 아직도 그립다. 그 날도 변함없이 나에게 잔잔한 미소로 말씀을 해 주셨다.

"민서야! 언제나 생활할 때 마음을 편안하게 하고 착하게 살아야 한다. 알았제."

지극히 평범하고 의례적인 말씀인 것 같지만 나에게는 따뜻한 미소만큼이나 마음을 데우는 말씀으로 지금도 마음에 새기고 있다. 그래서 무슨 일이 생기면 '이 문제를 어떻게 풀까?'라고 고민하기 이전에 내 마음을 먼저 편안하게 하고, '이 문제에서 그러면 착한 것은 무엇일까?' 생각을 하면 문제는 쉽게 풀려나간다. 지금 생각하면 참 아득한 일로 여겨진다.

그 후, 큰 스님께서 병환에 계신다는 말을 들었지만 나는 내가 무얼 어떻게 해야 할지 몰랐고, 그렇게 시간이 흐르고 스님의 열반 소식을 들었다.

이제는 스님의 남겨진 선시를 통해 그 방대한 시세계를 탐색하며 문학으로도 닿을 수 없는 아득함, 그 가늠할 길 없는 마음으로 스님을 기릴 뿐이다.

　빛으로 돌아오소서!

　한 송이 연꽃 수레로 떠나신 큰 스님

　마중나간 내 눈물, 바람 따라 흐릅니다.

스님의 입적소식을 달래준 열반의 노래

김태진 (한국공무원 불자연합회 고문)

　설악산 백담사 꽃들이 다 지기도 전인 오월 어느 날 설악산인 오현스님의 입적소식을 들었다. 세상의 부음은 숱한 낙화와도 같이 우리네 삶의 끝자리와 서로 닮아있다. 꽃 진 자리 따라 떠나셨네. 그렇듯 애써 담담하게 "그 노인네 그렇게 가셨구만" 하고 말았다. 며칠이 지나고 '불교계 큰어른이자 시대의 스승이었던 신흥사 조실 설악당 오현 무산 큰스님께서 원적에 들다' 라는 기사와 함께 스님의 열반게송이 언론을 통해 소개되었다.

　　"천방지축 기고만장
　　허장성세로 살다 보니
　　온몸에 털이 나고
　　이마에 뿔이 돋는구나
　　억!"

　나는 가슴이 철렁 내려앉았다. 열반게송을 소리 내어 읽고 또 읽어 보았으나 마음은 좀처럼 진정되지 않았다. 그건 천지사방, 천방지축을 흔들고 산하대지를 울리는 사자후 자체였다. 내가 사람을 아니 스님을 잘못 보았나? 혼자 중얼거리기를 여러 차례, 나는 안절부절하지 못했다. 왜 이럴까? 열반게송을 보면서 잠시 만났던 그때 그 스님은 아닐 것이라는 생각이 불현 들기도 할 정도였다. 한참을 지나고 나서야 도리 없이 가만히 앉아 스님을 추억해 보기로 했다.

생각해 보니 스님과의 인연은 몇 해 지난 공무원 불자회장 시절, 서울에서의 공식행사에서 몇 번 손잡은 게 전부였다. 평소 알고 지내는 승려 시인 효림과는 각별한 교분을 갖고 그를 시인으로 이끄신 분이라는 정도의 상식뿐이었다. 행사 당시에 스님은 여느 공식행사에서 보아온 스님들과는 다른 행보를 보이셨다. 많은 스님들의 근엄함과는 달랐다. 누구는 설악산 호랑이라 했다지만 속가의 아버님을 뵙듯 나는 그저 천진난만한 동자승쯤으로 치부했다. 생각해 보니 결례와 무례를 겸해 비교적 격의 없이(?) 대했다는 생각이다. 마치 행자든 고승이든 아니든 계급장 떼고 법거량(法擧揚)을 하는 '무차법회(無遮法會)'에 다름 아니었다.

그리고는 더 이상의 인연은 이어지지 않았다. 마치 어린 아이가 제 집으로 돌아가면 바깥세상의 일들을 까마득히 잊어버리듯이 그랬다. 잊혀져갈 무렵이면 문단에서 활동하며 '오현의 시세계 전문가'를 자처하는 김민서 박사가 간간이 스님의 근황과 덕담을 전해 주는 정도였다. 지금에 와서 곰곰 생각해 보니 내가 스님을 크게 잘못 보았음이 분명했다.

이후로 내가 '오현당'이라고 부르는 스님은 말년에 독방에서 작은 구멍으로 하루 한 끼 식사와 메모만으로 세상과 소통하는 '무문관(無門關)' 수행을 이어갔다. 그 무렵 번득이는 법문을 쏟아내 화제가 되기도 했다. 짧지만 긴 여운을 남기는 시어, '프란치스코 교황', '스티브 잡스' 등을 화두로 하시던 법문은 당시로선 생소했으나 나에게는 다른 고승들에서 보는 면모와 다름없었다.

다만 세속 일에서는 문학잡지와 불교평론 기관지 발간을 뒤에서 도우셨고 장학금과 막걸리 값을 속인들에게 쥐어 주셨다고 들었다. 나도 받았다면 코가 꿰었을 법한 정감어린 손이었을 것으로 생각될 뿐이었다.

주는 손, 보통의 스님들은 '베풀어라', '많이 베풀어라', '더 베풀어라'며 보시를 설법하며 시주를 구하는 게 인지상정이다. 하지만 이제야 스님의 주는 손, 세상을 향해 내미는 손을 상상해 본다. 아무런 생각 없이 내미는 손, 그 손을 아무 생각 없이 덥석 잡아주는 건 순진한 아이 같은 마음이기에 상통 가능한 것이리라. 성직자 이전에 스님은 누군가가 손을 내밀면 잡아줄 줄 아는 사람 냄새 나는 사람은 아니었을까? 아득한 허공을 향해 손을 내밀며 나로선 그리 추억할 뿐이다.

– 〈논, 아득한 성자〉 본문 중에서

48인의 '설악무산 그 흔적과 기억' 그리고 새로운 기억을 새기다

혜관 외 승속 48인

    스님을 두고 많은 사람들이 하심과 무욕의 삶을 살아온 수행자, 만해축전과 만해대상으로 현대의 한국인들에게 만해의 자유와 생명 사상을 새롭게 고취한 대 사상가, '깨달음이 중요한 것이 아니라, 깨달음의 삶을 살아야 한다' 고 일깨우는 선승(禪僧)이라 말한다. 스님 1주기에 '설악무산 그 흔적과 기억' 이라 엮은 책이 나왔다. 그러한 풍모를 보여 온 스님과 생전 인연 있던 분들이 마음에 새긴 일화들을 진술하게 소개하여 스님의 기억을 되살렸다.

    한국 선시의 새로운 지평을 연 대시인이면서도 스스로 빛나기보다 남을 빛내주는 일로 평생을 헌신하고, 힘없고 가난한 이웃들에게 손을 내밀었던 스님을 소개하고 거기에 더하여 오현스님의 알려지지 않은 이야기들을 저마다의 기억 속에서 다양한 화법으로 독자들을 찾아간다고 리뷰하고 있다. 기쁜 마음으로 책을 열 수 있기에 참 좋다는 평이 이어졌다.

    다만 '스님을 찾아뵙고 말씀을 듣고 밥 얻어먹고 용돈 타고 오현 식솔' 로서의 고마움을 느끼곤 했던 문인들이 더 다양하고도 새로운 기억으로 스님을 찾을 날을 기대해 본다. 어찌 보면 먼발치의 필자로선 48인의 스님에 대한 흔적과 기억을 기록하고 새겨둘 요량으로 추억담의 제목이라노 기록으로 남긴다. 추억담의 소제목은 서의 스님의 어묵이사 행상이 아닐 수 없으니 새로이 제목이나마 여기에 전재(轉載)하여 소개하는 것이 그 이유이다.

제1부. 산에 사는 날에
설악(雪嶽)과 가산(伽山)을 오간 큰 사랑 _ 고옥(스님)

"나는 너를 믿는다" 는 말을 믿고 _ 금곡

외로웠던 그러나 다정했던 _ 명법

어떤 경계에서도 태연자약한 분 _ 법등

남천강 푸른 물은 오늘도 흐르는데 _ 성우

나는 할 일을 다 했다 _ 우송

한산과 습득으로 살다 _ 정휴

사형 무산스님을 그리워하다 _ 지원

중은 벨일 없어야 도인이다 _ 지혜

큰스님, 혜관이 왔습니다 _ 혜관

제2부. 내가 나를 바라보니
내 마음속의 큰 산 _ 권영민

천진난만한 어린아이 같았던 분 _ 김지헌

'키다리 스님' 의 엄한 자비심 _ 나민애

홀랑 벗고 _ 배우식

백담의 폭설과 심안(心眼) _ 서안나

화상께서 베푸신 혜은을 잊지 못합니다 _ 송준영

달자야, 봄날이 올끼다 _ 신달자

30여 년 전 어느 봄날 _ 오세영

역사를 받쳐온 '침묵' 오현스님 _ 유성호

굽어도 바르고 바르지 않아도 곧은 _ 유응오

보이지 않는 어부 _ 유자효

1주기를 마친 승속(僧俗)의 참석자들 사이에 '이제 아마 어떤 스님이 돌아가셔도 이같이 자발적인 추모 열기는 일어나지 않을 것'이라는 말이 돌았다고 했다. 문인들은 이구동성, 맞는 말이라는 생각이 들었다고 했다. 그리고 이 추모의 정(情)이 상당히 오래 갈 것이라는 확신이 들었단다.

절집과 문단, 정계와 재계, 학계와 언론계에 뿌리 깊이 침투해 있는 스님 추종자들이 거의 '사단급'에 이르는 데다 그들이 한결같이 '오현스님은 나를 제일 좋아하고 아끼셨다'고 다들 생각하기 때문이라고…, 그리하여 '역시 스님은 대단한 법력(法力)의 소유자셨다'라고 그 남긴 말씀에 기댄다. 꽃 같은 말씀에 주옥같은 말의 성찬이 아닐 수 없다.

꽃을 던지는 사람, 돌을 던지는 사람도 모두 다 사랑하리라. 언젠가 꽃에 맞고 그 돌에라도 맞아 그것이 죽고 다시 사는 것임을… 스님이 계시다면 돌직구 같은 말씀을 하셨음이라.

제3부
말과 글을 끊어낸 자리, 털이 나고 뿔이 돋다 (論, 아득한 성자·1)

論, 아득한 성자 (I)

말과 글을 끊어낸 자리,
털이 나고 뿔이 돋다

프롤로그 _ 열반의 노래

'아득한 성자'는 승려시인 오현스님의 대표작이자 시조집 제목이기도
하다. 이 작품을 여기에 소개하여 작은 소견을 덧대어보는 것은 이 시가
고승들이 깨치는 순간, 그 깨달음을 읊은 선시라며 뒤늦게 오도송(悟道
頌)으로 알려져 세간의 화제가 되기도 했는데 있다. 더욱이 '깨침의
시, 구도의 시'라는 평가에 작은 가르침이라도 배워볼 요량이었다. 더하

여 스님은 비로소 구도승, 수행승에서 깨달은 자또 다른 성자로 자리매
김한 것으로도 회자되는 때문이기도 한 것이다.

알려진 대로 무산 조오현은 승려이자 시조시인이며 이 시로 정지용 문
학상을 받았다. 이는 승려시인이라는 특수성도 어느 정도 고려되기도 했
겠지만 무엇보다 문학성을 높이 공인받았다는 대내외의 평가라는 데 그
의미가 크다.

열아홉 번째로 정지용 문학상을 받은 수상 소감을 밝히며 "좋은 말을
하려면 입이 없어야 하고 좋은 소리를 들으려면 귀가 없어야 한다"는 말
로 대신했다. 보듯이 스님의 행보와 한 마디 한 마디 말씀은 아포리즘의
소산, 그 자체였다. 많은 작품이 나오고 끝도 없이 사람들을 울리고 웃기
던 것은 그것이 연유이자 자체로 심연이라 생각하니 그 깊이를 가늠할 길
이 없다. 그리하여 당신께서는 이미 사람들이 아득한 성자라 정하여 부를
수밖에 없는 것이리라. 세상에서의 자리매김이 그렇다 보니 논평하기보
다 '論, 아득한 성자' 라 하여 그대로 논하기로 한다.

필자는 외람되게 지난해 연말 '불교문학, 불교적 문학을 넘어서' 란 글
을 발표하였다. 그 때 방대한 불교문학의 원류로 부처님 출현 전후 당시
인도의 다양한 정신세계와 문화, 사상과 철학을 담아 서사시로 구전되어
온 베다와 우파니샤드, 바가바드기타 등에 주목했다. 물론 그 무렵 또는
이후 결집된 팔만대장경은 말할 것도 없고 경, 율, 론 삼장과 12분교도 불
교문학으로 포섭하였다. 그리고 이를 중국, 신라와 삼국, 통일신라와 후
삼국, 고려, 조선과 일제강점기, 근 현대기 대한민국에 이르기까지 거시
적으로 일별하여 총론으로 조망했다.

그리고 지능정보화 시를 넘어 불교문학의 새로운 지평을 열기로 했고
이로써 불교문학에 대한 미시적인 천착으로 이어지는 각론을 준비해 오
년 차나. 번조가 되어 원고정탁을 받고 보니 각론에 내한 거내 딤론으로도
시작되는 뜻 깊은 경자년이라며 고무되었다가 천학 비재함을 탓하며 후

일을 기약하고 만다. 그러던 중 '아득한 성자' 란 제목의 습작 '내가 오현당의 열반게송에 피울음을 토하는 까닭은?' 이란 글을 탈고하기에 이른다.

　지난번 글에서 '불교문학' 을 말할 때 이같이 불교경전 중심의 부류와 불교사상 등을 포괄하는 관점이 대립되거나 양립되기보다는 서로 병행하며 확장적이고 통섭적인 입장에서 그 성격규정이 이루어져 왔다고 했다. '불교문학' 발전을 위한 경전중심의 원론과 경전에서 응용된 각론이 문학의 이름으로 천백억 화신으로 나타나 서로 조화를 이루어가는 것이야말로 둘이 아닌 하나, '不二' 라고 하는 불교적 본래 모습이 아닐 수 없다. 불교라서 그렇고 원융무애(圓融无涯)한 사상이 문학과 회통(會通)하기 때문이기도 하다는 입장을 밝힌 데 이어 크게 보면 모든 경전의 교리가 마침내 하나의 마음 그 근원으로 귀일된다고 했다. '만법일심(萬法一心)·삼계유심(三界唯心)' 의 원리를 깨닫는 것이며 대승과 소승, 공(空)·성(性)·상(相)의 하나 됨을 체득하는 회통의 도리에 다름 아닌 것이라는 결론에 이르렀다.

　나아가 '아득한 성자' 는 성과 속, 세간과 출세간이 하나가 되는 삶을 노래한 것으로 보았다. 살아가면서 분별과 욕망, 차별심을 일으키는 근원인 육안을 넘어 혜안이라는 또 다른 눈으로 세상을 바라다본 것이었다는 생각에 다다른 것이다. 숱한 평론에서 중생과 부처가 둘이 아닌 불이의 세계, 즉 오도(悟道)의 세계인 공(空)의 삶을 통찰한 것이라는 데 대해 공감하였다. 뿐만 아니라 탈고를 앞둔 나의 작은 글에 계합(契合)함은 물론 앞으로 전개될 불교문학 각론을 서설함에 그 장엄으로도 마땅하다는 생각을 했다. 그리하여 탈고를 미루고 먼저 '論, 아득한 성자' 라는 졸고로 신년을 장식한다.

세상과의 회통, 천방지축을 흔들다

스님은 평생 안개 자욱한 설악산과 함께 해오며 자연스레 얻은 이름 '무산(霧山)'으로 산과 속세를 무시 왕래하셨다. 스님은 2018년 여든일곱이란 세상나이로 입적하였다. 그리하여 산산이 부서진 이름, 무산(霧散)이 되어 버린 지도 모를 일이다. 이제 와서 많은 문인들이 그동안 문학계 대부로 떠받들었다고, 큰 역할을 많이 하셨다고 추켜세우지만 정작 당신은 스스로 '설악산 산지기'라 했을 뿐이다. "내 몸에 털이 나고 머리에는 뿔이 돋는구나. 사람이었다가 도로 짐승이 된 듯 부끄러움을 느낀다"며 하셨다는 정지용 문학상 수상소감은 당시 수행자로서 세속의 상을 받는 기쁨을 경계했던 발언이라고 알려져 있다.

그러나 필자가 보기에는 문학이라는 장치를 빌려 에둘러 말씀하신 것으로 볼 수밖에 없었다. 그것은 사자후에 다름 아니었다. 더 나아가 문학이라는 이름으로 세상을 향해 비로소 손을 내민 것은 아닌가 한다. 그 근거는 '우리나라에 내 노라 하는 깨달은 선지식은 많지마는 그 깨달음대로 실천하며 사는 선지식은 많지 않은 것 같다'고 일갈하신 적이 있기 때문이다.

오현스님이 떠나신 그해는 시조 시인으로 등단한 지 50주년을 맞았으나 당신은 끝끝내 설악산을 지키며 일체의 활동을 마감하고 만다. 그동안 속명 '조오현'으로 시조를 발표해 왔으나 시인이라기보다는 불가에서는 오현스님으로 더 잘 알려져 있다. 1968년 『시조문학』 추천으로 등단한 뒤 첫 시집 《심우도》를 비롯해 많은 시집을 냈다. 조오현의 시 세계는 '시와 선이 하나'라는 시선일여(詩禪一如)의 길을 걸으며, 시조와 선시(禪詩)의 현대적 조화를 실천했다고 평가 받는다. 한문으로 쓰인 선시를 한글 시조 형식으로 풀어, 어렵게만 여겨졌던 선시의 문턱을 낮춰 접근을 용이하게 한 것으로도 업적이라며 이구동성 입을 모으고 있기도 하다. 글의 형식에서도 운문과 산문적 요소를 적절히 구사하여 격외·파격적이라고 할 만큼 독보적인 행보를 하였다. 마치 수행하듯 파격을 넘은 문학적 다양한 실험을 이어간 것이다. 그 특장은 문학적인 것뿐만 아니라 가히 독존적 경지에 다름 아니었다.

누(累)가 될 줄 알면서도 동 시대에 승려시인으로 살다간 오현스님의 글과 행장을 조심스레 살펴, 오늘날 침체된 불교문학 중흥의 불쏘시개라도 되어야겠다는 소망에서 감히 토를 달기로 한다.

스님의 입적소식을 달래준 열반의 노래

설악산 백담사 꽃들이 다 지기도 전인 오월 어느 날 설악산인 오현스님의 입적소식을 들었다. 세상의 부음은 숱한 낙화와도 같이 우리네 삶의 끝자리와 서로 닮아있다. 꽃 진 자리 따라 떠나셨네. 그렇듯 애써 담담하게 "그 노인네 그렇게 가셨구만" 하고 말았다. 며칠이 지나고 '불교계 큰 어른이자 시대의 스승이었던 신흥사 조실 설악당 오현 무산 큰스님께서 원적에 들다' 라는 기사와 함께 스님의 열반게송이 언론을 통해 소개되었다.

　　"천방지축 기고만장
　　허장성세로 살다 보니
　　온몸에 털이 나고
　　이마에 뿔이 돋는구나
　　억!"

나는 가슴이 철렁 내려앉았다. 열반게송을 소리 내어 읽고 또 읽어 보았으나 마음은 좀처럼 진정되지 않았다. 그건 천지사방, 천방지축을 흔들고 산하대지를 울리는 사자후 자체였다. 내가 사람을 아니 스님을 잘못 보았나? 혼자 중얼거리기를 여러 차례… 나는 안절부절 하지 못했다. 왜 이럴까? 열반게송을 보면서 잠시 만났던 그 때 그 스님은 아닐 것이라는 생각이 불현 들기도 할 정도였다. 한참을 지나고 나서야 도리 없이 가만히 앉아 스님을 추억해 보기로 했다.

생각해 보니 스님과의 인연은 몇 해 지난 공무원 불자회장 시절, 서울에서의 공식행사에서 몇 번 손잡은 게 전부였다. 평소 알고 지내는 승려 시인 효림과는 사제지간이며 그를 시인으로 이끄신 분이라는 정도의 상식뿐이었다. 행사 당시에 스님은 여느 공식행사에서 보아온 스님들과는 다른 행보를 보이셨다. 많은 스님들의 근엄함과는 달랐다. 누구는 설악산 호랑이라 했다지만 속가의 아버님을 뵙듯 나는 그저 천진난만한 동자승쯤으로 치부했다. 생각해 보니 결례와 무례를 겸해 비교적 격의 없이(?) 대했다는 생각이다. 마치 행자든 고승이든 아니든 계급장 떼고 법거량(法擧揚)을 하는 '무차법회(無遮法會)'에 다름 아니었다.

그리고는 더 이상의 인연은 이어지지 않았다. 마치 어린 아이가 제 집으로 돌아가면 바깥세상의 일들을 까마득히 잊어버리듯이 그랬다. 잊혀져갈 무렵이면 문단에서 활동하며 '오현의 시세계 전문가'를 자처하는 김민서 박사가 간간이 스님의 근황과 덕담을 전해 주는 정도였다. 지금에 와서 곰곰 생각해 보니 내가 스님을 크게 잘못 보았음이 분명했다.

이후로 내가 '오현당'이라고 부르는 스님은 말년에 독방에서 작은 구멍으로 하루 한 끼 식사와 메모만으로 세상과 소통하는 '무문관(無門關)' 수행을 이어갔다. 그 무렵 번득이는 법문을 쏟아내 화제가 되기도 했다. 짧지만 긴 여운을 남기는 시어, '프란치스코 교황', '스티브 잡스' 등을 화두로 하시던 법문은 당시로선 생소했으나 나에게는 다른 고승들에서 보는 면모와 다름없었다. 다만 세속 일에서는 문학잡지와 불교평론 기관지 발간을 뒤에서 도우셨고 장학금과 막걸리 값을 속인들에게 쥐어 주셨나고 들었다. 나도 받았나던 고가 뗴었을 법한 성성어린 손이었을 것으로 생각될 뿐이었다.

주는 손, 보통의 스님들은 '베풀어라' '많이 베풀어라' '더 베풀어라' 며 보시를 설법하며 시주를 구하는 게 인지상정이다. 하지만 이제사 스님의 주는 손, 세상을 향해 내미는 손을 상상해 본다. 아무런 생각 없이 내미는 손, 그 손을 아무 생각 없이 덥석 잡아주는 건 순진한 아이 같은 마음이기에 상통 가능한 것이리라. 성직자 이전에 스님은 누군가 손 내밀면 잡아 줄 줄 아는 사람 냄새 나는 사람은 아니었을까? 아득한 허공을 향해 손을 내밀며 나로선 그리 추억할 뿐이다.

에피소드 1

이런 저런 생각을 하다 보니 그 무렵 스님 떠나신 뒷모습을 얘기하던 한 성직자와의 일화, 짧았던 문답이 오버랩 된다.

인문학의 대가로 알려진 그날 그 목사분은 이야기 끝에 "성철스님은 참 솔직한 분이다. '숱한 남녀무리를 속였다. 그 죄로 무간지옥에 떨어진다' 며 회개했으니…, 그런데 요 며칠 새 또 한 분의 스님이 돌아가시면서 '천방지축 허장성세'로 살아온 것을 뉘우치고 가셨다는데 참 솔직 담백하신 스님들이다"라고 말했다.

그 때 나는 '그것은 열반게송으로 그 분의 경지를 설한 것이니 거기에 토를 달거나 사견을 덧대는 것은 불문율로 삼가해야 할 일이다'라고만 했다.

그 외에도 '불교엔 구원이 없다. 성철스님은 죽을 때가 돼서야 그 사실을 깨우쳤다. 자신의 잘못된 주장으로 많은 사람들을 불행의 길로 몰아간 일을 후회한 것이다.' 이처럼 일각에선 스님의 열반게송을 불교폄하에 악용하기 위해 작위적 논리를 악의적으로 갖다대는 경우가 있고 그 날도 그랬다.

웅변보다 더 깊은 침묵으로 침묵하고 만다.

더 하고 싶었지만 그날은 그것으로 일단락되었다.

남겨진 무엇, 또 다른 열반게송

'오도송'이라고 불리는 현재 진행형의 여느 수행게송과 달리 '열반게'는 일단 그 경지의 끝을 노래한 것으로 이해된다. 그러다보니 그를 확인해 줄 사람이 가고 없어 어찌 보면 그 뒤끝이 이렇게 작렬해도 시원스레 바로 이거다 하고 확정하여 일러줄 길이 없다. 그렇다고 그 가르침을 마냥 덕담으로 버무려 행사에 잘 치장하고는 만장 깃발과 함께 태우거나 뒷방에 방치할 수는 없는 일 아닌가. 그래서 이제는 견처(見處)에 대한 경지를 가늠하는 것은 필요하다고 생각했다. 어쩌면 불문율은 깨어지기 마련이니 깨뜨리라고 있는 것이기도 하다는 생각이다. 지금껏 묵비[묵언]라는 전통 아닌 먹통 탓에 이에 대한 설명이나 평석 그리고 후속 조치가 없으니 세상의 오해가 거기서부터 비롯된다. 그뿐만이 아니라 오늘날 고승들의 입적, 그 후사에도 묵비로 치부하는 일 역시 다반사라 먹먹하다. 그리하여 앞에서 내가 겪은 열반게의 희화화에 속수무책일 수밖에 없다.

生平欺狂男女群　일생 동안 남녀의 무리를 속이니
彌天罪業過須彌　하늘을 넘치는 죄업은 수미산을 지난다.
活陷阿鼻恨萬端　산채로 무간지옥에 떨어져서 그 한이 만 갈래나 되는지라
一輪吐紅掛碧山　둥근 수레바퀴 붉음을 내뿜으며 푸른 산에 걸렸도다.

성철스님의 위 열반게송에 대한 세간의 논란과 관련하여 당시 낙산사 회주이던 오현스님은 "선시랄 수도 없고, 그렇다고 여느 한시도 아닌 이 열반송은 격외선시여서 형식에 구애를 받지 않는다"는 점을 강조했다. '다만 열반송을 짓고 떠난 큰 스님밖에는 올바른 정답의 해석을 내릴 사람이 아무도 없다'는 입장을 피력한 바 있다.

살펴보니 비밀스런 수수께끼 같은 열반게를 달랑 두고 홀연히 떠나는 경우도 있다. 마치 겨울동백이 뚝뚝 떨어져 종래 자취가 없어 비애를 넘

어 아련함이 서린다. 하지만 그건 말과 글이 필요 없이 떠난 자리여라. 그 자체로도 아름다움이 된다. 작은 소품이나마 행장이 남아 이를 가늠하기도 하고 덧없지만 여운으로 남아 세상 작은 이야기가 되기도 한다.

돋보기안경 하나, 작은 앉은뱅이책상, 몽당연필, 끝이 말린 공책, 갈대나 대오리로 거칠게 엮어 벽에 걸어 둔 삿갓은 누르스름 변색되어 버린 지 오래, 여기저기 기워 헤진 분소의(糞掃衣: 탐심을 없애려 헌 천을 주워 빨아서 지은 가사(袈裟)를 가리키는 불교용어) 또는 백납(百衲) · 납의(衲衣)가 걸려 있을 뿐이다. 그 거처에 들어갈 때 미처 보지 못했다면 댓돌에 놓인 검정 고무신, 쓰러질 듯 기대선 지팡이 하나가 눈에 들어온다. 그것은 차라리 침묵을 침묵하는 무설설로 남는다.

그에 비해 오현스님은 친절(?)하게도 비교적 많은 어록과 행적을 은닉하듯 노출하였다. 아니 노출하듯 은닉한 것인지도 모른다. 숨기신 것은 수행이력과 그 경지를 염탐할 수 없도록 장치한 것이고, 보이는 것은 뭔가 손에 쥐면 보이듯 감추나 숨겨지지 않는 아이 같은 면모이다. 가슴 쓸어내리듯 내려놓은 마음은 노출이라기엔 어디에도 숨겨둘 수가 없는 것이었을 테다. 그 면모와 성품은 은연중에 드러나기 마련이어서 우둔한 일개 거사의 눈에도 어렵지 않게 띌 수밖에 없기 때문이다. 때로는 적절하게 빛을 감추고 때로는 적당하게 모습을 드러냈다. 현적(顯迹)과 은적(隱迹)도 법문으로 현출해 내었고, 승과 속의 경계를 넘나들었다.

시장에 들어가 머물러도[입전(入廛)] 항상 깨끗함[상정(常淨)]을 잃지 않아(더러움에) 물들지[처염(處染)] 않았다. 그리하여 스님은 시퍼런 선방 수좌스님[선승]들의 스승인 조계종 기본선원 조실이 된다. 깨달음을 얻은 경지의 어른인 '조실'은 나름 승가의 정해진 '선발기준'을 거쳐 추대되는 자리이다. 성성 적적한 선승들이 무명[어리석음]을 베어내는 취모검(吹毛劍) 같은 눈을 어찌 피해 갈 수 있으랴 생각하니 그 전형기준(?)이 궁금하다.

먼저 저술(법어집, 시집), 행적이 실제로 선사상과 부합하는가? 조계종의 소의경전인 '금강경'의 가르침인 '응무소주이생기심(應無所住而生其心: 마땅히 지나간 생각에 머무르는 마음이 없이 그 마음을 내라)'의 사상에 어긋나지 않는가? 집착하는 마음이 없는 분인가? 둘째 상(相)이 없는 사람, 겸양 하심하여, 완전히 마음을 내려놓은, 무심(無心)한 사람인가? 셋째 경계가 없는 초탈한 분, 그래서 걸림이 없어 무장무애하여 자유로운 분인가? 세속에 초탈한 분인가? 넷째 고통 받고 있는 중생 곁에서 소통하며 자비행을 실천하는 분인가? 아닌가? 하는 것이다. 이런 경계(?)를 통과한 스님은 이쯤 되면 우스갯소리로 스님 수행이력 또한 문학으로 치자면 '정지용상' 감이 아닌가 한다. 글은 남아 문학이 되고 행적은 남아 만고에 또 다른 깨달음 '열반게'가 된다.

에피소드 2

거두절미하고 '천방지축 허장성세'로 살아온 것을 뉘우치고 가셨다는데 참 솔직하신 스님들이다"라고 말한 어느 성직자의 말은 어느새 번민을 넘어 나의 화두가 되어있었다.

그리고는 그 화두를 떨치려는 듯 '아득한 성자'라는 스님의 글을 읽었다.

하루라는 오늘
오늘이라는 이 하루에
뜨는 해도 다 보고
지는 해도 다 보았다고
더 이상 볼 것이 없다고
알 까고 죽은 하루살이 때
죽을 때가 되었는데도

나는 살아있지만
그 어느 날 그 하루도 산 것 같지 않고 보면
천 년을 산다고 해도
성자는 아득한 하루살이 떼

한 달 쯤 지나 잊고 지낼 쯤 우연히 반복되는 듯 대중 강좌에서 만난 어
느 교인과의 대화에서 이 같은 이야기가 다시 나왔다. 대화내용은 그전처
럼 스님의 열반게를 빌어 솔직, 소탈한 스님으로 운을 뗐다. 하기야 언론
을 인용하며 자기 식견을 말하니 그 자리에 여느 불자가 있었더라도 그냥
넘어갔을 넉살좋은 말투였다. 계속된 언사는 어느새 그것은 '고해성사'
에 다름 아니라는 전문용어(?)까지 토해내고 한낱 허튼 얘깃거리로 치부
하기에 이르렀다. 그러나 그럴 순 없었다.

나는 마치 우연같이 마주친 두 번의 경우로 인해 어쩌면 이것이 널리
왜곡되어 구전, 공유되고 있음을 알아차렸다. 평생 수행하며 고달픈 사람
들의 슬픔과 아픔을 함께해 온 시대의 어른이자, 스승의 삶을 사표로 받
아들이기보다 조롱과 농단을 넘어 이제 대놓고 세상에 희화화까지 하고
있었다니 참 가슴 먹먹했다.

다른 종파 일부교단의 잘못된 일이긴 하나 현실 깊숙이 들어와 있음을
직접 목도하고 보니 슬프고도 참 잘못된 일이라 생각했다. 그것도 지성의
전당에 버젓이 말이다. 그리고는 그건 아니라는 생각에 넉살좋은 그를 향
해 말했다.

"팔십 평생의 수행이력을 응축한 자신의 비밀스런 수행경지를 문자를
빌어 후학에게 남기는 것이 열반게송이다. 이를 해제풀이하는 것은 불
경스러우나 여러분이 잘 몰라서 하는 말이니 한 말 보태려 한다"며 운을
뗐다.

열반게를 향한 염탐인가 천착인가

새벽 사지가 다 부러지는 뼈마디 소리를 내며 일어나 아궁이의 군불을 땔 때는 '우리 절 늙은 부목처사' 이야기라며 남기신 〈절간 이야기 1〉글을 보았다. '열반송을 짓고 떠난 스님밖에는 올바른 정답의 해석을 내릴 사람이 아무도 없다' 는 생전 스님의 말씀에 따라 당치도 않는 일이지만 그 경지를 가늠해 보면 어떨까? 어떨 때는 염탐하고 잠시 쉬었다가 아득할 땐 어쩔 수 없이 천착한다. 몇 해 전 공직 퇴임과 동시에 마음의 문을 열기 위해 바깥세상의 문을 걸어 잠그고 두문불출했다. 그리하여 오로지 화두 참구에 진력한다며 어렵사리 무문관(無門關)에 방부를 든 적이 있다. 문 없는 문을 꿰뚫고 완전한 자유를 찾으려는 수행에 앞서 선방 선감스님으로부터 '선수행중에 일어나는 경계를 타파하기 위한 방편' 으로 귀띔 받은 것이 '십현담(十玄談)' 이었다. 그 십현담의 열 가지 경지 중에 여덟 번째 '전위(轉位)' 의 의미와 스님 남기신 글과 열반게송을 다시금 되새겨 소리 내어 몇 번이고 읽어본다.

"양산 통도사 극락교 그 돌다리, 장골 열 사람의 목도로도 움직이지 못하는 그 큰 돌덩어리 누가 들어다 놓았는지 아는 사람 있능교? 울 할 아버지가 익산 미륵사지에서 혼자 야밤중에 들어다 놓았니더. 밀양 표충사 대웅전 대들보는 또 누가 짊어지고 왔능교? 울 아부지가 짊어지고 왔니더. 그 대들보 짊어지고 오시다가 허리뼈가 부러져 아니 지게가지가 부러져 그날로 시름시름 앓다가 운명했니더. 운명하실 때 나무껍질 같은 손으로 날 부둥켜안고 '시님들 말씀 잘 들거라이. 배고프면 송기 벗겨먹으면 배부르다이' 하고 갔니더."

절집이야기의 주인공은 내놓으라는 고승도 큰 화주, 시주자도 아닌 절 집 주위에서 가장 소외된 중생들의 이야기였다. 그들은 입이 있어도 말을 못 하고 손이 있어도 글을 쓰지 못하고, 아파도 아프다는 말조차 하지 못 하는 사람들이었다. 그리하여 고통 받던 중생의 썩어 문드러진 화농이 스 님의 글에서 말문으로 터져 나와 눈물 같은 이야기로 줄줄 흘러내리고 있 는 것이다. 마침내 중생들의 신음 소리를 보신 것이다. 세상소리를 모두 보아 관통하시는 분, 관세음보살~ 그리하여 대자 대비심으로 세상으로 나오자마자 시정으로 달려가 내민 손을 덥석 잡아준 것이라 하겠다.

실제 스님께 손을 내밀었던 많은 사람들이 스님 다비식에 왔다고 들었 다. 그중에 절간 사람들인 백담사 용대리 마을 주민들은 스님을 주저 없 이 삶의 은인으로 추모했다. 스님께서는 "이 다음에 내가 서울에서든 용 대리에서든 죽으면 '용대리주민장'으로 해줄 수가 없겠느냐?"라고 말씀 하셨단다. 그리하여 그 징표를 남기자고 하여 주민대표에게 '대한불교조 계종 백담사 대중 스님들께 드리는 말씀'이라는 글을 적어주셨다고 했 다. 그들은 유서에 다름 아닌 스님 자필을 공개했다.

1. 내가 죽으면 시체는 가까운 병원에 기증하고 병원에서 받지 않으면 화장해서 흩뿌려라.

2. 장례는 만해마을에서 용대리주민장으로 끝내라.

3. 염불도 하지 말고 제사도 지내지 말아라. 나는 여러분들 염불소리 듣 기 싫고 제사도 먹 지 않을 것이다.

4. 내 말을 듣지 않은 사람은 나의 원수다.

5. 끝으로 이 글을 유언장으로 용대리 주민 정래옥, 최영규 님에게 남긴 다.

이렇게 약속하셨고 주민들은 합심하여 '용대리주민장'을 준비해 두었 다고 했다.

어느 봄날 스님께서는 예언처럼 돌아가셨고, 마을 사람들이 '용대리 마을장'을 추진하였으나 장례는 신흥사에서 원로회의장으로 치렀다. '큰스님의 유지를 지키지 못했다'는 주민들은 본의 아니게 '스님의 원수가 되고 말았다' 며 눈물로 회상한다.

이렇듯 스님의 행적, 작은 편린만을 염탐했지만 '하나의 미세한 티끌 중에 시방 세계를 다 머금는다' 는 화엄의 도리인 일미진중 함시방(一微塵中含十方)이듯 소소한 것일지언정 다대하다 못해 무궁무진한 것으로 천착되었다. 숱한 법어를 법계에 증득해 들어가지 못한 중생에게는 법계의 무진 경계가 잘 보이지 않을 뿐이요, 염탐해 보니 집을 떠나 멀리 떨어져 있는 사람이 자기 집 소식을 잘 모르는 것과 같은 이치에 다름 아니기 때문이라 할 것이다.

이 글을 탈고할 즈음 습관처럼 여기 저기 두서없이 탐색하다가 나와 비슷한 생각을 가진 글을 발견했다. 한겨레신문 조현 기자의 글은 처음에는 이를 발견하지 못해 지나쳤고 이번에는 열 번 넘게 곱씹어 읽었다. 그의 글은 이러했다.

"초반엔 스님이 배를 갈라 내장을 드러나 보이는데도 의심하고 또 의심하다가 어느 날 홀연히 스님을 신뢰하고 공경했으니 나의 전심(前心)은 무엇이고, 후심(後心)은 무엇일까. 설악산 대청봉 위로 한 미친 노인네가 삼태기에 죽은 강아지를 담아 메고 대청봉을 넘고 있는데, 아직 나 홀로 설악산을 헤매고 있다. 스님이 떠난 봄날의 무산(霧山, 안개산)은 벼랑 밖으로 한 걸음 나아가기에 참 좋은 날이구나."

전심도 후심도 없는 나로선 기껏 옷깃만 스친 스님과의 삼생 인연으로도 무엇인가 툭하고 올라온다. 정녕 그것이 뭔지 몰라도 오롯하노니. 비로소 설악산 그윽하던 안개는 내디디고 선 천길 벼랑 끝 너머에 흰 구름으로 피어올랐다.

에피소드 3

스님을 추모하던 영결식과 다비식에서 승속의 많은 이들의 숱한 글, 말의 성찬과 만났다. 이를 살피고 소개하는 것은 스님의 열반게와 관련된 어떤 수수께끼의 실마리라도 잡을 요량이었다. 아뿔싸! 예상한 대로 스님이 남기신 열반게송의 가르침은 회광반조(回光返照) 되기는커녕 덕담과 상투적 일반론으로 두루뭉술하게 마무리되고 말았다. 추모현장을 기록으로나마 살펴되 서글퍼지는 것은 그것이 생사여탈의 여지없는 법거량 도량임에도 그리하지 못했다는 것이요, 앞으로도 그리하리라는 예감이 한 치 오차 없이 적중한 것에 다름 아닌 것을 어찌하랴! 이제라도 남은 스님의 행장을 퍼즐처럼 덧대어보는 수밖에….

그날 영결식에는 조계종 종정 진제스님과 총무원장 설정스님 등 많은 스님과 불자들은 물론 각계각층 인사들이 참석했다. 스님의 당부와는 정반대로 오전 10시 명종, 삼귀 의례, 영결법요, 헌다·헌향, 행장 소개로 시작된 영결법회는 영결사와 법어, 추도사, 조사, 조시 등으로 이어졌다.

스님의 절친 도반이자 화암사 회주 정휴스님은 "스님이 남긴 공적은 수미산처럼 높고, 황하의 모래처럼 많지만, 정작 그 공덕을 한 번도 드러내지 않음으로써 수행자의 하심(下心)을 보여주셨다"며 "무산당, 편히 쉬시게"라고 평생 도반(道伴·동료)을 추모했다. 조계종 원로회의 의장 세민스님은 영결사에서 "지난밤 설악산이 소리 없이 우는 것을 들었다. 계곡 물도 울먹이며 지나갔고 새들도 길을 잃고 슬픔을 참지 못해 우는 것을 보았다"며, "이처럼 삼라만상이 무릎을 꿇고 슬퍼하는 것은 이 산중의 주인을 잃었기 때문"이라며 애도했다.

진제 종정스님은 영결법어에서 "설악의 주인이 적멸에 드니 산은 슬퍼하고 골짝의 메아리는 그치지 않는다"며 "무산 대종사께서 남기신 팔십칠의 성상(星霜)은 선(禪)과 교(敎)의 구분이 없고, 세간(世間)과 출세간(出世間)에 걸림이 없던 이 시대의 선지식의 발자취였다"고 말했으며, 총무원장 설정스님은 추도사에서 "한없이 무애하여 이 설악산보다 더 크게 중생을 품고 지혜를 전해 주시던 스님이 한없이 그리워진다"며 "나에게 돌을 던지는 사람과 나에게 꽃을 던지는 사람을 함께 소중하게 여기라고 하신 스님의 말씀을 따라 의연하고 힘차게 나아가겠다"고 했다.

당시 중앙종회의장이던 총무원장 원행스님은 "우리는 죽음 앞에서도 농담을 던질 줄 아는 기백에서 당신이 성취한 무아와 하심의 깊이를 읽어야 할 것"이라며, "특히 만해스님의 민족애를 본받기 위한 '만해사상실천선양회'의 설립과 만해마을 건립은 중생제도의 정점에 서있다. 만해가 그랬듯, 큰스님도 시대의 분열과 혼란을 부수는 선구자였다"고 회상했다. 전국선원수좌회 공동대표 의정스님은 선원 수좌들을 대표해 "오늘 큰스님의 털과 뿔이 세상을 덮었으니 큰스님의 행화(行化)는 광명이 됐다"며 "천방지축이며 허장성세로 살아온 어리석은 저희 납자들은 큰스님 광명 속에 일념만년 정진 하겠다"고 다짐했다.

전국교구본사주지협의회 회장 성우스님도 "한평생 남녀노소, 빈부귀천을 분별하지 않고 선인이든 악인이든 대자대비의 무애행을 펼쳐 중생의 친구가 되고자 하셨던 천진무구한 대종사님의 법안이 오늘 따라 사무치게 그리워진다"며 "시처인(時處人)을 초월해 자유자재 하셨던 대종사님의 자비행이 그대로 오도송이요, 열반송이 되어 우주법계에 아름다운 연꽃으로 다시 만개되길 기원한다"고 발원했다. 이기홍 중앙신도회장은 "큰스님께서 한 자, 한 자, 글로써 남겨주신 가르침을 명심하고 스님께서 일구어 놓으신 보살행의 발자취를 후대에 올곧게 전하며, 종단 외호단체로써 더욱 정진하는 불자로서 본연의 목적을 구현하겠다"고 밝혔다.

승속이 함께 불자[사부대중] 본분을 말하는 자리에 현란한 언설보다 차라리 경전 한 구절을 마음 깊이 새기며 의견에 갈음한다.

붓다께서 바사익 왕을 비롯 인도 16개국의 국왕들에게 말씀하셨습니다.
왕들이여! 내가 멸한 후에 탐욕적인 국왕과 왕자와 모든 고위관리들과 사부대중들이 내 가르침을 파멸할 것이니,
마치 사자 몸 가운데 벌레가 생겨 사자의 살을 파먹는 것과 같은 것입

니다.

이런 파멸은 다른 종교인들이 파괴하는 것이 아니라는 사실을 알아야 합니다.

- 인왕반야경 제8 촉루품(지국거사 김태진, 비구 석진오 한역. 붓다를 사랑하는 사람들, 2015)

열반게, 생과 사를 관통하다

영결식을 마친 스님의 법구는 우리나라 최북단 적멸보궁인 강원도 고성 금강산 건봉사로 이운하여 다비식을 치렀다. 그 활활 타는 불길 위로 아득한 성자를 보았다. 더 아득해지기만 한 성자를 보았다. 결론적으로 스님의 크신 가르침을 공유하지 못하고 그 경지를 기리는 시간이 되지 못했다. 마치 한 편의 드라마를 보는 듯 여느 행사마냥 무탈하게 엄수되었다.

하지만 나로선 참 아쉬웠다. 그들만의 리그(?)가 되고만 것인가? 스님 당부대로 차라리 '용대리 마을장' 으로 치렀다면 어땠을까? 마을 밑바닥에서 우러나오는 사람들의 소탈한 말이라도 오고가곤 했다면 과연 어땠을까? 사람들이 짐작하는 무슨 실마리라도 있지 않았을까? 하고 안타까워했다.

그러던 중 불교계에서 '설악산 호랑이', '강원도의 맹주' 로 통했던 스님답게 정치권과 문화계, 사찰 인근 지역 주민까지 종교, 이념과 사람을 가리지 않고 많은 이들과 거리낌 없이 인연을 쌓았던 덕에 숱한 이들이 추념의 시간을 함께 했다.

이근배 시인은 조시에서 "높은 법문 그 천둥 같은 사자후를 어디서 다시 들을 수 있겠습니까"라며 "백세(百世)의 스승이시며 어버이시며 친구이시며 연인이셨던 오직 한 분!" 이라고 무산스님을 그리워했다.

스님이 일구신 '만해마을' 인제군 용대리 이장이던 정래옥 씨는 "큰스님은 신도들이 용돈을 드리는 것을 푼푼이 모아 아낌없이 주민들에게 베풀어 주셨다"며 "천분의 일이라도 큰스님께 마음으로나마 은혜를 갚으며 살아가고자 했으나 이렇게 훌쩍 떠나가셨다"며 안타까워했다.

"불가에서 '마지막 무애도인'으로 존경받으셨던 신흥사와 백담사 조실 오현스님의 입적 소식을 들었습니다."

"저는 그의 한글 선시가 너무 좋아서 2016년 2월 4일 '아득한 성자'와 '인천만 낙조'라는 시 두 편을 페이스북에 올린 적이 있습니다."

"이제야 털어놓자면 스님께선 서울 나들이 때 저를 한 번씩 불러 막걸리 잔을 건네주시기도 하고 시자 몰래 슬쩍슬쩍 주머니에 용돈을 찔러주시기도 했습니다."

"물론 묵직한 '화두'도 하나씩 주셨습니다."

"언제 청와대 구경도 시켜드리고, 이제는 제가 막걸리도 드리고 용돈도 한 번 드려야지 했는데 그럴 수가 없게 됐습니다."

"얼마 전에 스님께서 옛날 일을 잊지 않고 '아득한 성자' 시집을 인편에 보내오셨기에 아직 시간이 있을 줄로 알았는데, 스님의 입적 소식에 '아뿔싸!' 탄식이 절로 나왔습니다."

"스님은 제가 만나 뵐 때마다 늘 막걸리잔과 함께였는데 그것도 그럴듯한 사발이 아니라 언제나 일회용 종이컵이었습니다"

"살아계실 때도 생사를 초탈하셨던 분이었으니 '허허' 하시며 훌훌 떠나셨을 스님께 막걸리 한 잔 올립니다" 2018.5.27. 문재인이라고 쓴 대통령의 추모 SNS글도 추억담으로 남았다.

이렇듯 민초에서부터 대통령에 이르기까지 생사를 초탈하셨던 분으로 이구동성으로 추념하였다. '천방지축 허장성세'로 살아온 것을 뉘우치고 그래서 짐승이 되어 가셨다는데 참 솔직하신 스님들이다"라고 말한 어느 성직자의 말에 말문을 막는 말에 다름 아니었다.

행여 그들이 말문을 연다면 거기에 스님의 생전 육성을 덧대어 보면 어떨까? "선원이나 토굴에서 참선만 하며 심산유곡에서 차담과 도화를 즐기며 고담준론과 선문답으로 지내며 무소유의 삶을 살았다고 해서 깨달음의 삶을 산 것이 결코 아니다"고 말했다. 그러면서 "화두를 타파하면 부처가 된다고 하는데 부처가 왜 존재하느냐"고 되물었다.

이토록 천방지축 말을 해도 알아듣지도 못할 세상이라니 '억' 하는 할(喝)이라도 내뱉어야 할 판이 되고 만다. 생사를 관통하는 말씀을 남기고 가셨음을 여실히 증명한 것에 다름 아니나 어쩌면 알아듣지도 그리하지도 않을는지도 모를 일이다.

견처[깨달은 자리]를 일러준 열반의 노래

아프고도 아프지만 달리 다른 방도가 없다. 그 희화화 한 화두의 말머리를 잘라 구구절절이 돌아가지 않고 단도직입으로 한 마디 한다.

"천방지축(千方地軸)"은 하늘과 땅의 방향과 축을 모를 정도로 허둥지둥 대며 사는 사람을 이르는 말이며, "기고만장(氣高萬丈)"은 기운(氣運)이 만장이나 뻗치었다는 말로, 펄펄 뛸 만큼 크게 성이 나거나 또는 일이 뜻대로 되어 나가 씩씩한 기운이 대단하게 뻗침을 의미하며, "허장성세(虛張聲勢)로 살다보니"는 아는 것이 없으면서 허세만 부리는 것을 일컫는다는 사전적 의미로는 그렇게 산 것으로 이해된다고도 했다.

하지만 이 비밀스런 말씀을 스님의 어록으로 풀어보면 어떨까요? 라며 몇 말씀을 덧대어 소개했다.

평소 산승을 자처하던 설악산 오현스님은 말씀하셨다.

"삶의 스승, 인생의 스승이 내 곁에 있다는 것을 알아야 한다. 내게 밥 해 주던 공양주가 선지식이다. 내 방에 군불 넣어 주던 부목이 선지식이다. 죽은 자를 만지는 염장이가 선지식이고, 내가 만나는 사람이 나의 스승이고 선지식이다. 그들의 삶이 경전이고, 팔만대장경이다."

"해인사의 대장경은 골동품 문화재이다. 대장경에 억만 창생이 빠져 죽었다. 경전에 무엇이 있을 거라고 했지만 건질 게 없었다. 건져도 건져도 건져지지 않는다. 중생 한 사람도 건질 수 없다. 불교역사에서 경전에 매달려 빠져 죽은 사람이 얼마나 많은가, 이것이 진리다" 면서 세상 속 중생의 삶 속으로 들어가 선지식을 찾고 가르침을 찾으라고 사자후했다.

그 말씀, 어록이 바로 시가 되고 가르침이자 세상을 위무하는 노래가 되었다.

그리하여 당신은 우리네 삶이 곧 살아있는 팔만대장경이라며 천방지축 세상을 수행처 삼아 기고만장하며 철저히 허장성세로 둔갑시켜 일관하였는지도 모를 일이다. 마찬가지로 세상은 천방지축으로 꽃이 피어 기고만장 만개하였다가 허장성세가 다하면 뚝뚝 떨어져 버리는 자연의 도리에 다름 아니다. 병든 사람의 눈에는 허공중에 사시장철 꽃, 헛꽃[幻華]이 피듯 세상 사람들의 마음에는 돈 꽃, 사랑 꽃, 명예 꽃 등 갖가지 꽃이 시도 때도 없고 스물네 시간 영일 없다.

이렇듯 스님은 '사람을 건지지 못하는 것은 진리가 아니다' 라는 선언과 더불어 산에 머물며 속세를 멀리하지 않고 세상으로 나와 인간[중생] 구제로 종횡무진한 것이다.

나아가 선승의 죽은 수행을 신랄하게 꼬집기도 하셨다. "선원이나 토굴에서 참선만 하며 심산유곡에서 차담과 도화를 즐기며 고담준론과 선문답으로 지내며 무소유의 삶을 살았다고 해서 깨달음의 삶을 산 것이 결코 아니다"고 말했다. 그러면서 "화두를 타파하면 부처가 된다고 하는데 부처가 왜 존재하느냐?"고 물었다. 그 물음 또한 현재진행형이다.

오봉산(五峰山) 앞
옛 바윗굴,
ㄱ 속에 한 암자가 있으니,
이름하여 전물암(轉物庵).

내 이 암자에
깃들어 살면서,
다만 하하 웃을 뿐
말하기 어려우이.

입술 일그러진 바릿대와
다리 부러진 솥으로,
죽 끓이고 차 끓이며
애오라지 하루해를 보내노라.

– 고려시대 선승 무의자 혜심의 '전물암(轉物庵)에 잠시 살면서' 전문

　어쩌면 깨달음의 경계가 그야말로 최고의 경지에 이른 불후의 선시로 평가되는 '무의자 혜심'을 생각나게 하는 행보라 할 수 있다. 격외처가 가감 없이 드러나고 선사로서의 최소한의 위의마저 당당하게 무너뜨리는 대담한 서술과 너무도 거짓 없음이 상통한다. 자신의 은둔생활을 토로하는 파격적 격외에 있다고 한 혜심의 불이(不二)의 경계처는 너무도 당당하니 오현당과 더불어 천방지축을 흔들고도 남는다. 전몰암에서 시퍼런 선지로 기고만장하나 일그러진 바릿대와 다리 부러진 솥으로 겨우 연명한다는 혜심이나 허장성세로 중생심을 단칼로 가차 없이 끊어 버린 오현일랑 시대를 거슬러 관통하고 있는 것은 아닐는지(?)

　아직도 생생한 나의 오현당은 묻고 답한다.

　"중생의 삶, 슬픔, 살아온 이야기와 그 사람들이 살아가고자 하는 이야기에 귀를 기울여야 한다. 선재동자가 찾아 나선 중에 선지식도 있지만 중생을 찾아 나섰던 것이다. 문수의 지혜를 배우고 보현의 행원을 배워야 한다"고 하신 스님의 말씀을 대중 강좌에서 만난 어느 교인에게 그대로 말했다. 이어 이 같은 말씀을 통해 스님의 수행이력을 가늠해 보는 것이

어떠냐고도 반문했다.

견처(見處)를 넘나던 열반의 노래

그 날 좌중이 조용해진 가운데 그들이 '허장성세로 그리 살다가 스님이
털 나고 뿔난 짐승이 되고 말았다고 고해성사하듯 고백하였다' 고 하는
말을 꺼내어 한 방으로 내리쳤다. 적어도 속으로는 '이놈들아 알기나 하
고 그리 말하는 거야? 바로 이것이다' 라고 했다. 덕산방(德山棒) 임제할
(臨濟喝)이 사람을 죽이고 살리는 '살인도 활인검' 이 된 까닭을 그들로선
알기나 하겠냐만 나로선 방(棒)과 할(喝)로 마치 '무차법회' 에서의 예와
같이 한방 거량으로 일갈했다.

"온몸에 털이 나고 이마에 뿔이 돋는구나.
억!"

"일찍이 중국 당나라의 대표적 선승 동안상찰(同安常察, ? ~961) 스님
은 깨달음의 단계와 경지를 열 가지 현묘한 말씀이란 뜻의 『십현담(十玄
談)』을 불서로 발간하여 후세에 전했다. 동안선사는 이 경책 속에 열 개
의 주제어를 제시하고, 그 각각에 대한 의미를 선시(禪詩)로 읊었다. 나는
그 중 '온몸에 털이 나고 이마에 뿔이 돋는다' 는 오현스님 열반게송 피모
대각(被毛戴角)의 경지는 바로 여덟 번째 전위(轉位)에 해당한다" 며 말을
시작했다.

'전위' 란 위치가 변한 후에 다시 돌아온다는 뜻으로 사람이 온몸에 털
이 나고 뿔이 돋는 축생으로 바뀌었다가 본래의 불성(佛性)으로 돌아오
는 것을 말한다. 즉 '전위' 는 불성과 중생성, 성(聖)과 속(俗)이 일체가 된
경지이다. 일곱 번째 경지인 환원(還元)에서 시작된 성[性品]의 움직임이
여기에서는 세속과 합하여진 것을 이른다.

풀어서 말하자면 산에서 도를 이룬 도인이 산에 머무르지 않고 저잣거리로 내려와 동네 시정배들과 어울리는 상태를 이르는 것을 말한다. 조선시대 유불선에 조예가 깊고 승가에서는 설잠스님으로 더 잘 알려진 매월당 김시습은 그의 '십현담 요해'에서 이를 일러 "마치 '금시조(金翅鳥)'란 새가 허공을 자유자재로 날다가 떨어지지 않는 것과 마찬가지로 비록 공(空)한 데를 의지하여 유희하지만 공에 기대지 아니하고 또한 공에 구애되지도 아니한다.(翅翅鳥飛騰虛空, 自在翺翔, 而不墮落. 雖依空以戲, 而不據空, 亦不爲空之所拘礙. 名曰廻機.)"라고 '전위'를 설명하였다.

만해 한용운은 '십현담 주해'에서 환원을 넘은 전위의 경지를 변증법적 진화과정으로 잘 간파하고 있다. 그래서 '전위'를 해석하는 대목에서 이렇게 말하고 있다. "취한다고 해서 아름다운 것이 아니요, 버린다고 해서 묘한 경계도 아니다. 그러므로 다시 한 위를 더 올라가니 올라가고 올라가서 응접에 여가가 없다"고 말한다. 이 대목은 '이류중행(異類中行)'을 노래하는 구절이다. 즉 방향을 돌려 중생구제로 향하는 것을 노래하고 있다는 설명이다. 이렇듯 전위(轉位)를 해석함에, 김시습과 만해선사 사이에 견해의 차이점은 보이지 않으므로 아래와 같이 나름 풀이할 수 있다.

즉 "털을 뒤집어쓰고 뿔을 단다는 것은 쇠축생를 말한 것이요, '세상[纏]'이란 시정(市井)을 말한 것이다. 이는 그 정위(正位)에 거처하지 아니하고 다른 것들 가운데 좇아 행함을 말한 것이니, 기연에 따르고 사물에 접해서 만기에 응용하는 것이 그 일정한 방소와 방법이 없이 두루 응용됨을 말한 것이다." '몸에 털 뒤집어쓰고 뿔을 단다는 피모대각(被毛戴角)'은 짐승으로 환생하는 것을 의미한다. 중생구제를 위하여 다른 부류[異類中行]의 생명체로 몸을 바꾸어 실천 수행하는 보살행을 뜻하는 경계인 것이다.

아득한 열반, 더 아득한 열반게송

십현담의 '피모대각', '이류중행, '화중우(火中牛)' 의 정신에 깊은 관심을 드러내고 있으며, '정위' 에 머물되 머물지 않는 선사상에 어우러져 있는 경계이다. '삼세제불이 소가 되기도 하고 말이 되기도 한다는 표현은 깊은 선사상을 일러주고 있다' 는 만해의 주석은 매월당의 견해와 같은 듯 다르게 일정한 거리를 느끼게 하고 있으며 간명하고 특징적으로 현대화한 주석으로 이해된다.

만해는 '십현담 주해' 에서 원전의 '환원' 편을 '파환향' 으로 바꾸고, 대장부다운 기개를 강조하는 선풍, 부처가 가지 않은 길에 대한 사유, '정위' 에 머무는 선의 부정, 부단한 몸 바꾸기[轉身]를 통한 현실주의의 모색 등은 주해에 반영된 그의 선사상의 중요한 특성이라고 주장한다.

마찬가지로 매월당 김시습 또한, "본래의 몸을 돌려 성현의 지위에 들어가지 않는 것을 본색인(本色人)이 행하는 곳이라고 한다. 여기에 이르면 정위(正位)에 머물지 않고 그 몸도 선택하지 않으면, 즉시 다른 생명들 속으로 들어가서 털을 뒤집어쓰고 뿔을 달고 쟁기질을 할 뿐 일체 다른 생각을 안 한다는 것이다.

내가 만일 축생계로 향할지면 축생들 스스로 지혜를 얻게 되기를 '아약향 축생 자득 대지혜' 라는 천수경 게송 일구로도 그 경계가 드러난다. 그때 그 교인에게 더 보태어 할 말은 많았으되 당시에 인용하여 말한 그 '십현담' 시구로 이를 대신하고 말았다.

당시 사람들은 알아듣는 눈치였으나 그것으론 성이 차지 않았다. 시조 시인으로 활동하며 여기저기에 발표한 스님의 글을 읽으며 천지사방을 우레소리로 일갈하신 깊은 뜻을 당시 나로선 온몸으로 천착할 뿐이었다. 그리하여 나의 '아득한 성자' 오현당은 이제는 '더 아득한 성자' 가 되고 말았는지도 모를 일이다.

披毛戴角入塵來 (피모대각입전래)

優鉢羅花火裏開 (우발라화화리개)

煩惱海中爲雨露 (번뇌해중위우로)

钁湯爐炭吹教滅 (확탕노탄취교멸)

無明山上作雲雷 (무명산상작운뢰)

劍樹刀山喝使摧 (검수도산할사최)

金銷玄關留不住 (금쇄현관유부주)

行於異路且輪廻 (행어이로차윤회)

털가죽 걸치고 머리엔 뿔을 이고 풍진세상(저자)[들어오니

우발라 꽃이 불속에 피었구나

번뇌의 바다 가운데 비와 이슬이 되고 되어(중생을) 적셔주고

활활 타는 가마솥 화로 지옥 불을 가르침으로 불어 끄고

무명산 위에서는 구름 되고 천둥 치네

검수지옥 도산지옥 날쌘 칼날 소리쳐 모다 꺾어버리네

쇠로 된 자물쇠(부처님 궁전)로 현관문(조사의 관문)을 잠가두어 머
물지 아니하고

다른 길(중생들의 세계)로 가서 또 윤회하는구나

— 당나라 선승 동안상찰(同安常察, ?~961) 스님의 『십현담(十玄談)』 중 전위(轉位)

　스님의 '억!' 소리는 사방천지 천방지축을 뒤흔들고 기고만장하는 그
네들을 자비보살로 끌어안으며 부르는 노래 끝자락에 다름 아니다. 끝끝
내 허장성세의 꿈같은 세상살이를 바로 보라고 하는 어머니의 자장노래
를 마치는 간곡한 외마디였다. 산천을 울리는 메아리로 남았다. 어쩌면
시퍼런 마음에 영세불망비(永世不忘碑)로 남은 것은 아닐까?

열반게를 보는 같은 듯 다른 풍경

누구나 다를 수 있다. 달라도 좋다. 온갖 억측, 오해와 펌훼가 난무함에도 아랑곳하지 않고 침묵한다면 사뭇 같지 않아도 낮지 않은가 한다. 열반게에 대한 견해를 두고 하는 말이다. 이후 도발하듯 한 발전적 논의를 이어가길 소망하며 열반게에 대해 주석을 단 분들의 해석론을 여럿 소개하자니 그 뜻이 설악산 안개 되어 피어오르듯 하다.

김관용 시인은 입적 후 세 달 가량 지난 즈음에 "오현스님 같은 분이 우리 곁에 머물렀다는 것도, 그가 한줌 재가 되어버렸다는 것도 이날 날씨처럼 거짓인 것만 같았다. 육신을 해탈하기 이전에 이미 그는 무애도인으로 알려져 있었다"며 스님을 무애도인으로 불렀다.

열반송에서 "온몸에 털이 나고 이마에 뿔이 돋는다"는 말을 남겼다는데 이건 무슨 의미일까 한다며 시인의 자유로운 정념에서 돋은 상상력의 언어일까 하고 의문을 던지기도 했다. 그러면서 오현스님이 역해한 '무문관' 제47칙 도솔의 관문[兜率三關] 본칙을 인용했다. 시인은 "불교의 유식론(唯識論)에는 거북이 털과 토끼의 뿔에 관한 비유[披毛戴角]가 등장하는데 앞서 언급했던 구절은 거기서 연유된 듯 보인다"는 견해를 밝혔다. 그리하여 "어떤 의도에서 이런 게송을 세상에 던진 건지 참구하는 것에서부터 조오현 시를 탐색하는 작업은 시작될 것이다. 그 사이 우리는 이런 시들을 경유해야 한다"며 〈된바람의 말―무자화 5〉, 〈아지랑이〉란 시를 통해 이를 일러 '조오현식'으로 옮긴다면 "있는 그대로를 보라가 될 것이다"라고 말한다. "나아갈 길이 없다 물러설 길도 없다"는 내적 소요가 쉽게 각인되는 이유는 생존에 관한 강한 열망이 있기 때문이다. 말처럼 '있는 그대로' 볼 때 '해석 불가능하던 아포리즘은 현실이 된다'고도 했다.

또한 피모대각(披毛戴角)은 여러 경전에서 논설되지만 수로 관념과 언어의 허망함과 그것에 대한 집착을 경계하라는 의도에서 전개된다. 만법은 오로지 식(識)이 작용한 소산이라고 보는 유식삼성설(唯識三性說)에 근거하여 유식은 인간의 마음 형태와 세계의 실상을 세 가지로 분류한다며 원성실성(圓成實性), 의타기성(依他起性), 변계소집성(遍計所執性)을 소개했다. 거북이 털과 토끼의 뿔은 변계소집에 속한다며 '변계소집'이란 명칭에 의해 세워진 것으로 '보편적인 분별에 의해 분별된 것'을 의미한다고 결론을 내린다. "그는 언젠가 조오현 시인이 '허망하고 쓸데없는 언어의 그물질'이라고 할 수 있다며 듣는 이에겐 경종이면서 스스로를 경계하고자 했던 문학적 규범이다"고 말한다. 이즈음 우리는 조오현의 자기규정을 귀담아 들을 필요가 있다며 최종 결론을 유보하고 만다. 그만큼 심오하다는 것의 반증이라고 하기에 충분한 안목이라 하겠다.

또한 의미 있는 일은 스님 열반 1주기 추모 세미나 '설악무산 그 흔적과 기억'을 인제 만해마을에서 열었다는 것이다. 이근배, 오세영, 신달자, 한분순, 홍성란 등 시인들과, 이상문 소설가 등 문인들은 물론 생전 스님과 인연이 깊었던 대중들이 스님의 생애와 사상, 문학에 대해 조명하고, 생전 가르침을 되새긴 것으로 알려졌다.

조병활 성철사상연구원장은 '설악무산의 불학(佛學) 사상과 그 의미'를 되새기며 "스님은 시장에 들어가 머물러도[입전(入塵)] 항상 깨끗함[상정(常淨)]을 잃지 않았다. '입전상정의 경지'를 개척했다고 말했다. 아울러 이성과 지성을 강조한 그의 불교관이 작용한 결과다"라고 스님이 세간에 남긴 불학사상에 주목했다.

이숭원 서울여대 명예교수는 '설악무산의 문학세계와 그 위상'을 통해 "시조의 서정성을 집중적으로 추구하여 단순한 시어, 간결한 형식으로 단형 시조의 미학적 완결성을 이룩했고, 평범한 시어를 통해 삶의 진리를 압축적으로 형상화하는 독자적인 지점에 도달했다"고 스님의 문학 세계를 조명했다.

조현 한겨레신문 기자는 '기자가 본 설악무산의 인간적 면모' 주제 발표에서 "초발심의 가치는 사라져 거기에 타인이나 대비는 사라지고 개인의 명예욕만이 남는 경우가 허다하다. 그러나 스님은 늘 손잡고 올랐다. 아무도 쳐다보지 않는 자들, 무시당하는 자들, 버려진 자들, 아픈 자들, 약한 자들과 함께"라고, 스님을 추모했다니 앞으로도 그 논의를 이어가길 기대해 본다.

또 한 사람 평소 스님을 잘 안다고 알려진 김한수 조선일보 종교전문기자는 오히려 섣부른 답을 내지 않고 오히려 질문을 화두처럼 던진다. "왜 그러셨을까? 작년 5월 입적한 오현스님을 생각하면 매번 떠오르는 궁금증이다." '처음 만났을 때 왜 그러셨을까?' '뭐가 그리 급해서 그렇게 빨리 가셨을까?' '왜 마지막 만나는 날까지 아무런 힌트도 주지 않으셨을까' 등등…. "스님이 떠난 후 한동안은 '속았다' 는 생각이었다. 첫 만남부터 입적하시기 사흘 전까지 15년간 계속 스님이 필자를 속였다고 생각했다. 그런데 그 '속았다' 는 걸 계속 생각하다 보니 '스님은 왜 속였을까?' 로 질문이 바뀌었다. 그렇게 또 시간이 지나자 '스님이 나를 속인 것이 아니라, 내가 속았다고 생각하는 건가?' 로 바뀌었다. 그러다 결국 남게 된 의문이 '왜 그러셨을까?' 이다. 이젠 필자에게 이 물음은 화두 아닌 화두가 됐다" 라며 스님을 회상했다.

그리하여 어디쯤에서 스님의 행장을 탐문하고 그 화두에 덧칠을 하고 있을지도 모를 일이다. 이렇듯 열반게는 누구에게는 화두가 되고 숱한 생사여탈의 현장을 살아가는 세상 사람들에게는 맞춤형 지침이 되었다.

不二, 붓다의 게송인 듯 열반게를 듣보다

게송~ 그 수려한 문장과 비유는 문학적 장치, 수사에 더하여 생생하고도 깊은 감명을 주기에 충분하다. 대표적 호국경전인 '인왕반야경'은 '불교 신리의 사회화' 일환으로 필사가 식식한 것을 식신오 스님이 의역하여 함께 윤문하고 숱한 독회를 거치며 승속이 힘을 합쳐 완성하였다.

한글화 역경작업을 하면서 '불교경전의 문학화' 라는 소명의식이 생겨나고 문학적 접목이 무엇보다 절실하다는 사실도 알게 되었다. 그리하여 승속 두 사람은 '호국인왕경'을 노래와 시로 표현하는 데에 의기투합했다. 불교문학에 대한 관심은 이같이 소중한 경험 탓에 자연스레 경전 말씀을 넘어 시대를 아우르는 법문, 게송, 선시 등 여러 불교문학 작품으로 확장되어갔다.

그 결과 수년 전 한글화하여 수지 독송중인 호국인왕반야경에 주목하였다. 인왕경 제4품인 이제품(二諦品)에 있는 붓다의 게송을 소개한다. 이는 스님의 열반게송을 이해하고 어떤 실마리를 제공하리라는 확신이기도 하다. 그리하여 不二, 오롯한 하나에 이르는 합일의 경지를 체득하려는 시도에 다름 아니다. 더 이상의 언설은 이미 그 의미를 단절하고 모든 이름과 형태(nama-rupa)를 넘어서 있어 언어로는 표현할 수 없다는 언어도단(言語道斷), 불가언표적(不可言表的)이라 할 것이다. 각설하다.

그 때 바사익 왕이 붓다께 말씀드렸다.

"제일의제(第一世諦) 가운데 세제가 있습니까, 없습니까? 만약 없다면 지혜는 마땅히 둘이 아닐 것이요, 만약 있다면 지혜는 마땅히 하나가 아닐 것이니, 하나와 둘의 뜻과 그 일은 어떠한 것입니까?"

붓다께서 대왕에게 말씀하셨다.

"그대는 과거 7불(佛)께 이미 하나의 뜻과 둘의 뜻을 여쭈었느니라. 그대는 지금 들음도 없고 나도 지금 설함도 없나니, 들음도 없고 설함도 없는 것이 곧 하나의 뜻이요, 둘의 뜻이니라. 그러므로 자세히 듣고 자세히 들어서 그것을 잘 생각하고 법답게 수행하라. 칠불(七佛)의 게송은 이와 같으니라.

모양 없는 제일의(第一義)
스스로도 없고 남이 지음도 없으나

인연은 본래 스스로 있어
스스로도 없고 남이 지음도 없네.

법성은 본래 성품이 없고
제일의(第一義)도 공과 같으며
모든 존재[有]는 본래 있는 법[有法]
3가(假)는 거짓이 모여 있는 것이네.

없는 것도 없고 진리[諦]는 실로 없어
적멸한 제일의(第一義) 공
모든 법은 인연으로 있는 것
있고 없는 뜻 이와 같도다.

세제(世諦)는 환화에서 일어난 것
비유하면 허공의 꽃과 같고
그림자 같고, 세 손[三手] 가진 이 없듯이
인연인 까닭에 거짓 있는 것.

환화(幻化)로 된 이가 환화를 보고
중생은 환제(幻諦)라 이름하고
환사(幻師) 요술의 법보는 듯
법[諦]은 실로 곧 없는 것.

이름하여 모든 부처님의 관(觀)이요
보살의 관도 또한 그러하네.

　　– 인왕반야경 제4 이제품(지국거사 김태진, 비구 석진오 한역. 붓다를 사랑하는 사람들, 2015)

대왕이여, 보살마하살이 제일의 가운데서 항상 2제(諦)를 비추어서 중생을 교화하나니, 부처님과 중생은 하나요 둘은 없느니라. 무슨 까닭인가? 중생이 공하므로 보리의 공함을 얻고, 보리가 공하므로 중생이 공함을 얻으며, 일체법이 공하므로 공함까지도 공하느니라.

무슨 까닭인가? 반야는 모양이 없으며, 2제는 허공이요, 반야도 공이라 무명(無明)에서부터 살바야에 이르기까지 스스로의 모양이 없고 남이라는 모양도 없는 까닭에 5안(眼)이 이루어질 때 보아도 보이는 것이 없나니, 행(行)도 또한 받아들이지 아니하고[不受], 행하지 아니함도[不行] 또한 받아들이지 아니하며, 행하지 아니함과 행하지 아니함이 아닌 것도 또한 받아들이지 아니하고, 나아가 일체 법까지도 또한 받아들이지 않느니라.

보살이 아직 성불하지 아니하였을 때는 보리를 가지고 번뇌를 삼고, 성불하였을 때는 번뇌를 가지고 보리로 삼느니라.

무슨 까닭인가? 제일의에는 둘이 아니기 때문이요, 모든 부처님 여래와 나아가 일체 법까지도 같기 때문이니라.

그리하여 오현당의 '열반게' 는 언설이 끊어진 공(空)한 원래의 자리로 가고 만 것인가?

오현당 게송, 문학으로 다시 읽기

법명 무산(霧山), 법호 설악(雪嶽), 자호 만악(萬嶽), 필명 조오현(曺五鉉)스님은 1968년 『시조문학』으로 등단하여 기존의 五言 漢詩 형식을 금과옥조로 고수해 오던 한국 선시조(禪時調) 문학에 새로운 시조형식의 '한글 선시조' 의 방향과 전범(典範)을 제시한다. 이를 통해 문학사상 최초의 한글 선시조의 창작자이자 일반인도 접근 가능한 본격적인 의미의 선시조를 완성한 것으로 평가받는다. 그는 종교적 깨달음을 이룬 뒤 대중교화와 무욕 · 무념의 경지 실현에 나섰다. 동해 바다를 휘감은 신흥(神

興), 낙산(洛山), 백담(百潭) 등 대가람을 중창하였다. 시인으로서 선과 시조를 적절히 구사하여 현대시조사에 전례 없는 독보적, 파격적인 선시조를 정립해 나갔고 시조문학의 세계화에 기여했다. 근래 우리 문학사에서 이러한 선적(禪的) 풍미와 시조양식을 결합한 사례는 찾아보기 어렵다.

스님 대표 작품집 《아득한 성자》의 권두, '시인의 말'에서 "건져도 건져 내어도/ 그물은 비어 있고/ 무수한 중생들이/ 빠져 죽은 장경(藏經) 바다/ 돛 내린 그 뱃머리에/ 졸고 앉은 사공아"라고 적었다. 텅 비어 건질 것도 버릴 것도 없는 '공(空)의 세계'에서 '사공'은 화두라는 그물을 드리운 수행승, 깨달은 사람이리라. 졸고 앉은 사공을 부르는 이는 어쩌면 졸음 수마에서 벗어난 주인공 스스로를 부르는 시인 자신의 모습이기도 하다.

이와 같이 오현 선시조 세계는 일체 만상과 만법이 비어 있다는 '공'의 지혜를 통찰하는 전제에서 그 치열한 사유를 전개하는 출발점으로 삼고 있다. 조오현표 선시조의 중요한 글감은 세상에서 허투루 보이는 것들을 자신의 마음으로 필터링하면서 찾는다. 세상 것들을 보고 또 보고 마침내 현미경으로 하나 하나를 해체하고 돋보기로는 응집하여 채집하듯 새로운 시어로 건져 올린다. 사상적 배경에는 반야 '공' 사상, '중도' 사상, '불이' 사상 등이 자리하고 오묘한 경지로 환지본처한다. 이 사상의 중심은 불가에서의 연기와 공(空)사상이라 하겠다. '연기'와 '공' 사상의 시적 승화를 통해 개별적인 작품에서 자유와 평화 그리고 평등의 세계를 구현하려는 것이었음을 그를 연구하고 염탐 또는 천착해 온 작가들의 공통된 의견이기도 하다.

현재까지 연구된 박사학위 논문으로는 최초로 김민서 박사가 '조오현 선시 연구'를 상재했고, 유순덕의 '현대시조에 나타난 형식미학과 생명성 연구―이병기, 조운, 김제현, 조오현을 중심으로', 배우식 시인은 스님 입적을 앞둔 2018년 2월 '설악 조오현 선시조 연구'로 박사학위 논문 그

뒤를 이었다. 석성환의 '무산 조오현 시조 연구'는 2007년 석사논문으로 발표된 바 있다.

이를 차례로 소개하면 김민서의 '조오현 선시 연구'는 조오현 선시에 주목하고, 시를 형성하는 불교적 사유를 통해 그의 문학적 세계관을 규명하고자 했다. '선시의 형성 배경과 전승'과 '조오현 선시의 형성 배경과 창작 과정', 그리고 '조오현의 불교적 세계관과 선시'에 대해 탐구하고 있다. 김민서는 그의 시가 일종의 돈오, 자성에 대한 직관적 지각을 특징하는 바, 우선 선에서는 이성에 의한 추상화와 개념화에 반대하고 구체적인 체험에 의한 '깨달음'에 이르고자 한다고 주장하며 깨달음은 이론이 아니라 체험임을 강조한다.

유순덕의 '현대시조에 나타난 형식미학과 생명성 연구—이병기, 조운, 김제현, 조오현을 중심으로'는 각 시인의 '형식미학'과 '생명성'에 주목한다. 특히 조오현의 '변용적 형식미학'에서 "단시조와 연시조, 사설시조를 정격으로 창작하면서도, 점차 변용 및 확장으로 나아가는 형식임"을 탐구하였다. 유순덕은 '순환적 생명성'에서는 "죽음은 다시 생명으로 이어지는 순환적 생명성을 추구한다"고 피력한다.

배우식은 자신의 박사학위 논문 이전에 조오현의 작품에 관한 연구는 끊임없이 지속되고 있다며 선행 연구들을 소개하고 불교사상의 시적 형상화에 대한 본격적인 연구를 위해 '설악 조오현 선시조 연구'를 테마로 '조오현 선시조의 형성 배경과 특징'을 고찰하고, '선시조의 관점에서 본 다섯 가지 유형', '불교사상의 시적 형상화' 그리고 '조오현 선시조의 문학사적 의의'를 두루 조망한 것으로 조오현 선시의 문학사적 가치를 다각적으로 평가한다.

이상 박사학위 논문을 살펴보면 필자들 공히 스님의 창작활동의 근원을 불교적 세계관, 생명존중사상, 수행체험에서 오는 깨달음의 형상화 작업의 일환으로 보고 있다. 석사논문인 석성환의 '무산 조오현 시조 연구'

는 조오현의 '창작활동과 문학관', '작품의 구조와 특징', '작품세계'로 대별하여 고찰했다. 결론에서 "무산 시조는 선방(禪房)의 인연에 의해 시조시를 만나 이를 선방에서 꽃피워 누구도 시도하지 못했던 새로운 길을 이룬 선시조라는 현대 시조시 안에서의 불교시조시의 새로운 지평을 활짝 열어놓았다"며 조오현이 선시조의 영역을 넓힌 것에 의미를 부여한다.

연구자 공히 스님의 선시조의 지평을 넓힌 문학사적 의미를 강조하고 있음은 그 수행 경지를 별론으로 하더라도 불교와 문학, 성과 속, 이와 사를 두루 아우른 스님의 문학적 역량을 높이 기리고 있는 문학적 평가라고 하겠다.

말과 글을 끊어낸 자리, 털이 나고 뿔이 돋다

앞에서도 언급한 바 있듯이 김관용 시인은 '조오현 시의 선(禪)과 인식론적 경향'에서 '육신을 해탈하기 이전에 이미 그는 무애도인으로 알려져 있었고, 무애도인은 열반송에서 "온몸에 털이 나고 이마에 뿔이 돋는다"는 말을 남겼다.' 결론적으로 '조오현 문학을 말해 그의 선시조를 심우(尋牛)에서 적멸(寂滅) 사이를 운행하는 어떤 정신의 흐름이라고 이해한다면, 앞서 언급한 열반송도 그 어디쯤 위치할 것이다.' '이는 비구나 시인이라는 어떤 양태적인 구조에도 걸리지 않겠노라는 뚜렷한 욕망의 표출이지만, 그것의 내적 층위에서는 에고로써 욕망이 아니라 에고를 벗어나려는 욕망으로 작동한다'고 했다. "그의 선과 시 그리고 현실은 한 점으로 모인다, 그 한 점이 화두다." '위태롭지만 그는 화두를 통해 생존하려 했다.' '게송으로서의 화두는 감상의 차원으로 전시되는 게 아니라 각성을 목표로 던져진다. 사구가 아니라 활구의 차원인 것이다.'

시인의 말마따나 죽은 게 아니라 살아 있는 것, 죽이는 것이 아니라 살리는 것이라고 읽는다. 오묘하다.

혜심은 자신의 깨달은 바 견처(見處)를 '하늘과 땅을 대신하여 답함(代天地答)'이란 제목으로「無衣子詩集」卷上에서 다음과 같이 밝히고 있다. "천 가지로 만 가지로 죄 다른 일들이란/ 모두가 망상 따라 생겨나는 것이로다/ 만에 하나 이 분별심 벗어나면/ 무엇이든 다 같은 것 아니겠나" 세상의 불공정과 고통의 원인을 깊이 회의하던 혜심은 한 순간의 돈오로 의심을 풀고 대오한다. 그런 후에 스스로 하늘과 땅을 대신하여 삼천대천세계란 단지 중생의 망상에서 기인한다는 사실을 밝힌다. 그리하여 망상을 일으키는 원인인 분별심을 벗어나기만 한다면 일체 제법은 둘이 아니라는[不二] 대립을 떠난 초월의 경지를 읊는다.

그야말로 '眞覺國師語錄補遺'에서 "손가락을 퉁기는 짧은 순간에 팔만의 법문을 원만히 성취하고, 한 찰나에 삼기겁의 업을 소멸"시키는 돈오로 마침내 깨달음을 성취하면서, 일체의 명칭은 모두 마음의 명칭이라는 심지법(心地法)을 완벽히 증득하고 천명한 것에 다름 아니다. 필자가 이를 소개하는 것은 그 오묘함을 천방지축 울림에 대신하여 답하고 있기 때문이다.

있고 없음 본래 스스로 둘
비유하면 소의 두 뿔과 같아
비춰 보아 알면 둘 없음 보나니
이제(二諦)는 항상 상즉(相卽)하지 않네.

마음 알면 둘 아님 보나니
둘을 구해도 얻지 못하며
이제(二諦)를 하나라 아니하는데
둘 아님을 어찌 얻으리.

알면 항상 스스로 하나
법은 항상 스스로 둘
이 둘 없음 통달하면
참으로 제일의(第一義)에 들어가리라.

– '인왕반야경' 제4 이제품(지국거사 김태진, 비구 석진오 한역. 붓다를 사랑하는 사람들, 2015)

역시 경지란 둘이 아님을 다르면서 다르지 않음을 스님의 '피모대각 (被毛戴角', 혜심의 '대천지답(代天地答)' 그리고 인왕경의 '제일의제(第一義諦)'에서 필자는 이를 '깨달음'이라 읽으며 몰록 가늠해 볼 뿐이다.

선사의 절대침묵, 답 없음에도 묻다. 또 묻다.

스님, 오현스님 안녕하신지요?
천방지축 어디에 계시온지요.

몇 차례 어렵사리 메일 답신과 전화에도 응답 없으셔서 보니
어떤 경우는 답신에 답신이 되어 제 메일로 들어와 있어
제대로 발신이 되는지 또 잘 지내시는지 늘 궁금하던 차에
무례한 [문안인사]를 보냅니다.

송구하지만 또 이런 소통의 방식이
또 다른 소통의 끈을 이어주었네요. 인연 아닌가요? 지중한…
직업상 받기만할 뿐 거의 메일을 써보지 않아
또 이렇게 답신을 함에 해량 바라오며
생시저녁 톰이 좋으실시 석성이네요.

인연의 역연함을 증명하고 살아가는 저로서는
스님이 보셨던 그 초심에
단 1프로도 변함없이 생활하려 하고 있음에
저 또한 스님의 이런 저런 말씀과
오해(?)에 흔들림 없되,
건설적이고 간절한 지적에 성찰하고 노력 중에 있습니다.

요즘 더 말이 필요 없는 세상이라 두문불출하며
가끔 세상과 소통하고 있지만
그 원력이 무르익는 과정이라 믿으며 소일하고 있습니다.
건강은 재발과 치료의 기로에서 업병처럼 내 곁에 있지만
스님의 염려와 축원 덕분에 저 또한 여여한 편입니다.

부디 저의 성격과 성향을 저의 본심과 혼동하지 않으시길 바라오며
저 또한 스님의 우려에 각별한 경계를 해 나갈 요량입니다.
수행을 위해 남산에 작은 공간을 마련하였다는 소식은 접하셨는지요.
몇 번의 메일에 답신이 없어 어느 정도 공감을 하셨는지도 궁금하고요.

스님!
구순이 넘으신 병상의 아버님께서
스님 안부를 하문하셨을 때
저는 참 마음 아팠습니다.
오래 전 가신 스님 어머님은 잘 계신지 궁금했고
스님근황도 궁금하고…
몇 차례 전화 드렸었죠.

아픈 마음 탓에 드리는 전화에 일절 응답하지 않으면
그래서 단절하면 해결되는 문제인가요
말 못할 무언가가 있다면 속 시원히 말하면 그만인 것을…
제 생각은 그렇습니다.

[천수천안의 관음보살의 응신을 현현하고자 하는 중생심은
누구를 향한 건가요. 천수천안과 그 황금 보관은 누구를 위한 건가요]
요즘 저의 화두입니다.
이제 단도직입적으로 말하렵니다.

스님, 아니 보살님! 피모대각 보살님!
적멸의 길에 걸치신 털가죽과 이마의 뿔은
이제쯤 황금보관으로 환원하셨음을 압니다만
언제쯤 그 천 개의 손과 천 개의 눈으로
낮고도 낮은 중생계에 또 다시 현현하실까요.
이 어둔 사바에 빛으로 돌아오실까요?

제가 무슨 일이 있어 문안인사를 드린 건 아니고
더군다나 스님 맘 상하라고 한 것이 아님을
스님의 특기이신 절대긍정으로 포용해 주시기를…

언제든지 어떤 말도 수용할 거사가
스님 곁에 있다는 엄연한 사실을
잊고 계셨으리라는 염려에
일제 딥이 없으시니 올리는 글입니다.

〈2018.10.4. 지국 합장〉

스님 가시고 그 해 가을에 문득 써둔 편지를 다시금 펼쳐보니 몇 자 첨삭, 가필하면 그대로 손보지 않고 또 다시 그대로 내보내도 되련만 '응무소주 이생기심(應無所住 而生其心)'이라. '마땅히 머무는 바 없이 그 마음을 내어라'고 이르신다 하시니, 이즈음에서 더 묻는 마음일랑 마음에 묻기로 한다.

미리 온 스님의 답장

히히히 호호호호 으히히히 으허허허
하하하 으하하하 으이이이 이흐흐흐
껄껄껄 으아으아이 우후후후 후이이
약 없는 마른버짐이 온몸에 번진 거다
손으로 깁는 육갑 명씨 박힌 전생의 눈이다
한 생각 한 방망이로 부셔버린 삼천대계여.

– 「인우구망(人牛俱忘)–무산심우도 8」 전문에서

스님의 답장(?) 또한 글자 하나 토씨 하나 건드리지 않고 그대로 왔다. 가고 옴이 따로 없으니 도인형색으로 그대로 이런가 하고 만다. 그랬다. 스님의 답장은 미리 와 있었다.

답장에 답하다. 중얼거림, 동자승 같은 중언부언

환한 대낮에 잃었던 그 길
밤이면 내 홀로 헤매는 그 길!

들끓는 사람 틈 놓치인 그대

어쩌다 꿈에나 만나는 그대

내 어이 말하랴 애틋한 그를
나 혼자 그리다 시어질 그를

고이고 붓나니 쌓이는 시름
끓이고 태우다 잦아질 시름

낮밤에 못 잊는 불멸의 영상(影像)
큰 번개 치는 날 만나리 만나리

– 수주 변영로, 중얼거림,『思想界』, (1957. 9)

　스님을, 그 행장을 따라가다 보니 구순의 동자승 같은 아버님과도 닿아 있다는 생각에 다다랐다. 스님 말씀하신 '새벽사지가 다 부르지…' 그 이야기는 우리 집의 경우 아버님을 두고 하시는 말씀이기도 했다. 아버지, 비록 말씀은 없으셔도 나는 안다. '똑바로 살아라' 고 부처님 같은, 스님과 똑같은 말씀을 하고 계시다는 것을… 승속의 경계를 넘어 무심 왕래하신 스님이라 불가에서 속가의 허튼 이야기 하나 덧대어 본들 무슨 대수랴? 하고는 중언부언한다. 마치 스님과의 초면에 예의 '무차법회' 같은 인연을 상기하며 더 살가워지지 못한 그날의 중얼거림이다.

　연말께 구순 넘으신 아버님계신 병원을 다녀와선 혼자 동래 온천장 노천탕에 누웠다. 모처럼 망중한에 마음은 가볍다. 온천 수증기가 선녀 옷처럼 하늘하늘 피어서 공중으로 올라가고 소싯적 추억이 뭉게구름이 되었다 사라진다. 칠순 무렵의 아버님과 온천을 자주 왔었다. "이 곳 온천장은 신라, 가야시절 흰색 두루미와 흰 사슴이 다친 다리를 끌고 와 온천물에 담가 치료한 영험한 곳이다" 라고 쓰여 있다. 그 글귀는 내 마음을 홀리

듯 시간 날 때마다 아버님과 함께 온천을 찾게 했다.

하얀 두루미 백학이라, 선학(仙鶴)·선금(仙禽)·노금(露禽)·태금(胎禽)·단정학(丹頂鶴) 등으로도 불린다. 흔히 신선이 타고 다니는 새로 알려져 있으며, 학이 장수한다는 데서 연유하여 생겨난 '학발동안'이라는 말이 있다. 머리가 학의 깃처럼 하얀 백발이나 얼굴은 붉고 윤기가 돌아 아이들 같다는 뜻으로, 흔히 동화나 전설 속의 신선을 형용하는 말로 사용된다. 구순이 넘어 점점 아이가 되어가는 아버님을 이르시는 말씀인가 한다.

아버님 팔순 넘어서도 함께해 온 거룩한 이벤트(?)는 계절이 바뀔 때마다 이어졌다. 그러나 어머님 돌아가신 후로 거의 십년 가까이 중단되고 말았다. 헛헛한 세월이 되고 만 느낌이다. 학이 오래 사는 것에 비유하여 장수하는 것을 학수(鶴壽)를 누린다고 한다는데 불경스럽게 누워 아버님의 학수를 빌어본다. 생각해 보니 휑하니 아버님 모시고 달려오던 길이 이토록 멀어져 버린 것이다. '학수고대'란 학의 목처럼 목을 길게 늘이고 기다린다는 뜻으로 몹시 기다림을 일컫는다더니 오늘 내가 영락없다.

노천탕에 누워 있자니 병원 샤워실에서 간병인의 도움을 받아 몸을 씻고 동짓날 그 기나 긴 밤을 혼자 맞이하시며 침상에 뜬 눈으로 누워 계실 아버님 모습이 눈에 선하다. 학의 고적한 자태를 비유하여 '학고(鶴孤)'라 하면 외롭고 쓸쓸한 사람을 말하기도 한다더니 나와 아버지는 어찌하여 '학고'가 되고 만 느낌이다.

백학과 백록이 찾아와 아픈 다리를 스스로 온천물에 담가 치료하던 곳, 나 또한 지친 몸을 담구며 생각한다. 아버님 꿈길에서나마 이 치유의 온천을 찾으시길…, 그리하여 주야장천 기나긴 밤, 온천수에 몸을 담그고 천년을 산다는 백학과 백록 사이만큼이라도 천수를 누리시길…, 이런 저런 생각에 누워 있자니 뜨거운 온천수 수증기에 눈을 뜰 수가 없다. 무거운 눈에 든 것이 물인지 수증기인지 비워내야 할는지, 젖은 눈은 무겁기만 하다. 몸은 속진을 덜어내어 가벼워졌을지라도 생각은 천 갈래 만 갈래요, 오늘 마음은 천근 만근이다. 그리하여 동짓날 밤 쉬 잠들지 못한 나의 심사는 마치 팥죽색같이 변한 멍자국으로 남았다.

에필로그—열반은 또 다른 열반을 잉태하다

퇴고를 앞두고 스님의 절대침묵을 답신(?)이라 여기며 그 글에 힘입어 소견을 보태기로 하였으나 시간은 소리 없이 지나갔다. 스님의 경지를 밝히는 것이 도리에 맞는 것인가 하면서 이리 저리 휘둘리고도 있었다. 그냥 두고 볼 수도 없어 시작한 일은 작은 소출도 기대하기 어렵겠다는 끝모를 고민으로 깊어만 갔다. 펜을 들었다가 말기도 했고 컴퓨터 자판 앞에 앉았다가 멍하니 모니터만 한없이 바라볼 뿐이었다. 그러던 중 집근처 '한국학중앙연구원'을 방문하였다. 안병욱 원장님의 안내로 보존서고와 개가서가와 얼마 전 퇴임한 서강대 손호철 교수의 기증 개인서가까지 둘러보았다.

한국학에서 차지하는 불교의 비율은 잘 모르겠으나 연구원에 보존되거나 활용되는 자료량으로 보아 약 1프로 정도 이하에 그치고 있는 것이었다. 나름 전통문화와 인문학의 원류가 불교라고 생각해 온 필자로서는 남모를 슬픔과 아픔을 넘어 그 텅 빈 불교서가를 채우고 싶었다. 불교문학이라는 상상력으로 섭렵 또는 포섭하는 문예지를 필두로 불교평론과 논집과 다양한 저술들로 말이다. 그 방법이 무엇일까? 생각했다.

불교평론과 유심 잡지를 후원해 온 스님이 가신 뒤로 더욱 위축될 불교계 저술활동을 생각하니 아득하기만 했다. 그리하여 정초에 원고청탁을 이런 저런 이유와 사정으로 미룰 수 없었다. 미루면 안 되었다. 필자가 관여해 온 공무원불자연합회에 퇴임자들은 물론 현직들에게도 여러 차례 물교문학에의 농잠을 권면해 오던 터라 더욱 그리했다.

지금까지 이런 평론은 없었다. 이것은 논평인가? 산문인가? 아니면 운문(?)인가?『한국불교문학』봄호에 실릴 필자의 저술을 두고 하는 말이다. 10년 남짓 세월동안 계절에 한 번씩, 올 봄에도 40권 째 나오게 될 것이다. 매번 숨죽여 기다려지는『한국불교문학』은 지난 해 여름과 가을, 때를 두 번이나 넘겨 가까스로 겨울호를 펴냈다. 정녕 이것이 우리 불교문학의 본모습은 아닐 것이나 현실임을 어찌하랴. 힘들게 후원해 오신 오현스님의 뜻도 분명 아닐 것이다. 스님의 열반게를 외람되게 조망하는 것도 불모지를 일구신 그 원력을 되새김질하려는 것도 이 같은 간절한 의도에 다름 아니다. 힘을 보태기 위해 스스로 한 권의 책이라도 상재한다는 생각으로 펜을 다잡기로 했다. 그러다보니 글은 길어지고 말은 방만해졌다. 군말을 정리할 길을 생각한 끝에 '論, 아득한 성자(1)'로 제목을 약간 바꾸어 더하고 싶은 이야기를 뒤로 미루었다.

이렇듯 불편한 심사를 뒤로하고 나름 정리차원에서 불경스럽지만 조심스레 한자 한자 적었다. "온몸에 털이 나고 이마에 뿔이 돋는구나. 억!" 이란 열반게를 처음으로 '십현담'의 여덟 단계 전위로 설명했지만 아무도 한 적 없이 처음 시도되는 것이라 그런지 모자란 부분이 있었다. 퇴고를 앞두고 앞에서 소개한 설잠스님 기록을 찾았다. 다행히도 평소 나의 생각과 어느 정도 일치점을 이루는 내용이었다.

매월당 김시습, 설잠스님은 아홉 단계인 廻機를 여덟 단계인 轉位의 선행으로도 보고 있으며, 나아가 '廻機'를 '轉位歸'라는 용어를 사용하여 풀이하였다. 전위와 회기가 서로 계합하여 경지가 한 차원 상승하는 것이다. 무슨 말인가 하면 '피모대각'은 사람이 쇠[축생]로 환생하여 저잣거리를 활보하며 중생을 제도하는 것을 넘어 다시 회기[轉位歸]한다는 것이다.

다시 말해 깨달음의 세계에 도달한 이는 다시 소가 되고 축생이 되어서라도, 털가죽을 덮고 머리에 뿔이 솟은 비루한 형상을 빌어서라도 세상 속으로 돌아가야 한다는 것이다. 이것이 정위(正位)에 머물지 않고 편위

(偏位)의 세계로 몸을 돌려 돌아가야 한다(轉身行異類中)는 말이다. 그리고 이런 행원을 실천해 나가는 자야말로 불법의 최고경지에 오른이라 할 수 있는 것이라 할 것이다.

다음으로는 십현담 주해를 쓴 만해 한용운의 논술에 주목했다. 만해는 이를 표현하여 "늘 생각했던 사람이 바로 이 사람이다"(所懷伊人)라고 이런 털이 나고 뿔이 돋는 존재[피모대각]의 가치를 특별하게 강조하고 있다. 이는 만해가 생각하는 불교의 핵심이 바로 여기에 있음을 보여주는 것이다. 이것은 이전의 다른 불교 논설에서는 발견하지 못하는 새로운 경지[異類中行]임에 틀림없다고 하겠다. 만해가 주창하는 유신적 불교론이 자신이 풀이한 '십현담 주해서'를 기준으로 확연하게 달라지는 이유는 후편에서 다룰 '님의 침묵', '나룻배와 행인' 등 작품에서도 가히 짐작할 수 있다.

이 같은 '회기'의 관점에서 오현의 '아득한 성자'는 우리의 주목을 끌기에 충분하다. 영겁의 세월과 득도의 찰나적 순간을 하루살이의 삶으로 형상화한 이 시를 통해 무산 오현의 시 세계가 더욱 심화된 것이다. 하루만 살다 죽는 하루살이와 죽을 때가 지났는데도 살아 있는 화자를 대립적이면서 동일시 관계로 설정하여 순간을 살아도 깨달음에 이르는 자의 경계를 여실히 드러내 보인 것이다.

지나온 세월은 오늘이다. 오늘은 오늘이며 다가올 세월 또한 오늘이다. 오늘이라고 우리가 부르는 이름은 지금 여기를 당면하여 반추하고 마침내 깊은 삶의 통찰과 인식을 확연히 드러낸다. 하루살이나 여러해살이나 단 하루 동안을 살면서 '뜨는 해'와 '지는 해'를 다 보았으니 차별 없고 '더 이상 볼 것이 없는' 경계에 닮은꼴이다. 그 하루살이가 알 까고 죽듯이 뭇 생명 또한 존재의 값진 의미를 잉태함이 마땅하다. 가야 할 때를 아는 신사는 그때시 열반세송을 노래했다. 하루살이의 '오늘 하루'는 우리네 '오늘 하루'인가 아닌가? 붓다께서 "난생과 태생과 습생과 화생[四生]

을 형상과 종류에 따라 차별적으로 보지 말라"고 하셨는데 그 말씀이 진정 그 말씀이다. 그러기에 하루 만에 나고 죽는 하루살이는 나날이 늘 새로운 것이다. 우리네 살림살이 또한 하루하루는 날마다 좋은 날[日日是好日]이 아닐 수 없다.

단 하루를 살아도 후회와 집착 없이 자유로이 살 수 있는 경계, 그것이 곧 깨달은 자의 무애행이 아닌가 한다. 그리하여 승속이 옷을 홀딱 벗어두고 비를 맞으며 서로 말없이 춤을 춘다. 대자유인을 꿈꾼다. 덩실덩실 춤이라도 춘다. 그리하여 열반은 또 다른 열반을 잉태하고 있다.

제**4**부

길을 물으니,

도(道)를 노래하다 (論、아득한 성자·2)

論, 아득한 성자 (2)

길을 물으니 도(道)를 노래하다

김태진 평론집 _ 論 아득한 성자

프롤로그 – 오현의 횡설수설, 무설설

지난해 필자가 「불교문학, 불교적 문학을 넘어서」란 문학평론을 통해 '아직도 생생한 나의 오현당'으로 시작되는 스님의 불교문학 사상을 소개한 바 있다. 스님은 "중생의 삶, 슬픔, 살아온 이야기와 그 사람들이 살아가고자 하는 이야기에 귀를 기울여야 한다. 선재동자가 찾아 나선 중에 선지식도 있지만 중생을 찾아 나섰던 것이다. 문수의 지혜를 배우고 보현의 행원을 배워야 한다"고 일갈했다. 이 같은 말씀을 통해 "불교문학 발전의 가능성은 불교문학과 생명존중 문학의 논의와 어우러져야 한다"라며 70년대 이후 불교문학 현황과 과제를 풀어갈 해법으로 오현스님의 시 문학을 대표적으로 소개하기도 했다.

나아가 "힘든 세상살이에 생명존중에 기반한 자비실천과 대동(大同)인식 확산 그 중심에 불교문학이 오롯이 서야 한다. 그저 주어지는 일상의 타성적 인식주체의 안일한 자세를 과감히 버려야 한다. 다함께 조화로운 삶의 실천 방법을 모색하는 방향으로 나가야 되리라 생각한다. 오늘날 불교문학은 심각한 생명경시의 폐해 속에 죽지 못해 살아가고 있는 우리 사회에 작은 들불로 피어 횃불이 되어야 할, 문학의 진정한 역할이라는 과제를 소명처럼 안고 있기 때문이다"라는 주장을 하였다.

오늘날 한국불교문학은 만해를 비롯 숱한 승려시인의 등장에 따른 자비실천의 사유와 춘원, 육당, 미당, 고은, 조지훈 등 걸출한 불교문인들의 활약에 힘입으며 그나마 삶의 인식을 심화시키는 역할을 지속해 왔기에 발전 가능한 것이었다. 이런 연유로 필자 또한 외람되게 '論, 아득한 성자 (1)'편을 불교문학 발전론 각론의 일환이자 불쏘시개로 삼아 소론을 펼쳐 보았다.

지난 (1)편에서 오현스님의 작품을 통해 문학세계를 조망하기는 했으되 '열반게송'에 주목하여 주로 스님의 그간 행장과 수행경지를 가늠해 보았을 뿐이었다는 생각이 들었다. 한편 '열반게송'에 대한 남다른 해석과 새로운 시도로도 의미 있는 일이라 자평했다. 그것으로 어느 정도 선에서 마무리하고자 했으되 분별없이 중언부언하고 보니 정작 빠진 것이 눈에 띠기도 했다. 필자의 의욕에 미치지 못하는 역량을 탓하며 (1)편의 반응을 보아 (2)편을 추록하기로 했다.

당시에도 여기 저기 스님의 남겨진 글은 물론이고 사실상 스님의 작품 세계와 남기신 뜻을 조망한 글들도 다수 있었으나 이를 버무려 한 번에 다 담아내기에는 역부족이었다. 고백하건대 그릇이 넘쳐나니 다 담아낼 수가 없었다. 스님의 행적 끝자락인 열반게송을 시작과 끝으로 돈오 돈수 하듯 결론으로 삼으려 했다. 남겨진 스님의 말과 글은 산처럼 많아 이 모두를 세상으로 끌어들이기 쉽지 않았다. 세상에서의 공감은 '열반게송'은 물론이고 필시 그 행위의 증명력까지 요구된다는 생각에까지 이르렀음이라.

그래서 이번에 (2)편을 기회로 스님 주변과 행장을 탐문하기로 했다. 거기에 비교적 접촉이 별무하거나 먼발치에 있었던 스님들도 포함하여 만나보기로 했다. 그리하여 조심스레 코로나를 피해가며 남도지역 사찰로 만행을 떠나 현사(顯士)와 은사(隱士)를 비롯한 여러 선지식과 대중들을 두로 만나기도 했고 아직도 현재 진행형이다. 한국공무원불자연합회 회장을 역임한 김상규 전 감사원 감사위원과 후원회원인 양 대표와 동행하기도 했다.

취재 결과 스님에 대한 평가는 극명하게 둘로 나뉘었다. 이(理)와 사(事), 유(有)와 무(無), 승(僧)과 속(俗), 어쩌면 통속적인 것에서의 비속함, 들춰내듯 감추는 언사, 알려 하면 할수록 그것은 나에게 풀어지지 않는 또 다른 수수께끼나 퍼즐에 다름 아니었다. 이런 저런 스님에 대한 탐구는 선입견 없이 객관적인 관점에서 스님의 문학사상을 오롯이 반조해야만 한다고 다짐했다.

편견 없이 스님을 바로 보려는 노력이야말로 문학에서의 '악화를 구축' 하는 값진 일이자 불교문학 발전의 일환이라 생각하고 '論, 아득한 성자(2)'를 이어갔다. 스님께서 '절 한 채 짓는 것보다 좋은 시 한 편이 더 오래 간다'고 하신 말씀에 따라 기록을 기록하기 위해 남겨진 기록에도 나름 집중했음을 밝혀둔다. 이와 관련 스님의 제자 낙산사 주지 금곡스님은 "낙산사를 복원하는 것은 유형의 절을 짓는 일이야. 그러나 잡지를 만들고 좋은 작품을 싣는 것은 정신의 절을 짓는 일이다. 좋은 시 한 편이 절 한 채 짓는 것 못지않아. 그리고 이 잡지를 통해 많은 시인 묵객과 지식인이 불교와 친해질 수 있다면 그게 얼마나 큰 포교이겠는가. 나는 어른스님이 돌아가신 후 수많은 문인과 지식인들이 신흥사로 조문 오는 것을 보고서야 뒤늦게 그 말씀이 허언이 아님을 깊이 깨달았다"고 했다.

길을 물으니, 도(道)를 노래하다

어느 행인이 강원도 깊은 산길을 가다가 길을 잃었다. 어둑해진 길에 가까스로 흐릿한 불빛을 따라 소리 없이 들어갔다. 호롱불이 켜진 산문도 없는 초막에 행인은 다급하게 문을 두드렸다. "누구요?" 하고 한지 방문을 뚫고 나온 투박한 소리는 적막을 깬다. 곧바로 담배를 손에 든 스님이 나온다. 그 행인은 어떤 스님을 찾고 있었다.

"스님, 혹시 여기에 '일철'이란 스님 계신지요?"

"나는 오현이란 스님인데, 보다시피 여기에는 내 말고는 아무도 없소."

그러자 행인은 스님의 손끝에서 말없이 타고 있는 담배를 바라다보았다. 비로소 스님의 왼손 검지와 중지 사이에서 홀로 타고 있는 담배를 보았다. 그런 행인의 눈길을 쳐다보던 스님은 자신의 행색을 바로 보며 말했다.

"어허 야가 여기 왜 있노?"라며 담배를 툭 던지던 일이 토굴에 기거하신 때 자주 있었다고 했다. 늦은 밤 행인을 재웠는지? 행인에게 연초를 권했는지 모를 이 뜬금없는 이야기는 지금 창원 성주사 주지이신 법안스님에게서 들은 오래 전에 담배와 얽힌 오현스님의 일화이다.

지난 3월과 6월에 창원과 서울에서 만난 법안스님은 필자의 불교문학 평론을 완독하시고 한국불교문학은 물론 한국문학계에 오현스님의 오롯한 발자취를 기억하셨다. 그리고 서울에서 뵈면 밥을 많이 사주셨고 평소 '콩나물 국밥'을 즐겨 드셨다며 담백한 성품론도 곁들여 말씀하셨다. 특히 자주 전화하셔서 '조계종 불교사회연구소' 소장 등 종직 소임에 격려의 말씀을 많이 해 주셨고 거마비도 챙겨 주셨다며 추억하였다.

스님은 평소에도 담배를 손에 들고 있는 경우가 많았다는데 정작 지근에서 지켜 본 사람들에 의하면 우리말로 '뻐끔담배'를 태우신 것이라 했다.

스님의 지기 정휴스님에 따르면 오현스님은 20~30대 때 빈한하기 그지없는 경남 밀양 삼랑진 금오산 약수암에서 홀로 살았다. 돈이 없어 법당엔 시주로 산 불상이 아니라 자기가 나무를 깎아 만든 불상을 모셔두었고, 그 옆방 거처엔 『현대문학』 등 문학잡지 수십 권을 쌓아놓고, 파랑새 담배 한 갑을 천장에 고무줄을 달아 늘어뜨려 놓아 누워서 책을 보다가 고무줄을 잡아당겨 담배를 피우곤 했는데, 작은 방안은 넉넉했고 조금도 어색하거나 가난에 쪼들리는 모습을 발견할 수 없었다고 한다. 천진하고 소탈한 성품이 가난 속에서도 안빈낙도의 넉넉함을 잃지 않았다는 것이다.

어쩌면 스님의 담배, 손에서 피어오르든 그 현란한 연기에 현혹되어 많은 사람들이 길을 묻다가 정작 그 길을 묻는 일조차 잊어버린 것은 아닐까? 필자로선 그것이 '스님식 불공(?)인가', '향공양', '연초공양'인가?' 하며 피식 웃어본다.

서울에서 많은 사람들을 제접하시던 스님은 누군가 찾아와 인생, 삶과 죽음, 철학, 불교, 사랑이 무어냐고 물으면 사자좌의 고승처럼 주장자를 곧추세우거나 가로 눕히는 시늉마냥, 해골인형을 들어 보이셨다. 주장자를 세 번 내리찍는 의미를 알 길 없는 중생들이 스님 해골 퍼포먼스를 어찌 알았으랴마는 정작 내민 해골은 두려워 예외 없이 얼굴을 찡그리기 일쑤였다. 주장자는 말이 없으되 스님은 마지못해 한 말씀을 보탠다.

"해골이야말로 우리의 본래 모습인 기라. 누구든 해골이 되지 않을 사람이 어디 있노? 석가도 예수도 진시황도 나폴레옹도 다 백골이 됐다. 사람들은 자기는 천년 만년 살고 죽지 않을 거라고 생각한다. 그래서 욕심부리고 화내고 못된 짓 하는 기라. 부처님 가르침이 뭐 별거 있나. 누구나 죽으면 백골이 된다는 것을 알라는 거다. 이것만 알면 더 깨달을 것이 없다. 내가 저걸 옆에 두고 아침저녁 쳐다보는 건 내 본래 면목을 잊지 않기 위해서다. 그래야 헛된 욕망에 넘어가려 하다가도 다시 정신을 차린다…."

만해마을 심우장에 있는 스님의 방에는 불상이 아닌 사람 두개골 모형을 본뜬 등신대 해골이 있었다. 서울 강남 압구정길 유심문화원이던 선불선원에는 스님이 중국에서 사온 춤추는 해골이 있다. 스님은 "해골이야말로 우리의 본래 모습인 기라" 하며 해골을 흔들며 말씀하셨다. 그리고 길을 묻는 이에게 시뻘건 불덩이가 담긴 담뱃재를 툴툴 털며 마침내 가야 할 곳조차 일러 적멸을 노래한다.

삶의 즐거움을 모르는 놈이
죽음의 즐거움을 알겠느냐
어차피 한 마리
기는 벌레가 아니더냐
이 다음 숲에서 사는
새의 먹이로 가야겠다.

— 소노뱐, 〈식벌블 뮈하여〉에서

깨달음의 경지에서 보면 생사는 일여(一如)이고, 생사가 곧 열반이다. 적멸(寂滅)은 생사가 없는 열반(涅槃) 적정(寂靜)과 입멸(入滅) 입적(入寂)을 이르는 말이다

에피소드 1

지난해 말 은해사에서 금봉선원장으로 선지를 널리 더 날리시는 일타 문도회장 혜국스님을 만났다. 스님은 "마음이란 넓게 쓰면 우주 전체를 덮어도 남는다" 며 "참나[眞我]를 보고 마음을 닦아 내가 나의 주인공이 되도록 깨어 있어야 한다." "지국 김 회장, 그 인왕반야경 보면 볼수록 잘 썼던데" 하고 말씀하셨다. 참고로 지난 2007.6 '제1회 호국영령 국가기관 순직직원 천도법회' 를 현재까지 10차례 이상 봉행해 오고 있고 이를 '호국법회' 로 명명하여 시설하고 있다. 그 무렵 호국 · 호법의 주역인 불교 신행 공직자의 본분과 정체성을 경전에 근거함이 절실하여 노력 끝에 이 시대의 언어로 되살린 호국경전인 한글 '인왕반야경' 을 도반 석진오 스님과 함께 처음으로 세상에 드러내게 되었음을 밝혀둔다.

"아닙니다. 스님, 그냥 부처님 말씀 그대로 옮긴 것인데요. 뭘요…, 다음에 인연이 되시면 경전 앞에 발문이라도 청해 올리겠습니다"라고 했으되 가타부타 말씀이 없으셨다. 하지만 '스님의 참나[眞我]설과 무아(無我)의 가르침' 으로 인해 이 일은 미뤄지고 있을 뿐 이미 오래 전에 약속된 일이다.

'빠릴레야 경(pālileyyasuttaṃ)' 에서는 "어떻게 알고 보아야 즉시 번뇌들이 소멸합니까?" 라는 의문에 대해, "오온을 자아라고 여기지 않는 것, 즉 오온이 공한 것이라 여기고, 형성된 것들은 모두 무상하고 조건 지어진 것이라 여기게 될 때 즉시 번뇌들이 소멸한다"고 부처님은 답하신다. 후대 대승에서 만든 표현을 빌리자면 '아공법공(我空法空)' 이라 관찰해야 한다는 것이다. 초기불교 십이연기설(十二緣起說)은 무명(無明,

ignorance)이 결국 죽음의 괴로움을 있게 한다는 것이다. 연기설에 대한 심리학적 연구는 결국 불교의 가르침을 죽음을 극복하려는 마음의 노력으로 해석한다.

즉 불교는 '현재의 나'가 '참된 나'[眞我]가 아니라는 무아설(無我說, anatta)을 펼쳐 보였다는 점에서 혜국스님의 진아설(眞我說)을 두고 무차선회(無遮禪會)라도 열어야겠다는 생각이다.

부처님께 아뢰었다.

"반야바라밀은 법이어서 법아님이 없는데 마하연(摩訶衍)이 어떻게 비춥니까?"

"대왕이여, 마하연은 법아님이 아닌 법[非非法]을 보나니, 법이 만약 법아님이 아니라고 한다면 이것을 법아님도 아닌 공[非非法空]이라고 한다. 법성이 공하기에 색·수·상·행·식도 공하고, 12입(入)·18계(界)도 공하고, 6대법(大法)도 공하고, 4제(諦)·12연(緣)도 공하다. 이 법은 바로 생(生)했다가 바로 머물고[住] 바로 멸(滅)하나니, 바로 존재했다가[有] 바로 공(空)하느니라. 찰나 찰나도 또한 이와 같아 법이 생기고 법이 머물렀다 법이 멸하느니라.

선남자여, 만일 어떤 보살이 법과 중생과 나[我]와 남[人]과 지견(知見)을 본다면, 이 사람은 세간에 다니면서 세간과 다름이 없으며, 모든 법에 움직이지도 않고, 이르지도[到] 않고, 멸하지도 않으며, 모양도 없고 모양이 없다는 것도 없으니, 한 모양의 법[一相法]도 또한 이와 같으니라."

– 인왕반야경 제2 관공품(지국거사 김태진, 비구 석진오 역. 붓다를 사랑하는 사람들, 2015)

혜국스님은 올 6월초 세수100세 비구니 노스님이시 문노이신 혜해스님 영결사에서 "한평생 부처님 말씀이 아니면 하시질 않고 수행의 길이 아니면 걷지를 않으셨던 혜해 노스님. 이제 스님의 그런 모습을 다시는 볼 수 없게 됐습니다. 이 시대에 과연 중노릇이 어떠한 것인가를 몸소 직접 삶으로 보여주신 혜해 노스님! 삶과 수행이 일치되는 스님이 계셔서 같은 종도로서 참으로 좋았습니다"라고 하셨다.

어쩌면 하루하루 본의와 달리 살아야 할 일이 많은 세상, 필자로선 바늘 한 점 들어갈 틈이 없는 말씀에 다름 아니었다. 물론 입이란 진실과 진리를 토해내는 문이란 말씀에 노는 입이라도 염불, 염법, 염승을 발원하고 있으나 어디 그리 쉬운 일인가?

"여러분은 부처가 되려고 올해 하안거에 왔습니다. 부처가 되려고 하면 부처가 안 됩니다. 부처로 살면 부처가 됩니다."

오현스님 영결식장에 울려 퍼진 몇 해 전 당신의 생전 육성 법문이다.

경지를 따질 것도 격외, 격내를 논할 일도 없이 살갑게 들리는 것이 마음을 때린다. 마치 '정중정(靜中靜) 동중동(動中動)'이라 할까? 묘하게 오버랩이 되는 두 장면이다.

가야 할 때가 언제인가를/ 분명히 알고 가는 이의
뒷모습은 얼마나 아름다운가.
봄 한 철/ 격정을 인내한/ 나의 사랑은 지고 있다.
분분한 낙화/ 결별이 이룩하는 축복에 싸여
지금은 가야 할 때.

무성한 녹음과 그리고/ 머지않아 열매 맺는/ 가을을 향하여
나의 청춘은 꽃답게 죽는다.
헤어지자/ 섬세한 손길을 흔들며
하롱하롱 꽃잎이 지는 어느 날.
나의 사랑, 나의 결별/ 샘터에 물 고인 듯 성숙하는

내 영혼의 슬픈 눈.

— 이형기, 〈낙화〉 전문

스님은 영결식 마지막 순서인 육성 법문을 마치며 "이걸로 끝!" 이라고 하여 마치 축제(?)처럼 조문객들의 폭소가 터져 나오도록 했다. 당시 사람들은 조실(祖室)스님이 이렇게 법문하는 경우는 드물었다며 육성 녹음을 듣는 내내 청중들 얼굴에 저절로 미소가 번졌다. 무산스님이 생전에 연출해 놓은 상황은 아니었을까?

어느 시인은 마치 '나 죽은 다음엔 울지 마라'고 일갈하는 스님을 보는 것 같았다고 했다. '야! 이 바보야. 큰스님 찾지 말고, 너를 찾으라는 가르침이 아니었을까 하며 그 때 비로소 깨달았던 것 같기도 하다'라고도 했다. 그러니 마치 잘 있어! 다음에 봐! 라는 듯 아무 말 없이 '굿바이'하며 손 흔들며 떠나듯 죽음을 축제로 노래한 것에 다름 아닌 것이어라.

손 흔들고 떠나다, 또 다른 입멸의 모습

10년도 넘은 오래된 이야기다. 서울 부산을 왕래하며 본가와 병원을 자주 다녔다. 본가에서 아버님을 뵙고 병원에 계신 어머니 간호를 위해서였다. 비교적 경부고속도로 행로가 익숙해질 무렵 어머님의 병환이 위중하다는 전갈이 왔다. 숱하게 받은 소식이건만 왠지 불안감이 증폭되었다. 퇴근길에 두 아들과 함께 아내와 동승하여 늦은 밤길을 나섰다. 오랜 세월 탓에 그날의 기억은 이제 어렴풋지고 있지만 외상후스트레스증후군처럼 생각하면 할수록 자못 성성해진다.

밤늦은 시간임에도 고속도로에는 불을 뿜듯 한줌 빛이 되어 내어달리는 차들로 가득하다. 갖가지 차량들이 즐비하듯 사연들도 천차만별이겠지? 지니긴 세월 어머님과의 추억을 떠올리니 눈물이 소리 없이 흐른다. 흐릿한 차창 너머 지난 세월이 주마등처럼 지나가고 새벽녘 공기가 차갑

다. 끝없이 이어지던 길도 배불리듯 시간을 웬만큼 먹고 나니 목적지에 다다른다.

평소 어머니는 말씀하셨다. "이 에미가 품어주고 길러준 은혜 없지 않겠으나 이 나라, 이 사회가 너에게 베푸는 것이 한없으니 나라사랑의 큰 뜻을 명심하라"고 늘상 말씀하셨다. 공직생활을 하는 나에게 이 말씀은 전범과도 같은 것이었다. 오늘따라 그 말씀이 큰 울림이 되어 마음을 때린다.(인왕반야경 지국거사 김태진, 비구 석진오 역, 붓다를 사랑하는 사람들, 2015, 발간사 중에서)

본가 골목길에서 마주한 새벽녘 여명을 쫓아 대문으로 들어섰다. 소리 없이 들어오며 아버님을 배려하여 벨을 누르지 않고 조용히 대문을 열었으나 현관불이 켜진다. 홀로 하얀 밤을 새우신 것이다. 아버님을 뵈온 가족들은 엎드려 절하고 여장을 푼다. 잠시 눈 붙이다 만 아버님의 기침으로 우리들도 일어났다. 함께 아침을 들며 그간의 안부를 묻는다. 아버님의 표정에 어머님 걱정이 서려 있다. 잠시 침묵이 흐르고 아버님의 헛기침이 잦아진다. 숱한 감회를 토해내는 저 소리는 심기 불편했을 때 많이도 듣던 익숙함이 묻어난다. 마음 얼얼하다.

채비를 마치고 점심 무렵 어머님 병실로 향했다. 수차례 통화해 온 주치의와 만나 경과를 살피니 최선을 다하는 중이란다. 병실에서 만난 어머니는 중환자실에서 산소호흡기로 거친 숨을 이어갔다. 내뱉는 '호'와 빨아들이는 '흡' 동작이 일정치 않다. 팔십 앞둔 평생 한결같았던 고운 숨결을 기구로 강제하니 호흡은 엇박자가 되고 또 엇박자는 불화협의 소리로 주변은 불안해진다. 고르지 못한 숨결은 어머님의 고통이요 우리 가족들에겐 그 무게를 감당하기 어려운 바위와도 같았다. 우리들 가슴을 억누르면서도 미동도 하지 않는 거대한 암반 그 자체였다. 마음이 무거우니 몸조차 무거워진다.

어디 나갈 생각도 못하고 한참을 병실에 있으니 수간호사가 잠시 나가

김태진 평론집 _ 論 아득한 성자

기를 권유한다. 병원 1층 로비 앞 화단 벤치에 앉았다. 누군가 길게 담배를 빨았다가 시뻘건 불덩이와 함께 연기를 한참 머금다 내뱉는다. 빤히 쳐다보고 있으려니 그 남정네의 식도 언저리를 타고 넘는 담배연기 만큼이나 내 속도 타들어가는 느낌이다.

리얼리티가 넘치는 정상치를 넘어선 묘기와도 같은 긴 호흡의 현장을 보고 또 본다. 호흡은 살아있다는 알아차림의 징표다. 산 자의 고달픈 긴 흡연을 보자니 남모를 나의 사연이 이리저리 춤사위를 하다말고 뽀얀 연기 끝에 걸려 깊은 허공 속으로 흩어진다.

어디를 가나 거친 숨소리만 들리는 듯하다. 병원 비상통로 층계를 내려오는 보호자, 엘리베이터를 독점하고 세탁물을 옮기는 요양사는 말 대신 긴 한숨을 내뱉는다. 병실 이곳 저곳 휠체어에 실린 환자들의 호흡은 보기조차 안쓰럽다. 알아차림 —호흡을 통해 나를 보고 그를 통해 존재의 본질을 관통하다— 그 가르침이 무색하다. 호흡의 길이가 다르고 장탄식이 이어지는 이곳은 무언가가 다른 세상인가? 아니면 무엇이 다른가? '나는 생각하지 못하므로 존재하지 못한다(?)' 는 듯 삶과 죽음의 경계를 넘나드는 생사여탈의 현장에서 치열한 존재의 본질과 소멸의 인식론이 심하게 충돌한다.

죽음, 즉 사유(死有)는 모든 사람이 필연적으로 경험하게 되는 과정이다. 인간에 대한 관심에서 출발하여 다양한 사고체계와 수행체계를 정립한 불교에서 사유(死有)에 관한 인식은 깊이가 있고 세밀하다. 즉 생사문제를 구체적으로 해결하려는 종교적 속성을 지니고 있다.

새벽 네 시가 넘어갈 무렵 어머니의 숨결이 가빠지고 갑자기 눈을 부릅떴다. 몸에 경련을 일으키고 마치 오래된 트럭이 한참동안 시동을 걸 때처럼 침대가 요동친다. 마치 못 다한 말씀을 하시려는 듯 몇 차례 진동이 침대 손잡이로 전해진다. 혈압 계기판과 맥박이 정상보다 높게 표시되며 심하게 폭등한다. 그 요동치는 등락폭은 마치 촛불이 다 타들어 갈 때 심지를 돋우며 크게 불을 키우는 형국과 닮아있다. 내 마음은 고요한 호수에 화산용암이 맞닿은 듯 정중동, 동중정이 깨어지고 용암재가 산더미처럼 흩어져 내린다.

아내와 나는 스님의 덕담대로 미동도 하지 않고 준비해 간 '관무량수경'을 소리 내어 봉독했다. 어머님은 생사의 기로에 계시고 우리들은 꿈같은 세상사 비몽사몽 속에 경전을 소리 내어 읽고 또 읽었다. 평소처럼 어머니도 곁에서 독송을 따라하듯 잔잔한 시간이 흘렀다. 얼마나 지났을까, 어머니는 '억' 하는 큰 소리와 함께 눈을 크게 뜨신 채로 몸을 요동치다 말고 숨소리가 잦아들었다. 간호사와 당직의사가 달려와 응급조치를 하였다. 평소와 달리 시동이 걸리지 않는 듯 가슴 충격기와 급한 주사를 놓으며 소생을 시도한다. 어머니는 평시처럼 아내를 향해 몇 마디 하실 듯 자세를 곧추세우려는 동작을 끝으로 움직임이 없었다.

일평생 불교를 신앙해 오신 어머님은 그 가르침대로 당당히 죽음을 맞이하고 마치 아무 일도 없었다는 듯 손 흔들고 떠나셨다. 지금 생각해 보니 또 다른 '아득한 성자'의 모습은 아닐까?

순간 광속처럼 행동하던 의사의 손길은 잦아들고 '운명하셨습니다' 라는 말과 함께 계기판은 조용히 낮은 숫자를 써 내려갔다. 아내와 함께하는 독경소리는 더욱 간절하게 허공을 가르며 날아갔다. 새벽녘 청아한 염불소리는 참으로 슬픈 이중주가 되어 마지막 어머님 귓전을 맴돈다.

일 년에 제사 열 번, 명절 두 번이니 매달 한 번꼴인 집안 대사를 어머님은 아내와 한 번도 어김없이 치러 왔다. 어떨 때는 딸같이 자매같이 도란도란 지내는 모습은 몇 년의 거친 세월과 서로의 탐색전이 끝나고서야 시작되었는데 지금까지도 계속 이어져 오고 있었다. 그 아름다운 모습을 이제는 영영 볼 수 없게 되다니 슬픔이 불에 달군 쇠망치 되어 내 가슴을 때린다.

아내는 황망해 하는 내 곁으로와 귓속말로 말한다. '어머님이 무슨 말씀을 하시려고 했을지 아느냐?' 라고…. '어머님은 평소 당신이 하시던 말씀대로 나는 딸보다 너를 더 좋아하고 사랑한다라고 말씀하시려 하셨을 거라' 고 했다. 생뚱맞은 표정을 하는 아내에게 슬며시 웃었다. 속으로 '그래 당신이 어떻게 살아왔고 어떤 마음으로 어머님을 응대하였나. 새삼 말해 뭘 해? 하늘이 알고 땅이 다 아는 일이 아닌가?' 아내는 고개를 끄덕이며 간단히 화답했지만 그것이 무슨 의미인지 얼마나 무거운 것인지 알리라. 벌써 십년이 지난 가슴명울로 남은 이 순간의 이야기는 갸륵하게도 남산의 철벽같은 소나무 옹이를 볼 때면 더욱 생각난다.

어머님이 운명하시고 얼마 되지 않아 군 입대를 며칠 앞둔 큰아들이 내려왔다. 기별을 하지 않았는데도 곁으로 와서 함께 할머니의 왕생극락을 기원한다. 아들은 꿈에 할머니께서 곁에 오셔서 '우리 착한 완상이 잘 있어라 하시며 옥색 한복 치마저고리에 단아한 모습으로 손 흔들며 떠나셨다' 고 말하며 소리 내어 운다.

우리 부부가 생면부지를 위해 정신줄 놓고 애쓰던 시간 바로 그 시간쯤이었다. 작은아들이 달려오고 한 여인의 거룩한 생애를 애달파 하는 사람들이 모여든다.

그렇게 어머니는 손 흔들며 떠나셨다.

　　그냥 그렇게 먹이를 물고
　　새끼들 보금자리 찾아서 가는
　　어미새 어미새처럼
　　그냥 그렇게

　　　　　　　　　　– 조오현, 〈일념만년거(一念萬年去) 혜일(慧日)에게〉 전문

'어미새' 는 생명의 존엄성을 깊이 사유하고 이늘 실천하는 삶의 자세를 보여준다. 이보다 더 아름다운 '생명존중의 노래' 가 있을까. '먹이' 를

받아먹고 '새끼들'은 얼마나 행복할까. '새끼들'이 행복하기를 바라면서 또한 고통에서 벗어나기를 바라는 '어미새'는 또 얼마나 행복할까. 일체의 존재가 행복하기를 바라는 마음이 곧 자비이다. 그리하여 어머니는 관세음보살이요, 천 개의 손과 천 개의 눈을 가진 관음은 뭇 새끼들의 어머니가 된다.

이토록 오래된 슬픈 이야기를 여기에 보태어 보는 것은 우리가 입버릇처럼 말하는 생과 사가 오롯이 하나라는 증명이라 할까? 마찬가지로 오현 스님의 시문 속에는 죽음은 항상 삶과 한 짝처럼 붙어 다닌다. 동전의 앞뒷면같이 삶과 죽음은 본래 하나인 것이다. 삶을 떠나서 죽음을 이야기할 수 없고, 죽음을 제외하고선 삶을 말할 수 없기 때문이리라.

겨울 가면 봄이 오고, 기왕에 세상에 들었으니 그렇게 가야 하리

먼 산에 눈 녹고 백담사 경내 앞뜰에 꽃망울 맺히는 새봄이 올 때쯤이면 무금선원 무문관에서 해제를 하고 나온 스님은 늘 전화로 안부를 묻곤 했다.

"내다. 잘 지냈나. 몸은 우떻고? 벨일 없으믄 됐다. 중은 벨일 없어야 도인이다."

스님들께는 그랬다.

"아래가 먼저 안부를 물어야 하는데…" 하고 송구스러워 하면 "니는 참 중이고 내는 가짜 중 아이가?" 하며 무안까지 덮어주셨다고 한다.

스님들은 추억한다.

"우리나라 불교에는 누구누구 하는 고승이 참 많았다. 나도 그중에는 몇 분을 모시고 배운 적이 있다. 그러나 스님처럼 품이 넓고 속이 깊은 분은 많지 않았다. 누구는 불교를 일러 '인간학'이라 한다. 인간의 모든 희로애락에 대해 관여하고 해결해 주려는 종교라는 뜻이다. 내가 보기에 오현스님이야말로 그런 명제에 가장 합당하게 살았던 분이었다"고….

스님은 '중은 벨일 없어야 도인'이라 했지만, 한편으로는 스님처럼 '벨일'이 많았던 분도 드물지 싶다. 그렇다고 스님이 도인이 아니라는 뜻이 아니다. 스님은 벨일을 벨일이 아닌 것처럼 행하신 분이다. 그중 하나가 스님의 씀씀이다. 스님은 절돈 쓰는 데 선수라 할 정도로 '펑펑' 쓰던 분으로 유명하다. 많은 재정이 투입되는 '만해축전'을 비롯해 『불교평론』과 『유심』을 후원한 것은 스님의 큰마음이 아니면 해낼 수 없는 사업이었다. 문인단체가 어렵다거나 하면 사업계획을 알아보고 후원해 주었다. 또 수많은 사람에게 장학금을 지원했다. 그러니 있는 게 한정이었다. 절에서는 이런저런 불만이 생길 수밖에 없었다. 스님의 사제인 강원 양양군 현북면 만월산 명주사 주지였던 신흥사 주지 지혜스님은 회고했다.

어느 날 지혜스님은 '작심하고' 스님에게 한 마디 올렸단다. '절돈 함부로 쓴다는 소문이 들리니 조금 자제하시는 게 어떻겠냐'고 했다는 것이다. 그날 오현스님도 '작심하고' 나무랐더란다. "그런 소리 말아라. 불교가 세상으로부터 입은 은혜가 얼마나 크노. 신도들이 한 푼 두 푼 시주한 돈으로 먹고 사는 것 아닌가. 그런데 중들은 그 은혜를 어떻게 갚고 있노? 만약 우리가 시주만 받고 은혜는 갚지 못하면 그 죄가 하늘을 덮고도 남는다. 아무리 수행을 잘 하믄 뭐하노. 아침마다 외우는 장엄염불에도 오종대은(편하게 살게 해 주는 국가의 은혜, 잘 길러주신 부모의 은혜, 바르게 가르쳐준 스승의 은혜, 서로 돕고 살아가는 이웃의 은혜, 절차탁마하며 우정을 나누는 친구의 은혜)을 명심하고 잊지 말라 하지 않더냐? 그 은혜를 갚자면 우리가 가진 것을 골수까지 다 나누어 주어야 한다.

이 사업들은 내가 하는 것이 아니고 불교가 받은 은혜를 세상에 회향하기 위해 설악산이 하는 거다. 그런데 니들은 움켜쥐려고만 할 뿐 놓으려고 하지 않는다. 그래서는 안 된다. 무엇이든 나누어야 한다. 옛날부터 절에서는 가난한 사람에게는 밥을 주고 객승에게는 노미를 줬다. 이렇게 나누는 것이 불교다. 내 말 틀렸나?"

"한 마디도 틀리지 않는 맞는 말씀이었다. 나는 결국 얼굴이 벌개져서 자리에서 일어나야 했다. 설악산 신흥사와 양양 낙산사 등에서는 무려 10여 개의 사회복지시설을 운영하고 있다. 이는 다 스님의 보은론과 회향의 가르침 덕분이다"라고 지혜가 높으신 지혜스님조차 말문을 잇지 못하고 그 당시로선 100프로 확신하지 못했음을 눈물로 회상한다.

"동대문시장 그 주변 구로 공단 또는 막노동판 아니면 생선 비린내가 물씬 번지는 어촌주막 그런 곳에 가 있을 때만이 경허를 만날 수 있었다"는 글에서 필자는 스님의 뜻을 대서사시로 읽는다.

> 내 나이 일흔둘에 반은 빈집뿐인 산마을을 지날 때
> 늙은 중님, 하고 부르는 소리에 걸음을 멈추었더니
> 예닐곱 아이가 감자 한 알 쥐어주고 꾸벅, 절을 하고 돌아갔다
> 나는 할 말을 잃어버렸다
> 그 산마을 벗어나서 내가 왜 이렇게 오래 사나 했더니
> 그 아이에게 감자 한 알 받을 일이 남아서였다
> 오늘도 그 생각 속으로 무작정 걷고 있다
>
> – 조오현, 〈나는 말을 잃어버렸다〉 전문

행여 불경스러우니 돈을 불사금이라고 해야 할까? 아무튼 돈과 관련하여 스님의 제자 금곡스님의 말을 한 마디 보태어 변호하자면 평소 스님은 삼보정재(三寶淨財)를 수호한다는 원력을 가지고 일하라고 했다고 증언하시니 이런 저런 상상은 마시라. 결국 스님은 단 한 푼의 돈조차 용처에 다 내어주고, 철저히 빈손으로 꽃 지는 봄길을 그리 떠나셨나니.

에피소드 2

지근에서 교류하던 문인들에 따르면 스님은 말년 무렵 1년 중 6개월을

감옥살이와 다름없는 무문관에 들었다 해제하고 나와서 대부분의 시간 반년을 또 다른 무문관에 다름 아닌 작은 거처에서 홀로 지냈다. 그것이 안타까워 "스님, 이제 연세도 있으니, 절에서 시봉을 받지, 왜 이렇게 지내시느냐?"고 물으면 "노인네라는 게 한 소리 또 하고 한 소리 또 하게 돼 있어. 늙으면 죽어야 하는데 죽지도 않고 잔소리만 해대면 어느 누가 좋아하겠어? 그런 잔소리꾼이 어른이라고 앉아 있으면 절에 손님이 와도 나만 찾아와. 주지한테는 들르지도 않으면 주지는 허수아비가 되는 거야. 그러니 나처럼 늙은 노인네는 절에서 피해 주는 게 돕는 거라."

그러면서 절을 나와 홀로 지내며, 어떤 때는 막걸리로 허기를 채우며 절대고독 속에서 사셨다. 그만큼 스님은 매사 이치가 명백했고, 일신의 편리를 도모하기보다는 철저하게 사리를 따랐다.

덜 알려진 일화로는 스님은 열반하시기 몇 해 전에 서울 한남동의 삼성가 자택에 초청을 받아 홍라희 여사와 이재용 부회장을 만났다고 한다. 홍라희 여사는 불교와 원불교에서 널리 존경받는 분들을 자주 뵙고 있었다. 초청된 분들이 한결같이 계행이 청정한 이들인데 이날 결이 다른 오현스님과 마주한 것이다.

소문을 들은 홍 여사는 스님에게 약주를 올리고 대화를 나눴다고 한다. 스님은 이날 이재용 부회장에게 "중국이나 후진국에서 버는 돈들을 가져올 생각을 말고 그곳에 쓰라"고 했다고 한다. 그래야 그들이 삼성을 적대 기업이 아니라 자기 나라를 위한 자기 나라의 기업으로 생각한다는 것이었다. 또 노동자들에 대해서도 그들이 원하는 것을 들어주라고 했다. 자신들이 존중받은 만큼 회사에 충성하는 것이 인지상정이라는 것이었다. 하지만 이 부회장은 "스님께서 이 험한 세상을 잘 몰라서 하시는 말씀입니다"라고 답했다고 한다. 최근 삼성 경영권 불법 승계 등으로 어려움에 봉착한 이 부회장은 스스로 노동문제와 부조리한 회사경영에 대한 사회적 참회와 반성을 한 것을 보면 정녕 누가 세상을 몰랐던 건지 자명하다.

평소 스님은 세상의 이치를 관통하여 좌우 대립과 반목 갈등을 봉합, 극복하려 많은 노력을 해 오셨다. 어느 해 스님은 자신이 제정한 만해대 상을 신영복 교수에게 주기를 원했다. 하지만 시상을 주관하는 '조선일 보사' 측에서 좌파교수 '신영복만은 안 된다'고 반대해 뜻을 이루지 못 했으나 다음 해 다시 상정해 기어이 뜻을 이루는 뚝심을 내보인 것으로도 유명하다. 스님은 당시 쌍용차 해고근로자들의 자살이 이어지는 상황을 보며 안타까워했다. 신 교수가 쌍용자동차 해고근로자 등을 돕기 위해 모 금운동을 벌이는 '손잡고'라는 단체를 주관하고 있다는 사실을 알고 '만 해대상'을 주고자 했다. 그 상금 5천만 원으로라도 간접 지원해 주고 싶 어했던 깊은 뜻을 당시로선 사람들이 알지 못했다.

종교계에 대해서도 마찬가지였다. 오히려 불교 승려들의 안일과 나태, 좁고 안일한 안목을 비판하면서 이웃종교의 예를 소개하며 반면교사로 하여 안목을 트이게 했다. 스님은 기독교 주일학교 교사를 하면서 청계천 피복노동자로 노동운동을 하다 분신한 전태일을 기리는 '전태일기념사 업회'에 아무도 몰래 매달 후원금을 보내기도 했다. 이 사실은 전태일의 어머니 이소선 여사가 늘 '조오현스님을 뵙고 싶다'고 했다. 이 소식을 들은 스님이 마침내 2011년 이 여사의 장례식장에 조문을 감으로써 유력 후원자임이 유족들에 의해 밝혀졌다. 생전에 스님은 기독교인들을 만나 면 더욱 좋은 기독교인이 되도록 했고, 승려들에겐 미시적 안목을 타파해 서 좀 더 넓은 세계로 나오도록 했다. 생전 스님은 소외되고 힘없는 사람 들 챙기는 데 누구보다 앞장섰다.

가난할 땐 안빈낙도, 형편이 괜찮을 때는 베풂으로 살아오신 오현스님 은 상대가 나를 어떻게 보든지 눈치 보지 않고 살았던 인물이다. 그래서 비난도 자초했지만, 겉과 속이 다르지는 않았다. 그런 성정은 하루아침에 만들어진 것은 아니었다. 스님의 도반인 성우스님은 서른 무렵 경북 청도 '신둔사'라는 절 객사에서 강도를 만났는데, 턱밑에 칼을 들이대는데도 오현스님은 죽일 테면 죽이고 살릴 테면 살리라고 배짱을 부려 강도가 도망을 쳤다고 한다며 껄껄 웃으며 회상했다. 생사여탈의 현장에서 벌어진 긴박한 이야기를 '배짱'이라며 말하는 도반스님의 배짱은 그 스님에 그 스님이 다름 아니라 할 뿐이다.

어떤 때는 낙산사 화재로 걱정하는 사람들을 향해 스님께서는 "무슨 쓸데없는 걱정이요? 사람들이 자기 가슴에 불타는 것은 못 보면서 절간 좀 탔다고 호들갑이에요"라며 벼락같이 소리치시기도 했다. 혹자는 스님이 가난한 문인들과 약자들을 지원한 것을 두고 절집 돈으로 인심을 쓴 것 아니냐고 한다. 그러나 신흥사보다 절 수입이 몇 배나 되는 사찰들이 우리나라에 있지만 그 사찰의 실력자들이 이렇게 공적인 곳에 혹은 이름 없이 보살도를 행한 것을 보기 쉽지 않음은 승속간의 인지상정이 아닐 수 없다.

지난해에 조계사 주지를 지내고 백양사 주지 소임 만기를 앞둔 토진스님을 방장 지선스님과 뵈었고 올 봄에는 따로 만났다. 오현스님과의 추억담을 말하던 토진스님은 "통상의 관례대로라면 그리 하시지 않아도 되는 본사 주지인 나에게도 '거마비'를 주셨다"고 기억했다. 필자는 그 자리에서 "그럼 스님, 나에게 서울 갈 차비 10만원이라도 내어 보라"고 했으나 '허허 웃으며 하긴 그건 그렇긴 하네' 하고 만다.

그렇듯 '자기 것'이라는 생각을 가지면 홀연히 떠나기 무거울 따름 아닌가? 하면서 이런 저런 이야기로 스님을 추억해 보지만, 이번에 뜻하지 않게 주지직을 내려놓는 주지스님은 후임자가 해야 할 마무리 불사 이야기조차 많이 하시니 이리저리 마음을 내리지 못하셨는지 그 무거운 심사가 읽히기도 해 마음 무거웠다.

내친 김에 은거중인 장경사 주지를 지낸 의연스님을 만났다. '논 아득한 싱사'가 수록된 『한국불교문학』서울호를 건네주고는 오현스님과의 일화를 물었다. "스님은 불교 홍포를 위해 마구니뿐 아니라 마왕파순이라도 되기를 마다하신 분" 으로 기억했다.

"인간세상 위에 천상의 세 가지 세계인 욕계, 색계, 무색계의 하늘나라, 그 중 아직은 욕심이 남아 있고, 그 욕심의 테두리에서 기쁨을 누리는 최고의 경지로 열거되는 욕계의 6천은 육욕천(六欲天)이라고 한다.

이 육욕천중 여섯 번째 타화자재천(他化自在天)이 있는데 이곳의 신들은 남으로 하여금 욕심의 대상을 욕심이 안 나도록 바꾸게 하는 곳이기 때문에 그렇게 부른다. 타화자재천의 하루는 인간세계의 1,600년에 해당하고, 이곳 신들의 평균 수명은 1만6000세이다.

이 하늘의 주인은 자재천왕(自在天王)이며, 여기서는 웃지 않고 서로 보기만 해도 족한 곳" 이라고 한다며 "스님은 세상에 있으며 마치 '자재천왕' 처럼 자신의 모든 것을 내어 주신 분" 이라며 일부 승가의 비판적인 평가에 단호하게 이와 같이 말했다.

타화자재천의 하루가 인간계의 1.600여 년이라니 스님은 하루살이를 보며 인간을 보고, 그 인간을 보며 타화자재천의 삶을 누린 '아득한 성자' 에 다름 아니라는 생각이 든다.

철옹성의 빗장보다 굳게 닫힌
관문(關門)
관문
관문
무슨 포교처럼 지나가는 사람들을
그 모두 다 불러놓고 점검하는 고함소리

- 조오현, 〈흠산삼관-만인고칙 13〉 전문

이처럼 스님의 행적과 행장을 탐구하다 보면 더 아득하기만 하다. "다 흘러가는 물이다. 바람에 이는 파도다" 라고 말씀하시는 것 같다.

문 없는 문, 길 없는 길에 문득 생각하니

몇 해 전 필자는 봄이 치성하던 무렵 환희선원 '무문관(無門關)'에 방부를 들인 적이 있다. 선방에서의 몇 차례 안거를 성만, 인가를 받은 끝에 문이 없는 문을 열고 들어가 혼자 텅 빈 방안에서 일과표에 따라 입선, 방선, 예불 및 능엄주 독송, 요가를 반복하며 지냈다.

하루가 가고 이틀, 사흘이 무심하게 흘러갔다. 지난 일과 중에 오롯했던 한 순간의 감회를 다시금 기억해 낸다. "서글픈 생각이 끝없이 일어나니 땀이 되고 눈물이 되어 한없이 흘러내리는데 그 회한이 그로 인해 표출되지 않았다면 몸과 마음에 더 큰 병이 되어 미망 속에 헤매고 또 헤매었으리라. / 문득 생각해 보니 생사를 결단코 '무문관'에 든 건 아니되 문 없는 문을 열려니 생사가 없는 무심의 도리 외에 비밀문은 없네. / 마침내 주어진 일정에 따라 쉼 없이 가리니 지친 몸과 마음일망정, 일상의 전투적 삶의 경계를 접고 평상심으로 나와 함께 해 주려나?"하며 밤낮으로 몸과 마음을 다스렸다. 무문관(無門關)은 밥이 나고 드는 구멍 외에는 사방의 출입문 모두를 봉쇄해 버리고 꽉 막힌 방에서 자신이 목적한 바를 이루기 전까지는 스스로 나오지 못하게 만든 마치 감옥과도 같은 공간이다.

불현 백담사 '무금선원'을 무시 출입하신 스님이 이러 하셨을까? 지금도 참 오롯해진다. 깊은 호흡과 함께 자문자답을 하며 나를 믿으라고 스스로 독려하며 분발하다가 좌절하기를 반복해 나갔다. 입방 후 힘들었던 며칠간의 무문관의 기억, 지금 생각해도 표현하기조차 먹먹해진다. 이런 느낌이라니, 스님은 매해 여름, 겨울 6개월 동안을 무심하게 지내셨을 생각을 하니 참으로 가늠하기조차 어렵다.

돌이켜보니 입방 첫날은 좌복 위에 엎디듯 지쳐 쓰러졌다가 꿈 없이 잠깐 쉰듯 새벽녘에 깨었다. 속진의 때가 많아서 인지 비몽사몽간에 세상 만물들이 새까맣게 하늘로 상승하고 또 상승하였다. 마치 좋은 곳으로 이사 가는 듯한 모습이 마치 '천도재'를 하는 듯하였다.

입방 후에도 평소 요가수행으로 해 온 차크라 동작으로 몸을 풀었다. 차크라(Chakra)는 산스크리트어로 '원' 또는 '바퀴'라는 뜻이며, 인간 신체의 여러 곳에 있는, 정신적 힘의 중심점 가운데 하나를 말한다. 물질적 혹은 정신의학적 견지에서 정확히 규명될 수 없는 인간 정신의 중심부로 요가수행에서 중요시된다.

이처럼 무문관 폐관수행(無門關 閉關修行)이란 밖으로부터의 경계가 아닌 내면의 자신과 치열하게 싸워 이겨내야 하는 수행이다. 그래서인지 며칠째 가만히 앉아 있어도 요동치는 '쿤달리니'로 인해 화두를 쉬 잡지 못하고 무심하게 지내던 중 나도 몰래 소리 없이 눈물이 흘러내렸다.

만법은 하나로 돌아가는데 그 하나는 어디로 돌아가는고? 몸이라는 하드웨어, 마음이라는 소프트웨어가 기계처럼 한 몸을 이루어 수 천 수 만 갈래로 작동하니 텅 빈 허공에 내 던진 존재가 되었다. 땀과 범벅이 된 눈물, 눈물이 흘렀다. 참회의 눈물, 피눈물이 흘렀다.

그동안 세상살이를 핑계로 몸과 마음을 지치고 병들게 한 주인이 객과 화해하는, 그리하여 하나가 되는 것인가? 몸은 위로 솟구치며 뛰었고 마음은 용광로 자체였다. '나'라는 기계가 부서지듯 요동치는 이 절절한 의식! 통과의례인가? 참회란 게 이런 건가.

세상에 처음 밝히는 것이라 조심스럽기는 하지만 사실, 필자는 '몇 해 전(2014년) 신장 낭종 수술에 이어 올봄 난데없이 그 계통에 악성종양이 발견되었다. 의사의 진단이 암 추정에서 추적결과 확진되어가는 순간, 세상은 나와는 달리 변한 게 아무것도 없었다.

그러니 내가 변수를 만들기로 하고 그 무렵 30년 공직을 내려놓았다. 전문의사의 수술 권유에도 불구하고 몇 차례 번민 끝에 수술을 연기하다 말고를 반복해 오다 도반 석진오 스님의 간곡한 권유를 받아들였다. 마침내 6월의 마지막 날 다급하게 수술을 받기 위해 수술 하루 전날 입원하였

다.' (2015.6.30. 병상일기에서)

　퇴원 이후 오래지 않아 선방에 방부를 들었었다. 그 무렵 입방한 무문관에서는 생사문제가 치열한 화두가 되었음은 물론이다. 병원에서 내 머리 속에 집채만한 파도와 밤하늘의 우주를 다 품고도 남는 용량의 잡동사니가 보관되어 있다가 사라지는 걸 보았다. 참으로 사람의 몸과 마음은 경이롭다는 생각을 했고, 이후 무문관에 들어서도 수많은 생각들이 파도처럼 떠밀려왔다 가기를 수도 없이 반복하였음을 고백한다. 그리고 세상과의 단절을 선언하고 3년가량 일체의 외부행사나 세상과의 접촉을 끊고 말았다.

　당시 열 시간 가량 수술대에 있었던 공백의 시간들이 기이한 소리와 형상들로 카오스처럼 나타나기도 했다. 입과 온몸에서 냄새가 날 정도로 땀과 눈물을 쏟으면서도 화두로 연꽃을 만들어 허공중에 던진다. 화중생연(火中生蓮)! 불속에서 연꽃을 피우리라! 연신 감사한 마음으로 철저히 해체된 그 몸과 마음을 어루만진다.

　선방 선감스님과 점심공양 후 입정하여 밤 아홉시가 지나가고 10시간이 넘도록 '장좌불와' (?)한 덕인지 그제야 반란을 일으켰던 몸과 마음이 어느 정도 그 진정성에 화답하려는 듯 사그라 든다. 끊어질 듯 온몸으로 전이되는 아픈 고통이 '참회'로 인해 잠시 사라지고 뭔가 성성하게 밝혀지는 듯하였다.

　마음 깊은 곳에서 어떤 울림이 있다. 비로소 아득한 생각 중에 저 멀리 달빛 창가에 한 줄기 빛, 소식을 전해 주니 환희심으로 화답하였다. 그리고 무심히 문 없는 문, 길 없는 길을 갈 뿐이었다. 문득 선어록(禪語錄) 벽암록을 생각했다.

　임제 선사가 어떤 스님에게 물었다.
　"어떤 때의 할! 소리는 금강왕의 칼과 같다.

또 어떤 때의 할! 소리는
대지 위에 걸터앉은 황금 털 사자와 같다.
또 어떤 때의 할! 소리는
어부가 염탐하는 장대와 그림자 풀과 같다.
또 어떤 때의 할! 소리는 一喝의 작용은 하지 않는다.
너는 이것을 어떻게 이해하느냐?"
스님이 뭔가 말하려고 하자.
임제 선사가 곧바로 주장자로 내리쳤다.

　오현스님이 역해한 『무문관』이란 저술은 중국 송나라 무문 혜개선사가
조사들의 공안에서 48칙을 가려 뽑고 게송을 붙인 '무문관(無門關)'을
풀이한 것이다. 옛 조사들과 당대 선사들이 방으로 치고 할로 막으며 주
거니 받거니 하며 수행을 이어간 선가(禪家) 지침서이다.

　그 옛날 어느 스님이(중국선종의 대가 임제선사 지칭)
천하태평을 위하여
부처를 만나면 부처를 죽이고
중을 만나면 또 중을…
결국은 그 방망이에 그도 가고 말았다.

- 조오현,〈착어(着語)-만인고칙 18〉전문

　풀이하자면 착어(着語)란 선원(禪院)에서 공안의 글귀 밑에 붙이는 짧
은 해석 또는 평(評)을 말한다. 착어는 공안 참구에 큰 길잡이가 되므로
수행자의 귀감이다. 이렇듯 군말이 필요 없는 수행자에게는 수행서로 일
러 주고, 세상에는 세상의 말로 전해 주니 선방 문고리를 며칠 잡아 생사
여탈의 현장을 목도, 실참한 필자로서는 문득 스님의 그 성성 적적함을

조금이나마 알아차림 할 뿐이다.

당신은 누구인가? 입멸의 또 다른 모습

지난 해, 올 초 서울과 김해 정토원, 심우장에서 그리고 백양사, 동화사, 은해사, 낙산사, 범어사 등 사찰에서 만나 한국불교 중흥을 함께 도모했던 또 한 분의 선지식이 입멸하셨다. 바로 선진규 법사이다.

대불청 시절 훌륭한 대불련 선배, 사표(師表)로 따랐고 최근까지 불교문학, 통일, 안보, 한일관계, 남북문제, 노인정책 등 주요현안을 자문하며 교류해 왔다. 이 기회에 평소 법사님이 말씀하신 것을 토대로 또 한 분 '아득한 성자'의 입멸 모습을 조망해 본다.

법사의 법명은 봉산이다. 그는 평생 한국불교의 새로운 사회적 역할을 선두에서 이끌었던 것으로 평가된다.

필자가 알기로 선 법사의 어릴 적 꿈은 출가 수행자였다. 봉화산자락 장방마을이 고향인 그는 할머니 손을 잡고 정토원에 올랐다. 부처님과 인연은 그렇게 자연스레 이루어졌다. 또래보다 큰 키에 준수한 외모, 공부도 잘했고 고통 받는 친구들을 형처럼 돌봤으니 항상 그의 주변에는 친구들이 많았다. 그런 그가 돌연 속세를 떠나 출가자가 되기를 발원하게 된 것은 피비린내와 죽음의 공포 가득한 전쟁을 겪으면서였다.

1950년 한국전쟁이 발발하자 할머니는 대(代)가 끊길까 봐 중학생이던 그를 미군에 입대시켰다. 피난길에 죽임을 당하거나 학도병으로 강제 징집되느니 차라리 미군에 들어가면 어떻게든 목숨은 부지할 것이라는 생각에서였다. 미군 보급부대에 투입된 그는 1년간 전쟁의 한복판에서 죽음과 전쟁의 참상을 목격했다. 그 역시 수많은 생사 고비를 넘겼고, 지금도 왼쪽 볼엔 그 때 총알이 관통한 흉터가 남아있다.

귓전을 때리던 포성이 멈추고 다시 학생 신분을 되찾았지만 예전 삶으로 돌아갈 수 없었다. 법사는 회상한다.

"버려진 듯 방치된 시체들, 피 흘리며 고통에 울부짖던 그 끔찍한 모습들이 좀처럼 머릿속에서 떠나지 않았습니다. 전쟁은 끝났지만 항상 전쟁 복판에 있었던 셈이죠. 그래서인지 일상은 언제나 삶과 죽음, 존재에 대한 고민으로 가득했어요. 그러다 문득 생사를 초월해 진리를 구하는 스님들의 삶은 어떨까하는 생각에 도달했습니다."

고등학교 3학년 때였다. 무작정 상경하여 조계사로 향했다. 그리고 가장 처음 본 스님에게 출가하겠다고 발심했다. "그러자" 하며 곧 받아줄 것이란 예상과는 달리 스님은 한참동안 아무 말 없이 뚫어지게 얼굴만 바라봤다. 그러더니 휙 돌아서며 "출가를 하려면 하던 공부 다 마치고 오라"는 게 아닌가. 그리고 한 마디를 더했다. "꼭 스님이 되겠다면 동국대 불교학과에 입학해서 공부하라"는 당부였다. 훗날 안 사실이지만 이 스님은 동국대 초대총장을 지낸 권상로 스님이었다고 한다. 참으로 지중한 인연이 아닐 수 없다.

1955년 동국대 불교대학 불교학과에 입학하고 나름 스님이 되는 것은 시간문제라고 확신했다. 실제 출가도 감행했다. 3학년 되던 해, 합천 해인사로 입산해 삭발염의하고 강원에서 대중생활을 했다. 그러나 행자생활은 그리 오래지 않아 접어야 했다.

당시 짐짓 그를 동국대 총학생회장으로 점찍어둔 백성욱 총장이 학교로 불러들였기 때문이다. 한국전쟁 직후의 사회적 혼란은 대학캠퍼스라고 예외는 아니었다. 대학의 혼란을 정리하기 위해선 분야별로 리더가 필요했고, 학생회로서는 '선진규'만한 학생이 없다는 게 당시 백 총장의 판단이었다.

선 법사는 대학 1학년 봄 전국웅변대회에 출전해 특상을 거머쥐었다. 출가를 위해 입학한 동국대에서 불교대학이 대접을 받지 못하는 현실에 분통이 터진 나머지 학내 시선을 바꾸겠다며 단행한 일이었단다. 실제 이 일로 선 법사는 학교 내에 유명인사가 됐고, 불교대학을 다시 보게 만드는 계기가 되었다. 이런 연유로 불교학자였던 백 총장은 그를 염두에 두었다가 그가 3학년이 되자 총 학생회장으로 전격 임명한 것이었다.

잠시 백성욱 박사를 소개하자면 1897년 백윤기의 장남으로 서울 연지동에서 태어났다. 부모님 두 분을 일찍 여의고 1910년 정릉 봉국사에서 최하옹 대선사를 은사로 출가해 경성중앙학림 졸업, 상해에서 독립운동에 동참했다. 파리 보배 고등학교, 남독일 뷔르츠부르크 대학에서 공부를 마치고 1925년 〈불교순전철학(佛敎純全哲學)〉으로 한국 최초의 독일철학박사 학위를 취득했던 석학이다. 이 시대에 흔치 않은 걸출한 인물을 보는 귀한 안목이 아닐 수 없다.

회고가 이어진다.

"학교 관계자들이 동생까지 데려와 사정을 하는데 매몰차게 돌아가라 할 수가 없었어요. 사정을 말씀드린 후 다시 오겠다는 인사를 남기고 해인사를 떠났습니다. 그런데 죄송하다는 말씀도 드리기 전에 총장님이 너무 절절하게 부탁을 하는 겁니다. 대학의 가장 어른이자 초대 내무장관까지 지내신 분이 부탁을 하는데 차마 거절할 수가 없는 거예요. 거기다 총장님이 직접 '금강경'을 가르쳐 주겠다 하시지 뭡니까. 그 말에 혹해 다시 대학을 다니게 된 겁니다."

출가하여 하산한 탓에 삭발한 채 교복을 입고 흰 고무신을 신고 다니는 선진규는 '남산대사'라는 별칭이 붙을 만큼 서울 대학가에서 꽤 유명해지게 된 것이다. 돌이켜보면 불연(佛緣)은 항상 이어졌지만 출가인연은 딱 거기까지였다. 대학 총학생회장 모임에서 평생도반 '김기업' 여사를 만났기 때문이다. 결혼과 함께 '출가수행자'의 삶은 포기했지만, '포교수행자'가 되겠다는 새로운 발심을 세웠다.

보릿고개를 운명처럼 받아들여야 했던 시절, 그는 소설 '상록수'를 떠올렸다. 그리고 부처님의 가르침을 전하면서 동민들과 함께 농촌을 계몽하겠는 발원을 세워 졸업 후 고향 김해로 낙향했다. 그길로 정토원을 찾았다. 정토원은 어린 시절 봐왔던 그 모습 그대로였으나 활엽수 가득했던 봉화산은 풀 한 포기 살 수 없는 민둥산으로 변해 있었다.

백성욱 총장에게 도움을 청했다. 뻔한 대학살림이었지만 백 총장은 제자를 위해 선뜻 35만원(현재 가치로 약 1200만원)이란 거금을 쾌척하셨다. 그 만큼 제자인 선 법사를 아꼈으리라. 선 법사는 그 돈으로 정토원을 비롯한 주변 토지 3만5000평을 사들였다. 그리고 봉화산 정상에 동국대 불교학도 31명과 함께 조성한 '호미 든 관세음보살님'을 봉안했다.

"호미 든 관음성상은 한국전쟁이 갓 지난 1959년 4월 5일 봉안됐습니다. 국토는 황폐화되고 사회는 혼란스럽고, 자유당 독재에 보릿고개를 넘지 못하는 가난의 고통 속에 불교계는 비구·대처간 싸움이 계속될 때였습니다. 이러한 때 31명의 청년 불자들이 신심개발, 사회개발, 경제개발, 사상개발 등 4대 개발을 목표로 분연히 일어선 것입니다. 호미는 4대 개발 발원을 함께 일구어 캐내겠다는 다짐이며 상징이었습니다."

이때부터 식목과 개간 그리고 불교정신을 바탕으로 한 농촌운동을 시작했다. 당시 중학생이었던 故노무현 전 대통령도 정토원 개발에 동참해 식목을 하고 부처님 가르침을 배웠다는 것은 널리 알려진 이야기다. 어려운 형편에도 선 법사는 5차에 걸쳐 주변 민둥산을 개간했고, 24만평의 사찰 토지를 확보했다. 또 위대한 선각자를 통해 현재를 살아가는 불교도들의 귀감이 되도록 서산대사와 만해 스님의 동상도 세웠다.

옛 절터에 세운 정토원에서 평생 불교운동과 농민운동에 힘을 쏟았고 호미 든 관음보살뿐 아니라 1998년에는 '법화경'의 '종지용출품(從地踊出品)'에 착안해 지상출현 관음보살상을 조성했다. 관음보살의 머리 부분, 정병과 장미꽃을 손에 쥔 두 팔만 보이게 해 땅에서 솟아오르는 듯한 형상을 만든 것이다. 관음보살이 땅에서 솟아오르듯 모든 사람에게 그러한 힘이 있으니 우리 힘으로 불국토를 만들어가자는 의미를 담았다.

김해를 중심으로 한 포교활동에 매진하던 그에게 더 넓은 세상에서 원력을 펼칠 계기가 찾아왔다. 1972년 조계종 중앙 상임포교사로 발탁된 것이다. 조계종 총무원에 근무하며 대한불교청년회장을 맡게 된 그는 만해 스님 선양을 통해 본격적으로 불교 저변 확대에 돌입했다. '만해 백일장'을 처음 기획하고 강연회와 세미나를 연이어 열었다. 또 설법회 개최와 찬불가레코드 제작 등 불교 대중화를 위한 사업을 펼쳤다.

이후 정토원과 청소년수련원 등을 운영하며 대한불교청년회장, 한국청소년지도연합회장 등을 역임했다. 이러한 노력의 결과 16개 지회에 불과했던 대한불교청년회는 3년 만에 전국단위 240개 지회로 확대됐다. 획기적인 변화였다.

> 한 그루 목숨을 켜는 날이 선 바람소리
> 선명한 그 자리에 끊어진 소식으로
> 행인은 길을 묻는데 일원상을 그리네
>
> – 조오현, 〈달마 4〉에서

백의출가의 외침, 바로 당신이 부처다

백의란 말 그대로 흰옷을 뜻하나 불교에서는 재가(在家) 신자를 이른다. 백의거사(白衣居士)·속인(俗人)과 같은 말이다. 불교 발생 초기 인도에서 수행승들은 색깔 있는 옷을 입었으며, 세속인들은 흰옷을 입고 있었다는 데에 기인한다. 그리하여 백의출가(白衣出家)란 세속승의 또 다른 표현이자 재가 수행승으로 살아가던 선 법사를 지칭한다 하겠다.

1983년 서울 생활을 정리하고 '정토원'으로 돌아온 그는 그간의 경험을 토대로 불교 미래를 위한 새로운 포교에 매진한다. 어린이와 청소년 포교가 그것이다. 선 법사는 봉화산 청소년수련원을 건립하여 어린이·청소년들을 위한 한문서당과 예절서당을 시작했다. 또 '봉화산 청소년 축제'를 열어 어린이·청소년들이 '끼와 재능'을 맘껏 펼칠 수 있도록 했다. 선 법사의 이러한 노력으로 불교에 기반한 한문서당과 예절서당은 문화관광부로부터 청소년 인성교육프로그램 최우상을 수상하기도 했다. 선 법사는 부처님의 가르침을 나누듯 한문서당과 예절서당 프로그램 역시 원하는 곳 어디나 무료로 보급하는 등 대중포교 광폭행보를 이어갔다.

항상 새로운 대중포교운동의 모델을 지향해 온 선 법사는 "여전히 부족하다"고 자평했다. 그저 눈감는 순간까지 발원한 목표를 향해 최선을 다할 뿐이라고 했다. 그는 직접 고안해 제작한 연꽃 봉우리 모양의 배지 (badge) 보급운동을 시작했다. 현재의 불교를 강렬한 믿음과 피어나는 포교활동을 통해 새로운 불교로 중흥시키자는 의미를 담았다. "무슨 일이든 뚜렷한 목표를 세워 배우는 자세로 임해야 합니다. 사회의 변화에 따라 포교의 방법도 변해야 합니다. 그렇기에 끊임없이 공부하고 배우고 시도하는 것입니다. 아직 해야 할 일이 많기에 죽을 수도 늙을 수도 없습니다. 항상 청년과 같은 마음으로 행복하게 살아가는 비법이 여기에 있습니다."

부처님은 '우다나'에서 자신의 길을 가는 즐거움을 노래했다. '누구처럼 살 것도 없고, 누구처럼 되고자 애쓸 것도 없이, 다만 '나 자신'이 되어 나의 길을 걷는 것이 즐거움이다.' 포교를 위해 길을 나서던 선진규 법사 뒤로 정토원 대숲이 보인다. 이제는 숲을 이룬 대나무 한 그루 한 그루는 선 법사의 마음이요. 맑은 기운 머금은 대나무 숲이야말로 부처님 법 만나 일으킨 바람은 세상을 맑게 하고 사람에게는 아름다운 희망이었다.

부엉이 울음만 남기고 둥지 떠난 여기
그토록 푸른 꿈 지난날이 아쉬워
오늘 따라 이 곳 짙은 상념(想念)에
불을 지핀다.

과거는 단절된 망각에 가리워지고

현재와 미래가 혼돈의 시간 속에
머물러 있는 곳
바라만 보고 넋을 잃은 사람들
바라만 보고 눈물짓는 사람들
바라만 보고 합장하는 사람들
이들에게 절망과 좌절은 죽음과도 같은 것
어쩌다가 이렇게 되었는지 안타까울 뿐…
답답한 마음 절규로 토해낸다.
"다시 깨어나야 한다!"고
끝과 시작은 둘이 아니요
높낮이는 요철(凹凸)의 법칙이라
어디서 들려오는 생명의 소리가 있다

대낮을 알리는 수탉의 울음소리
어두운 질곡을 쪼아대는 봉화산의 딱따구리
꿈에 서린 벼논을 줄지어 다니는 오리들의 지저귐
머무름이 있는 곳에 일어나라는 소리 소리들…

넋 잃은 사람들아 이 소리가 들리지 않는가…?!
눈물짓는 사람들아 울음을 멈추자
합장하는 사람들아 소망을 기도하자

살아 움직이는 생명의 소리들이
침묵의 바위를 두드리고
두터운 구름에 가리었던 이 곳에
밝은 햇살이 강렬하게 비추고 있다.

멀리 아득한 곳으로 떠난 모두가
되돌아옴을 알리는 서운(瑞運)이
한없이 꼬리를 물고 나타나고 있는데…

사람아 우리 사람아 이제는 깨어나야 한다.
우리 스스로 새롭게 깨어나야 한다.

　　　　　　− 烽山 선진규, 〈별, 부엉이 바위에서〉(노무현 대통령 서거 2주기 봉화산 부엉이 바위를 바라보며)

　노무현 대통령과 필자와의 인연을 기억하자면 대통령 퇴임을 앞두고 청와대 본관 등지에서 몇 번 만난 적이 있다. 노무현 대통령은 필자 등이 참여하여 상재한 '과거와 대화, 미래의 성찰' 제하의 국가기관 과거사위원회에서 발간한 백서를 보며, "김 박사는 불교를 깊이 믿으니 국가적으로 어려운 일도 마치 수행하듯 완벽하게 임무를 완수했다"고 말씀한 바 있다. 낙향하여 노통께선 선 법사님과도 불교의 상생과 화합, 평화와 자비를 주제로 담론을 이어간 것으로 기억되나 이제는 아득해진 이야기이다. 선 법사는 그런 인연으로 최근까지 故노무현·김대중 대통령 추모법회를 매년 봉행해 왔고 지금은 후학들이 뒤를 잇고 있다.

　지난 2020년 5월 10일에는 국가 주요기관 공직자 300명을 축원하는 무주상등을 밝히고 코로나19의 소멸을 염원하는 법회를 봉행하는 등 부르나의 열정으로 실천하는 불자의 삶을 보여줬다. 타계하기 이틀 전 직접 유훈을 써서 봉화산 정토원의 수행 정신대로 이어가길 당부한 그는 그해 6월 8일 향년 87세로 오현스님과의 깊은 인연은 물론 세상의 숱한 인연들과도 별리했다.

　임종을 앞둔 법사는 '정토원 사부대중 수행 수칙 및 수행 목표'를 직접 써서 정토원의 수행과 전법, 포교의 정신이 이어지기를 당부했다. 수행 수칙에서는 '자신에게 미안한 짓 하지 말자, 남에게 욕먹을 언행 하지 말자, 한없이 능력껏 베풀되 돌아보지 말자' 라는 표현으로 평소 삶의 지론을 남겼다. 또 수행 목표에는 '모두 존경받는 신자가 된다, 바른 언행으로 참다운 불자가 된다, 나무아미타불 일심 칭명으로 모두 불보살이 된다' 라는 글로 수행하는 불제자의 길을 밝혔다.

또 한 사람, '아득한 성자' 를 보내는 진영장례식장에서 뵌 법사님은 마치 '당신이 부처다' 라고 하는 듯 검지를 고승의 추장자마냥 치켜 올려 나를 향해 소리치시는 것이었다. 세상을 향해 소리치고 있었다.

"너! 바로 너, 당신이 부처다."

부음을 받는 날은

내가 죽어보는 날이다.

널 하나 짜서 그 속에 들어가 눈을 감고 죽은 이를

잠시 생각하다가

이날 평생 걸어왔던 그 길을

돌아보고 그 길에서 만났던 그 많은 사람

그 길에서 헤어졌던 그 많은 사람

나에게 돌을 던지는 사람

나에게 꽃을 던지는 사람

아직도 나를 따라다니는 사람

아직도 내 마음을 붙잡고 있는 사람

그 많은 얼굴들을 바라보다가

화장장 아궁이와 푸른 연기

뼛가루도 뿌려본다.

– 조오현, 〈내가 죽어보는 날〉(2007) 전문

평소 선 법사는 스님에 대해 1968년 『시조문학』을 통해 문단에 등단한 시조시인으로 한국문학사 최초로 시조시 형식에 선시를 도입한 선구자이며, 본격적으로 한글로 선시를 구가한 시승이라 했다. 그리고 보니 오현스님은 평소 남달리 친교해 왔던 선 법사의 부음을 미리 아시고 이렇듯 애잔하게 글로 남기셨나 보다.

공든 탑이 무너지고, 낙산 동종이 녹아내려도 '나는 너를 믿는다'

안타깝게도 2005년 강원도 속초일원에서 일어난 산불로 낙산사는 보물을 잃었다. 낙산사 동종은 우리나라 보물 제479호였으나 그 때 화재로 완전히 용해, 소실되었다. 때문에 문화재 가치를 상실했다 하여 보물에서 지정 해제되어 제475호 보물은 영구결번이 되고 만다. 종 자체는 1년 6개월 만에 복원해 그 자리에 다시 달아놓았다지만 보물은 아니다.

화재 발생 7일 전에 주지로 취임한 금곡스님은 날벼락을 맞은 격이었고 죄인이 된 참담한 심정에 어찌할 바를 몰랐다. 그런데 오현스님은 낙산사 화재를 두고도 마음의 불부터 끄라고 명법문을 하신 것이다. 물론 낙심에 빠진 스님들을 불러 위로와 당부의 말을 잊지 않으셨단다.

"걱정하지 마라. 낙산사는 관음도량이다. 중생들은 어렵고 힘들 때 불보살의 원력에 의지한다. 실의에 빠진 사람들에게 희망을 주어야 한다. 낙산사는 그동안 여러 차례 화마를 만났다. 그 때마다 몇 번이고 다시 복원하고 중창했다. 원력을 모았기 때문이다. 무엇보다 주지가 흔들리면 안된다. 신심과 원력으로 불사를 해라. 나는 너를 믿는다."

'나는 너를 믿는다'는 은사스님의 말씀은 제자들에게 무엇보다 큰 힘이었음은 물론이다. 그 한 말씀을 믿고 낙산사 주지 금곡스님은 영일 없이 10년간 중창불사를 해냈다. 스님의 깊은 신뢰는 낙산사 복원 불사의 주춧돌이었다고 회상한다. 마침내 2007년 11월 16일 화재 발생 2년 7개월 만에 오현스님은 복구된 낙산사 원통보전 낙성식을 필두로 2017년 11월 복구가 완료된 낙산사 경내 전각 낙성식에 주지 정념(현재 금곡)스님의 안내로 참석하였다.

금곡스님은 오현스님과 관련하여 서울 돈암동 홍천사 불사 이야기를 빼놓을 수 없다고 했다. 홍천사는 비구·대처 정화 와중에 대처측이 오랫동안 점유해 온 사찰이었으나 대처스님들이 입적하면서 절이 폐허 지경에 되었고 대처스님들이 살던 요사채들은 22가구 60세대가 세입자로 살고 있었다. 도량불사를 하자면 그 비용이 무려 100억 원대에 이르렀으므로 종단에서는 사찰 소유 임야 1만4천 평 중 4천 평을 처분하기로 했다.

당시 강남 선불선원으로 스님을 찾아뵙고 이 사실을 말씀드렸으나 스님은 단호하게 한 마디로 말씀하셨다.

"안 된다! 옛날 종단에서 강남 봉은사 땅 팔아먹고 얼마나 후회했냐. 강북에 그만큼 싼 땅이 어디 있냐. 무슨 수를 써서라도 매각하면 안 된다."

신흥사에서 적극 돕도록 하겠다고 하여 종단으로부터 100억원에 대한 기채승인을 받아 우여곡절 끝에 홍천사 중창불사를 통해 강북의 중요한 포교 거점으로 자리매김하게 됐다. 불사를 하면서 스님은 삼보정재를 수호한다는 원력을 가지고 일하라고 했고 금곡스님은 그 때의 일을 은사스님의 결단과 신뢰가 아니면 불가능한 일이었다고 말한다.

스님은 종단의 종책을 맡아 일하는 제자에게 "하긴 종단일이란 잘해야 본전이고 조금만 잘못하면 망하는 길이지. 그러나 누군가는 해야 한다. 자네 일신 편해지자고 물러나는 것만이 잘하는 건 아니다. 그러니 자네를 원하는 곳이 있으면 가서 일해라. 그게 자네의 운명이다. 다만 한 가지는 명심해라. 소임자는 남위에 군림하려 하면 안 된다. 철저히 하심하고 겸손하게 봉사하겠다는 생각으로 해라. 그래야 사판에 가 있어도 망하는 일 없을 게다. 그게 자네가 할 수행이다"고 일러주셨기에 흔들림 없이 공무를 수행하고 있다고도 했다.

스님은 열반하시기 얼마 전, 금곡스님을 만체미 올로 불러 이렇게 당부하셨다. "무조건 화합해라. 시비하지 마라. 본사 주지 우송스님이 잘하고 있으니 그를 도와 설악산에 말썽이 생기지 않도록, 전국에서도 모범이 되는 산문 되도록 힘을 모아라.' '어른의 말씀이 곧 법이라 여기는 나로서는 그리 시행할 뿐' 이라고 말하는 금곡스님을 보며 '그 스승에 그 제자' 라는 말 외에 덧붙일 언사가 어디 있으랴 싶다.

어제 그저께 영축산 다비장에서
오랜 도반을 한줌 재로 흩뿌리고
누군가 훌쩍거리는 그 울음도 날려 보냈다

거기, 길가에 버려진 듯 누운 부도(浮屠)
돌에도 숨결이 있어 검버섯이 돋아났나
한참을 들여다보다가 그대로 내려왔다

언젠가 내 가고 나면 무엇이 남을 건가
어느 숲 눈먼 뻐꾸기 슬픔이라도 자아낼까
곰곰이 뒤돌아보니 내가 뿌린 재 한줌뿐이네

– 조오현, 〈재 한줌〉 전문

"언젠가 내 가고 나면 무엇이 남을 건가" 하고 평생 화두로 살아온 스님은 무엇이 중한지? 중한 것은 중한 용처에 곧바로 내어주고, 손을 탈탈 털었다. 어쩌면 자신을 태운 한줌 재조차 남기지 않았다. '무소유' 란 폼나는 말 한 마디 하지 않고도 허공에 헛뿌리 듯 금잔디담배 연기처럼 훨훨 떠나갔다. 그리하여 마침내 허공이 되었다.

오현스님의 횡설수설, 지혜자비 실천의 종교는 불교인가? 아닌가!
스님이 말하는 불교는 대중을 지혜의 길로 인도하는 종교다. 제사의 길도 아니요, 인격신을 믿고 의지하는 종교도 아닐 뿐 아니라, 합리성과 보편성, 그리고 당위성을 가진 종교이다. 지혜의 가르침인 불교는 합리적이고 뛰어나지만, 인간 스스로 결정하고 실천해야 하기에 힘들므로 시쳇말로 사람들에게 크게 인기 있는 가르침은 아니다.

스님은 횡설수설한다. 불교야말로 지혜의 길을 가르치는 종교이자, 스스로의 운명을 개척하는 실천적인 종교라고 한다. 지극히 당연한 이야기지만 무산 불학사상의 원천 또한 붓다. 그렇다면 스님의 불교에 대한 네 가지 큰 견해를 알려진 기록을 통해 직접 읽어 보면 어떨까?

하나, '불교를 믿는다' 는 것은 '부처님(佛)' 의 '가르침(教)' 을 믿고 따른다는 의미다. 부처님의 가르침을 믿고 따르는 것은 그 가르침이 옳고, 바로 진리이기 때문이다. 부처님 가르침대로만 살다 보면 반드시 괴로움을 극복하고 해탈을 이룰 수 있다는 것이 불자들이 가져야 할 확고한 믿음이다.

그러나 여기에는 하나의 단서가 따른다. '무엇이 부처님의 가르침인가?' 에 대한 올바른 인식의 문제가 그것이다. 아무리 스스로 불자라고 하더라도 부처님의 참된 가르침을 믿지 않는다면 그것은 불교를 믿는다고 할 수 없다. 실제로 우리 주변에는 불교를 믿는다고 하면서 '부처님의 가르침' 을 믿고 따르기보다는 오히려 외도(外道)의 주장에 귀를 기울이는 사람이 허다하다. …많은 사람들은 불교 신앙의 내용 가운데 이른바 기복신앙(祈福信仰)을 정당화하려 한다. 기복이 없으면 종교가 될 수 없다느니, 대중을 인도하자면 방편으로 기복을 권장해야 한다느니 하는 변명이 난무한다. …오늘날 불교에서 행해지는 불교는 간판만 '불교' 라고 내걸었을 뿐, 내용은 기독교나 바라문교라고 해도 무방한 종교가 된 지 오래다. …불교를 믿는 사람은 자신의 신앙 태도를 깊이 반성해 보아야 할 것이다.

둘, 인도의 종교는 크게 세 가지 유형으로 구분된다. 첫째는 제사(祭祀)

의 길(Karmamārga)에 속하는 종교, 둘째는 신애(信愛)의 길(Bhaktmārga)에 속하는 종교, 셋째는 지혜(智慧)의 길(Jñānamārga)에 속하는 종교다. … 인도에서 태어난 불교는 이 세 가지 종교 유형 가운데 세 번째인 '지혜의 길'에 속한다. '제사의 길'이나 '신애의 길'에 속하는 종교에서 볼 수 있는 제례주의나 신비주의 또는 무조건적인 믿음과 희생의 요구를 배척한다. 지혜의 길에 속하는 종교는 사람들에게 크게 인기 있는 가르침은 아니다. 이 길은 분명 다른 종교보다 합리적이고 뛰어난 점이 있다. 인간의 완전한 행복은 틀림없이 지혜의 길에 의해 완성된다. 이 길은 모든 문제를 인간이 스스로 결정하고 실천할 것을 요구한다.

셋, 인도의 수많은 종교 가운데 세계화된 종교는 오직 불교뿐이다. 이는 불교의 교리가 누구나 인정할 수 있는 합리성과 보편성, 그리고 당위성을 가졌기 때문이었다. 특별히 이상한 주장을 내세우지 않고 조용히 인간의 이성에 호소했다.

넷, 스트레스라는 것이 얼핏 생각하면 바깥에서 오는 것 같지만 사실은 자기 내면에서 생기는 것이다. 불교는 바로 이것을 지적하는 종교이다. 모든 고통과 불행이 밖에서 오는 것이 아니라 안에서 생긴다. 그러므로 내면을 다스려서 마음의 평화를 얻어야 고통이 사라지고 행복해진다고 가르친다. 이런 메시지가 합리적인 서양 사람들에게 설득력 있게 먹혀든 것이라고 보아야 된다.

이렇듯 스님은 붓다를 절대적인 존재로 보고 소원을 비는 형태의 기복신앙(祈福信仰)을 배격하고 있다. 기복신앙을 멀리 던지고 찾은 '스님의 불교' 불교관은 어떤 것일까?

첫째, 불교는 인간의 운명이 미리 결정돼 있다는 운명론을 가르치지 않는다. 그렇다고 이 세상이 그저 우연으로 성립돼 있다고도 말하지 않는다. 불교는 인간의 운명이 스스로 지은 업(業)에 의해 결정되고 지배된다고 가르친다. 이것을 인연론(因緣論)이라고 한다. …모든 인생의 조건이

'운명'인 것처럼 떠벌리는 것을 믿기보다는 '당연한 상식'을 진리로 받아들이는 태도가 중요하다. 그래야 남을 속이기 위해 온갖 거짓말을 하는 점술사의 술책에서 벗어날 수 있다.

둘째, 불교는 맹목적인 믿음만으로 된다고 그렇게 가르치지 않는다. 내가 만든 원인과 조건에 의해 결정된다고 말한다. 이를 업보론(業報論)이라고 한다. 나의 자유의지에 의해 인생의 문제가 좌지우지된다는 것이다. 비유로 말한다면 그대가 지금 이 지루한 책을 읽을 것인지 말 것인지는 순전히 그대의 자유의지에 의해 판단하고 결정하는 것이다. 그러므로 그 행위에 대한 책임도 스스로 져야 한다.

셋째, 어리석은 종교적 믿음으로부터 해방되는 길은 한 가지뿐이다. 인간의 이성에 기초해 합리적인 생각을 해야 한다는 것이다. 경험할 수 없고 증명할 수 없는 일을 '믿음'만으로 해결하려는 것은 지혜로운 사람이 취할 태도가 아니다. 헌 옷을 불에 태우면 좋은 옷이 생긴다는 황당한 얘기를 믿다가 헌 옷마저 잃고 당황해 하는 어리석은 벌거숭이가 되지 않도록 정신을 바짝 차려야 한다고 말한다.

결론적으로 스님이 생각하는 불교는 스스로 지은 노력에 의해 운명을 개척할 수 있는 종교, 이성에 기초해 합리적인 생각으로 세상을 열어가는 가르침을 말한다. 결코 '믿음'만으로 모든 것을 해결하려는 그런 종교는 아닌 것이다. 그래서 스님은 이지적이고 이성적이며 합리적인 가르침으로 불교를 파악한다. 이는 《화엄경》에 나오는 구절인 "모든 것은 마음이 만든다"는 '일체유심조(一切唯心造)'에 대한 해석에서 특히 두드러진다. 이렇듯 승려로서 본업에 충실한 스님은 탄탄한 수행자로서 입증된 기술력을 바탕으로 문학적 장치를 이용하여 횡설수설하며 숱한 작품을 만들어 오신 것이다.

허지만 오해 마시라. 조리가 없이 말을 이러궁서러궁 시설인나는 사선적(辭典的) 의미로 쓰이는 '횡설수설(橫說竪說)'의 원래 뜻은 '말을 조리

있게 말하다'이다. 횡설수설의 유래는 석가모니께서 불교를 설하실 때
그 말씀이 어려워 잘 이해하지 못하는 사람들이 있어 그러한 사람들을 위
해 그 사람들의 수준에 맞게 말과 단어를 적절하게 바꿔 가면서 사람들이
이해하기 쉽게 조리 있게 말씀하시는 모습을 '횡설수설'이라고 표현했
다고 한다.

그래서 옛날에는 일반적으로 말을 조리 있게 하는 모습을 뜻하는 말로
'횡설수설'이라 했다. 근래에 그 뜻이 반전이 되어 지금 우리나라에서는
옛날과는 반대로 말을 조리 있게 하지 못하고 이러쿵저러쿵 지껄이는 모
습이라는 의미로 쓰고 있다. 하지만 아직도 중국에서는 이 횡설수설이 원
래 뜻인 말을 조리 있게 하는 모습으로 쓰이고 있다고 한다. 행여 중국 사
람이 "너, 말 참 횡설수설한다"라고 말하면 욕이 아니라 "너, 말 참 잘한
다"라는 칭찬이니 괜한 오해를 하지 말아야 한다. 그러니 스님의 숱한
'횡설수설'이 무진법문인 줄 알아야 하리라. 진정 그리해야 하리라.

> 어떤 사람이 나를 만나 뵙고 싶다고
> 부처님의 말씀을 듣고 깨달음을 얻고 싶다고 전화를 했다.
> 나는 참 잘난 놈이라고 속으로 웃고는 큰소리로 '나는 지금 여행 중
> 이다' 했더니
> 그 사람이 "언제 돌아오십니까" 하고 묻기에
> "그건 나도 몰라 어쩜 영원히 돌아오지 않을지도 몰라" 하고
> 전화를 끊어버렸다.
> 사실 나는 영원히 돌아오지 않을 길을 평생 나로부터 떠나고 있다.
>
> ― 조오현, 〈여행〉에서

족쇄를 끊어라, 범부를 향한 성자의 외침

초기불전에서 인간은 크게 범부(puthujjana)와 성자(ariya)의 둘로 구분

한다. 범부는 깨닫지 못한 사람이고 성자는 깨달은 사람이다. '성자' 는 다시 예류자 · 일래자 · 불환자 · 아라한의 넷으로 분류한다. 일래자(一來者)는 한 번만 더 이 세상에 돌아올 자라는 뜻이며, 불환자(不還者)는 정거천(淨居天)에 태어나서 다시는 이 세상에 돌아오지 않는 자를 말하며, 아라한(阿羅漢)은 완전히 번뇌가 다한 자를 뜻한다. 정거천은 색계(色界)의 최상부에 위치한다. 제사 선천(第四禪天)에 구천(九天)이 있는 가운데, 불환과(不還果)를 증득(證得)한 성인(聖人)이 나는 하늘나라로 무번천(無煩天) · 무열천(無熱天) · 선현천(善現天) · 선견천(善見天) · 색구경천(色究竟天)의 다섯 하늘나라 곧 오정거천(五淨居天)을 말한다.

앞의 셋은 아직 더 공부할 것이 남은 존재이므로 유학(sekha, 有學)이라고 하고, '아라한' 은 모든 번뇌가 다 소멸되었기 때문에 더 이상 공부 지을 것이 없는 존재이므로 무학(asekha, 無學)이라고 한다.

'성자(聖者)' 를 예류자 · 일래자 · 불환자 · 아라한의 넷으로 분류하는 근거는 무엇인가. 부처님께서는 초기불전의 여러 곳에서 열 가지 족쇄(saṃyojana)를 말씀하셨으며, 이 열 가지 족쇄(足鎖)를 얼마나 풀었는가를 토대로 하여 성자들을 예류자 등의 넷으로 분류하고 있음을 알 수 있다.[족쇄경(saṃyojaniyasuttaṃ A10:13) 앙굿따라니까야 6권(대림스님 역, 2007년)]

부처님이 말씀하신 열 가지 족쇄(결박)는 다음과 같다.

① 유신견(sakkāya-diṭṭhi, 有身見): 고정불변의 자아, 혹은 실체가 있다고 집착하는 가장 근본적인 삿된 견해, 오온을 자아라고 생각하는 것, 오온을 가진 것을 자아라고 생각하는 것, 오온이 자아 안에 있다고 생각하는 것, 오온 안에 자아가 있다고 생각하는 것 등 오온에 대해 20가지로 자아가 있다고 견해를 가지는 것. ② 계율과 의례의식에 대한 집착(sīlabbata-parāmāsa, 戒禁取): 형식적 계율과 의례의식을 지킴으로써 해탈할 수 있다고 집착하는 것. ③ 의심(vicikicchā, 疑心) : 불법승, 계율, 연기법 등을 회의하여 의심하는 것. ④ 감각적 욕망(kāma-rāga): 감각적 쾌락에

대한 욕망, 즉 오감을 통한 다섯 가닥의 감각적 욕망. ⑤ 적의(patigha, 敵意): 반감, 증오, 분개, 적대감 등을 뜻하며 성내는 마음과 동의어. ⑥ 색계에 대한 탐욕(rūpa-rāga): 초선부터 제4선까지의 색계 선(禪)으로 실현되는 경지에 대한 집착. ⑦ 무색계에 대한 탐욕(arūpa-rāga): 공무변처부터 비상비비상처까지의 무색계 선으로 실현되는 경지에 대한 집착. ⑧ 자만(māna, 自慢): 내가 남보다 뛰어나다, 동등하다, 못하다고 생각하는 마음. ⑨ 들뜸(uddhacca, 悼擧): 들뜨고 불안한 마음. ⑩ 무명(avijjā, 無明) : 사성제를 모르는 것 등이다.

이러한 열 가지 족쇄 가운데 ①~⑤의 다섯은 욕계에서 생긴 무더기 등을 결박(結縛)하기 때문에 낮은 단계의 족쇄, 오하분결(五下分結)이라고 한다. ⑥~⑩의 다섯은 색계와 무색계에서 생긴 무더기 등을 결박하지 않기 때문에 높은 단계의 족쇄, 오상분결(五上分結)이라고 한다.

특히 아비담마 문헌의 여러 곳에서 열 가지 족쇄 가운데 처음의 셋을 보아서 버려야 할 법들이라고 정리하고 있으며, 나머지 일곱 가지는 닦아서 버려야 할 법들이라고 설명하고 있다. 이러한 봄[見]과 닦음[修]은 다시 견도(見道)와 수도(修道)라는 술어로 주석서 문헌들의 곳곳에서 나타나고 있으며, 견도에 의해서 예류자가 되고, 수도의 성취 정도에 따라서 차례대로 일래자, 불환자, 아라한이 된다고 설명하고 있다.

이러한 견도와 수도는 후대의 여러 불교에서도 중요한 주제로 다루어지는데, 특히 북방 아비달마를 대표하는 『구사론』과 『성유식론』 등의 유식 문헌에서도 논의되고 있다.

이처럼 초기불전에서는 예류자는 ①~⑤의 세 가지 족쇄가 완전히 풀린 성자이고, 일래자는 이 세 가지가 완전히 풀렸을 뿐만 아니라 ⑥~⑩의 두 가지 족쇄가 아주 엷어진 성자라고 설명한다. 불환자는 다섯 가지 낮은 단계의 족쇄가 완전히 풀려나간 성자이고, 아라한은 열 가지 모든 족쇄를 다 풀어버린 성자라고 나타나고 있다(A7:15).

그런데 이 10가지 족쇄 가운데 처음이면서 중생을 범부이게 묶어두는 가장 무거운 족쇄는 유신견(有身見) 즉 자아가 있다는 견해이다. 그러므로 자아가 있다는 견해에 묶여있는 한 그는 결코 성자가 아니다. 유신견은 내[我]라는 존재를 구성하고 있는 오온(五蘊)을 두고 이것이 자아라거나, 오온을 가진 것이 자아라거나, 오온이 자아 안에 있다거나, 오온 안에 자아가 있다고 여기는 것이라고 초기경전들은 설명하고 있다. 즉 어떤 형태로든 불변하는 실체를 상정하는 것을 유신견이라 한다. 불교사를 볼 때 석가모니 부처님의 십대 제자 외 16성(聖), 500성, 독수성, 1200 제대(諸大) 아라한 등 숱한 인물이 성자로 추대돼 왔으나 우리나라에선 아직까지 단 한 명도 성자로 추대하지 못한 상황이다.

　그리고 〈앙굿따라 니까야〉(A1:15:3)에서 세존께서는 바른 견해를 가진 예류자는 형성된 것들[有爲]을 두고 자아라고 주장할 수가 없다고 단언하고 계시며, 이런 것을 자아라고 주장하는 자는 다름 아닌 범부에 지나지 않는다고 말씀하신다. 그러므로 자아가 있다고 하는 견해에 빠져 있는 한 그가 아무리 신통이 자재하고 언변이 뛰어나고 무리의 스승이고 지위와 학식과 권속과 부와 명성을 소유하고 있다 해도 그는 깨달은 자가 아니요 성자가 아니며, 불교 지도자가 될 수 없다.

　그는 불교의 기준에서 보자면 저 범부나 외도에 지나지 않는다. "오늘날 한국불교에서는 진아, 대아, 참나, 주인공, 참생명, 영원한 생명 등으로 유신견(有身見)을 찬양하는 가르침이 큰스님이나 저명인사의 법문인 양 교계언론을 버젓이 장식하고 있는 것을 많이 목격하게 되는데 심히 유감스럽다고 한다. 어떤 설법일지라도 그것은 부처님의 권위를 넘어설 수 없다. 부처님께서는 유신견에 빠져 있는 한 그는 결코 성자가 아니며 범부일 뿐이라고 단언하셨음을 우리는 명심해야 할 것이다"라고 대불련 친구로 오랜 도반이자 초기불전연구의 대가 각묵스님은 강조한다. 물론 경전에도 명백히 나타나 있다.

새떼가 날아가도 손 흔들어주고

사람이 지나가도 손 흔들어주고

남의 논일을 하면서 웃고 있는 허수아비

풍년이 드는 해나 흉년이 드는 해나

—논두렁 밟고 서면—내 것이거나 남의 것이거나

—가을 들 바라보면—가진 것 하나 없어도 나도 웃는 허수아비

사람들은 날더러 허수아비라 말하지만

똑바로 서서 두 팔 쫙 벌리면

모든 것 하늘까지도 한 발 안에 다 들어오는 것을

– 조오현, 〈허수아비〉

이쯤에서 철저히 나自我를 버리고 돈의 족쇄조차 끊어버린 오현스님의 경우 성스러운 가르침의 어디에 해당할지는 명백해 지지만, 그냥 '아득한 성자'로 남겨두는 것이 어떨지?

세계를 향하던 '아득한 성자', 시공을 넘어가다

지난해 가을 우리가 강원도 만해마을로 찾아가 그를 만나기 위해 접견실에서 기다리고 있을 때, 민머리에 대담한 미소를 머금은 노승이 들어섰다. 그와의 악수에서 조오현이라는 사람의 면모가 드러났고, 그의 말에서는 '아득한 성자'의 신성함이 더해졌다. 이 현명한 노승은 마치 자신과 손님, 단둘만이 방에 있는 것처럼 개개인을 대했다. 방안에 있던 모든 사람들에게 개별적으로 이뤄지던 그의 배려는 상상을 뛰어넘는 것이었다.

그가 이야기를 시작하자 터키, 튀니지, 모로코, 오만, 요르단, 이집트, 한국에서 온 손님들은 그에게 빠져들었다. 우리가 헤어지기 전 정원에서 기념사진을 찍었을 땐 그의 뛰어난 유머 감각이 빛났다. 하지만 무엇보다도 우리가 받았던 가장 큰 선물은 어르신들이 손주들에게 세뱃돈을 주듯

나눠줬던 지폐가 아니라 영어로 번역된 그의 시집이었다. 중동 오만의 칼럼니스트인 모하메드 알 라비의 회고이다.

오현스님의 시를 아랍어로 번역하는 것은 나에게 큰 기쁨이었다. 그는 독자와 함께 날며 하늘의 진실에 닿고, 사랑을 믿고, 바다와 이야기하고, 바람의 소리를 들으며, 삶의 비밀들이 밝혀지도록 이끈다.

시의 길이는 매우 짧지만 모든 것을 담고 있다. 때때로 그가 이런저런 생각들을 두 번 반복하는 것처럼 느껴질 수 있으나, 태양이 떠오르는 것이 그러하듯 장면은 반복되지 않으며 항상 다르다. "시가 말할 때, 산문은 침묵하고 있어야 한다"는 말대로 필자는 더 이상의 언급은 피하려 한다. 다만 '아득한 성자'에 실린, 지구에 사랑이 싹트게 하는 지혜의 빗줄기를 내리는 구름과 같은 것이 바로 그의 시라고나 할까?

당시 오현스님과 '아득한 성자'를 아랍권 독자들에게 처음으로 소개하기 위해 입국한 그는 오만의 수도 무스카트에 있는 바이트 알-가샴(Bait-Al-Ghasham) 출판사에서 번역본을 출간했다. 영문으로는 고창수 박사가 이를 번역해 소개한 바 있다. 오현의 세계화, 비로소 세상과 회통하였다.

그리하여 오현스님의 시는 시집 서문에서 박철희 서강대 명예교수가 언급한 바에 의하면 시조에 속한다. "시조는 한국 문학에서 가장 긴 역사를 지닌 시의 갈래로, 고전시에서 유래돼 여러 시대에 걸쳐 한국인들에게 가장 적절하고 전통적인 시의 형태로 발전 계승돼 왔다."

박 교수는 "이는 한국 고전시의 전통을 계승한 것으로 볼 수 있다. 시조 형식은 한국 전통 민요나 향가의 발전 또는 변형의 결과로 보인다. 이들은 두 행이 짝을 이룬 둘에서 다섯 개의 연으로 구성되어 있다. 한 행은 주로 네 개의 어절로 이루어져 있으며, 어절은 셋 또는 넷, 다섯 개의 음절로 구성되어 있다. 결과적으로 향가는 모두 10행이 된다"고 설명하고 있나. 안국선시의 중흥불사요. 중흥소에 나름 아니라고 하셨나.

시인은 시로써 말하고 도인은 깨달음의 도력(道力)으로 평가한다. 구도

자는 아침에 깨달음을 얻고 저녁에 죽어도 여한이 없다. '아득한 성자'는 중·고등학교 교과서에 수록되었다. 작가 자신이 밝혔듯이 오도송이다. 그러나 기존의 오도송과는 그 형식이나 내용, 격조가 사뭇 다르다. "하루라는 오늘 오늘이라는 이 하루"가 참으로 의미가 깊은 표현이다. 우리는 오직 현재, 오늘 이 순간 찰나만을 살고 있다. 이 찰나가 연속적으로 이어져 무한한 시간인 겁이라는 영원한 시간을 이루는 것이다. 시간은 현재 이 순간 찰나의 연속일 뿐이다. 세상은 무상하다. 이 도리를 깨달은 자가 부처이고, 아무 생각 없이 하루하루 살아가는 사람을 일러 범부요, 중생이라 부른다.

무상을 깨달은 사람은 오늘 이 순간이 내 인생의 모든 시간이며 가치 있는 시간임을 아는 사람이다. 오늘 하루 이 순간을 잘 살면 위대한 삶이요 부처의 삶이다. 백 년도 못 살면서 천 년의 욕망으로 미쳐서 사는 삶이 어리석은 중생의 삶이다. 본래 시간이란 실체는 없다. 다만 인간이 살고 있는 현상계의 사물들이 무상하게 변화할 뿐이다. 인간들은 사물의 변화 모습에 따라 시간이란 관념을 만들어 놓고 마치 시간을 기준으로 세상 만물이 변화하는 것으로 거꾸로 착각하고 있는 것이다.

범부도 천성(千聖)도 오직 현재 이 순간만을 살다가 가는 하루살이 인생이다. 그러나 하루살이 삶이지만 하루살이는 자신이 되돌아가야 할 시간을 알고 집착을 버리고 마지막 알을 까고 죽는다. '알 까고 죽는 하루살이 떼'는 위대하다.

만약 알을 까지 않고 죽는다면 하루살이의 삶은 영원히 끝나 버린다. 알을 까고 죽기 때문에 하루살이 삶은 영원히 지속된다. 역사의 계승자로서 주인공으로서 역할이 가능해진 것이다. 알을 까는 일은 위대한 불사(佛事)다. 하루를 후회 없이 미련 없이 잘 살다가는 하루살이는 천 년을 사는 성자와 같다.

나아갈 길이 없다 물러설 길도 없다
둘러봐야 사방은 허공 끝없는 낭떠러지
우습다
내 평생 헤매어 찾아온 곳이 절벽이라니

끝내 삶도 죽음도 내던져야 할 이 절벽에
마냥 어지러이 떠다니는 아지랑이들
우습다
내 평생 붙잡고 살아온 것이 아지랑이더란 말이냐

- 조오현, 〈아지랑이〉

불교와의 회통 50년, 작품 2백여 편 무설설로 남겨지다

"좋은 말을 너무 많이 하려는 게 탈이야. 좋은 말이 많으면 시가 안 돼. 그러니 좋은 말은 다 버리고 남은 말로 시를 쓰게. 그리고 억지로 쓰려 하지 말게. 그건 망하는 지름길이야. 안 쓰면 견딜 수 없는 소재가 생기면 그걸 쓰게. 설령 잘 못 써도 그런 게 詩가 되네. 나는 한 50년 시를 썼는데, 게으르기도 하지만 지금껏 겨우 2백여 편이 조금 모자라게 썼을 뿐이네" 라고 평소 스님은 말씀하셨다. 언어문자의 놀음이 아닌 팔만사천의 불교 경전을 2백여 편 문학으로 회통하신 지혜의 말씀에 다름 아니다. 이렇듯 부처님이 말씀하시되 '여여(如如)한 문자를 닦는 것은 모든 부처님이요, 지혜의 어머니라고 하심이니 인용하여 살핀다.

부처님께 아뢰었다.
"어떻게 시방의 모든 여래와 일체 보살이 문자를 여의지 아니하고 모든 법상(法相)을 행합니까?"
"대왕이여, 법륜(法輪)이란 법의 근본[法本]도 같고, 중송(重誦)도 같고, 수기(受記)도 같고, 불송게(不誦偈)도 같고, 무문자설(無問自說)도 같고, 계경(戒經)도 같고, 비유(譬喩)도 같고, 법계(法界)도 같고, 본사(本事)도 같고, 방광(方廣)도 같고, 미증유(未曾有)도 같고, 논의(論議)도 같으며, 이런 이름난 구절의 뜻[名味句]도, 음성의 과(果)인 문자로 기록한 구절[文字記句]도 일체가 같으나 만약 문자를 취하면 공을 행하지 못하느니라.

대왕이여, 여여(如如)한 문자를 닦는 것은 모든 부처님 지혜의 어머니요, 일체 중생 성품의 근본인 지혜의 어머니가 곧 살바야의 체이다. 모든 부처님께서 아직 성불하지 않으셨을 때는 미래 부처님[當佛]을 지혜의 어머니로 하나니, 아직 얻지 못하였을 때를 성품이라 하고, 이미 얻었으면 살바야라 하느니라. 3승의 반야는 불생불멸(不生不滅) 하며, 자성(自性)이 항상 머무르니, 일체 중생은 이로써 깨달음의 성품을 삼는 까닭이다.

만약 보살이 받아들임도 없고[無受] 문자도 없고 문자도 여의고, 문자가 아님도 아니요 닦아도 닦는다는 상이 없이 문자를 닦는 자는 반야의 참된 성품인 반야바라밀을 얻은 사람이니라.

대왕이여, 만약 보살이 부처님을 보호하고 중생을 보호하고 교화하며 10지행(地行)을 보호하려면 이와 같이 해야 하느니라."

– 〈인왕반야경〉 제4 二諦品(지국거사 김태진, 비구 석진오 한역. 붓다를 사랑하는 사람들, 2015)

언어문자의 노름에 빠지지 말라고 하신 숱한 스님들의 지적과 경계를 뒤로하고 오현스님은 거침없이 언어문자와 소통하였다. 그리하여 스님이 남기신 문학작품은 큰 가르침이 되어 이 세상을 간구하는 파도가 되어 일렁인다. 그에 대한 연구와 관련해서는 학위논문은 물론 학술논문 외에 평론, 해설 등도 많다.

밤늦도록 불경(佛經)을 보다가
밤하늘을 바라보다가
먼 바다 울음소리를
홀로 듣노라면
천경(千經) 그 만론(萬論)이 모두
바람에 이는 파도란다

– 조오현, 〈파도〉

오방 깃발 펄럭이는 소리, 적, 청, 황, 백, 홍색으로 빛나니

산같이 많은 시를 높이 쌓아두고 먼 꼭대기에서서 종이비행기 만들어 띄우던 그대, 하늘 소식을 때때마다 전했네.

그 꼬깃꼬깃 종이비행기에 실을 기름도 승객도 없으니 오직 깨알 같은 글자를 태워 보냈겠지. 그러고 보니 스님의 글은 글이 아니었는걸. 무자화(無字話)요, 무자설(無字說) 아니던가.

어떤 날은 빨간 비행기, 또 어떤 날은 파란 비행기에 천방지축으로 글을 엮어 날려 보냈지. 오방색 깃발 날리는 소리만 펄럭이고 그것이 진작 무슨 소리인지 몰랐지. 정녕 몰랐지. 그대로가 부처인 줄을 몰랐지. 만 사람이 몰랐다고 다 그렇게 말하지는 않지만 적어도 나는 그리 생각하고 말한다네. 행여 많은 이들이 붉고, 푸르고, 희고도 누른색으로 된 다양 각색의 언설로 빗대어도 그것은 '아득한 성자' 이어라. 행여 만인들이 다 아는 듯 그리 말하거나 말거나 남겨진 기록을 요리조리 맞대어 봄이 어떨까 한다. 그리하여 문자들이 살아나 오방 깃발 펄럭이는 소리, 적, 청, 황, 백, 홍색으로 빛나나니 필시 눈이 있는 자는 듣고 귀가 있는 자는 볼지어라.

강물도 없는 강물 흘리기게 해 놓고
강물도 없는 강물 범람하게 해 놓고

강물도 없는 강물에 떠내려가는 뗏목다리

– 조오현, 〈무자화(無字話) 부처〉 전문

    스님의 문학작품에 대한 사계 전문가들의 평설을 간단히 소개하자면 이승하는 "시를 통해 조오현의 불ㆍ법ㆍ승을 살펴본 결과 불교도와 시인의 삶을 다 성실하게 꾸려왔음을 알 수 있었다"고 했다. "조오현은 산중에서 고립된 생활을 한 것이 아니라 저잣거리에서 사람들과 만나 대화도 하고 부대끼면서 법을 전해야 한다는 원효식 법을 이해하고 있다"고 평가한다. (이승하, 「조오현의 시에 나타나는 불ㆍ법ㆍ승」, 『한국시조시학』 제2호, 한국시조시학회, 2014.)

    시인 오현의 전문가로 대표적인 권영민은 '시조의 형식 혹은 운명의 형식을 넘어서기'에서 '아득한 성자'를 보면서 '왜 시조인가, 그리고 시조란 무엇인가?'를 자문한다. 그는 "'한등'(寒燈)과 '죄와 벌'은 3장 형식의 완결성을 지키면서도 균제미를 지향한다"며 "'산창을 열면'은 '파격적인 형식의 실험'을 보여준다"고 했다. 이어 "조오현의 '이 세상에서 제일로 환한 웃음', '신사와 갈매기', '스님과 대장장이' 등 '내적 대화성이 표현되는 새로운 이야기를 만들면서 그 자체가 하나의 시적 형식의 발견으로 나아가게 된다'고 말했다. 권영민은 이를 '이야기 조'의 시라고 분석한다. (권영민, 「시조의 형식 혹은 운명의 형식을 넘어서기」, 송준영 편, 『'빈 거울'을 절간과 세간 사이에 놓기』, 시와 세계, 2013.)

    이숭원은 '시조 미학의 불교적 회통(會通)'에서 조오현의 시를 다섯 가지 소주제, 즉 ① 서정 시조의 출발, ② 개성적 미학의 추구, ③ 시조 미학과 불교 정신의 결속, ④ '나'를 버리고 '나'를 찾는 수행, ⑤ 산문시의 경허(鏡虛)적 특성 등으로 분류하여 소주제마다 일일이 작품을 인용ㆍ분석하여 그 의미를 밝힌다. 또 "불교정신을 시조에 회통한 조오현의 시조는 현대시조사에 유례없는 개성적이고 독보적인 자리에 올라 있음을 확인

할 수 있다." 특히 "산문시 연작은 보살과 부처가 어디 다른 곳에 있는 것이 아니라 우리 주변 서민들의 삶 속에 깃들어 있다는 주제를 일관되게 펼쳐내면서 구수한 경상도 사투리의 입담을 날것 그대로의 감각으로 시에 수용함으로써 이야기의 진실을 생생하게 전달하는 데 성공하여 산문시의 새로운 지평을 열어보였다고 말한다. (이숭원, 「시조 미학의 불교적 회통(會通)」, 『 '빈 거울' 을 절간과 세간 사이에 놓기』, 2013.)

이지엽은 '번뇌와 적멸의 아름다운 설법' 에서 스님의 시세계를 ① 잔잔한 바람의 설법, ② 담담하면서도 능청거리는 화법, ③ 우주적 질서와 고통의 언저리, ④ 자유정신의 현현, ⑤ 길 없는 길, 탁발의 만행(萬行) 등의 다섯 항목으로 분류하여 구체적인 예를 들어가며 체계적으로 분석하고 있다.

유성호는 '타아(他我)가 발화하는 심연의 언어' 에서 "그의 시학은 세속과 탈속(脫俗)의 불가분리성을 증언하면서 동시에 사실과 허구(상상)가 결국은 한 통속임을 시적으로 표상한다" 고 말한다. "결국은 모든 대립적 경계선이 지워진 곳에 조오현 시학의 궁극이 깃들어 있다" 고 했다.

박찬일은 '불이사상의 구체화 · 불이사상의 변주' 에서 이렇게 썼다. "오현의 불이(不二)사상은 원효의 무애사상으로 거슬러 올라간다. 그것은 거칠 것 없는 사상, 경계를 두지 않는 사상인데, 다만 원효와 다른 것은 이런 사상에 대한 분별에 대한 인식이다." 특히 박찬일은 "〈가타집〉에서 가장 주목되는 것은 죽음과 삶의 분별하지 않음이 아니라, 혹은 성(聖)과 속(俗)의 분별하지 않음이 아니라, '불이사상의 변주' 로서 삶(혹은 속)의 전면적 수용 이었다" 고 말하고 있다. (박찬일, 「불이사상의 구체화 · 불이사상의 변주」, 『근대 이항대립체계의 실제』, 열락, 2001.)

서준섭은 '빈 거울을 절간과 세간에 놓기' 에서 "조오현스님의 최근에는 승속의 경계가 없고, 세속 속으로 깊이 들어와 있다" 며 "스님의 시는 '거울' 과 같은 시" 라고 말한다. 아무나 도달할 수 없는 인간의 어떤 구경

(究竟)이 접혀 있고 또 펼쳐져 있다는 것이다. (서준섭, 『창조적 상상력』, 서정시학, 2009.)

김형중은 '한글 선시의 현대적 활용'에서 '한글선시의 모델을 제시한 조오현의 선시세계'를 심도 있게 고찰한다. 그는 "어려운 문자인 한문의 한계성과 제약성으로는 도저히 우리의 신선하고 자유롭고 개성 있는 상상의 세계를 표현하기 어려우므로 우리의 글인 한글을 통해서 자유롭게 표현할 수 있도록 새로운 형식의 선시의 창작을 요구하는 시대가 도래하였다"고 평한다.

김학성은 '시조의 전통미학과 현대시조 비평의 실제'에서 "조오현의 시적 마력은 결핍의 감정을 넘어 귀함과 천함, 깨끗함과 더러움, 밝음과 어두움, 삶과 죽음, 성과 속, 세간과 출세간이 하나가 되어 어우러져 조화의 합창을 이루어내는 것에 있다"고 말한다. (김학성, 『한국고전시가의 전통과 계승』, 성균관대학교출판부, 2009.)

송준영의 '선시의 텍스트. 〈심우송〉'에서는 체계적이고 심층적인 고찰을 통해 '심우송'의 세계를 선명하게 보여준다. 그는 "우리나라에서는 경허와 만해의 〈심우송〉과 설악의 〈심우송〉이 우뚝하다"고 평가한다. (송준영, 『선, 언어로 읽다』, 소명출판사, 2010.)

오세영은 '조오현의 선시조'에서 "무엇보다도 오현의 시가 우리 문학사에서 하나의 의의를 지닐 수 있다면, 그것은 시조 시형에 의한 선시의 현대적 확립"이라고 했다. (오세영, 『현대시와 불교』, 살림출판사, 2006.)

이근배는 '화두를 쏟아내는 설악산 안개'에서 "무산의 불가해(不可解)의 문자들을 어찌 다 읽을 수 있겠냐"며 "설악이 그 귀를 낮출 때쯤에나 어느 시객(詩客)이 지나가다 화답 한 수 던질런지?"라고 선문답 같은 말로 평을 대신한다. (이근배, 앞의 글. 2013.)

장경렬은 '시인이 아닌 시가 쓴 시 앞에서'에서 "조오현 시인의 시에서는 어느 시인의 시처럼 시를 쓰고 있음에 대한 시인의 자의식ㅡ그것도 시인으로서 자신의 존재를 입증해 보이고자 하는 시인의 자의식—이 짚어지지 않는다"고 했다. 조오현의 시 세계는 '시라는 구속'을 뛰어넘어 자유롭게 존재하는 시 세계라는 것이다. (장경렬, 『응시와 성찰』, 문학과지성사, 2008.)

조미숙은 '조오현 선시의 특성'에서 "산사생활, 승려로서의 생활 등을 쓴 선취 조와 '무산심우도'의 선기 조 그리고 세속(世俗) 범인풍(凡人風)을 의미하는 우범 조의 선시들을 차분하게 읽은 후에 내린 결론은 선시는 '각박한 현실에 대한 정신적 승화 같은 중요한 역할을 담당'해야 할 것"이라는 평을 하고 있다. (조미숙, 『한겨레신문』, 2012. 2. 6일자.)

김민서 박사는 그의 시가 일종의 돈오, 자성에 대한 직관적 지각을 특징하는 바, 우선 선에서는 이성에 의한 추상화와 개념화에 반대하고 구체적인 체험에 의한 '깨달음'에 이르고자 한다고 주장하며 깨달음은 이론이 아니라 체험임을 강조한다. (김민서, 「조오현 선시 연구」, 경기대학교 박사학위논문, 2014.)

최동호는 '심우도와 한국 현대 선시'에서 "경허와 만해를 거쳐 오현에 이르는 시적 흐름 또한 외래의 것이라기보다는 육화된 우리의 작품세계"라고 평가한 뒤 "불교시의 명맥을 넘어서 현대시사에 포용되어야 할 것"이라고 했다. (최동호, 「심우도(尋牛圖)와 한국 현대 선시」, 송준영 편, 『'빈 거울'을 절간과 세간 사이에 놓기』, 시와 세계, 2013.)

홍용희는 '마음, 그 깨달음의 바다'에서 "조오현의 시 세계는 아름다우면서도 닫혀 있고 닫혀 있으면서도 아름다운 표정을 반사한다"면서도 "그의 시 세계를 이해하는 과정은 그 자체가 자기 수행과 깨우침의 여로가 된다"고 하여 조오현의 선시조에 다가가기 어려움을 말하고 있기도 하다. (홍용희, 송준영 편, 앞의 글, 2013.)

이렇듯 "조오현 신시조의 형성 배경과 특징을 면밀하게 탐구하고, 신시조의 관점에서 본 선적 오도의 개오선시조(開悟禪時調), 청정감성의 서정선시조(抒情禪時調), 독자경지의 심우선시조(尋牛禪時調), 격외도리의 격외선시조(格外禪時調), 돈오몰입의 화두선시조(話頭禪時調)인 다섯 가지 유형으로 분류, 구체적으로 고찰하는 것은 물론, (배우식, 조오현 선시조 연구, 중앙대학교 박사학위논문, 2018.) 불교사상의 시적 형상화에 대한 연구와 함께 조오현 선시조의 문학사적 의의를 통해 그의 문학적 성취에 대한 위상을 새롭게 정립한다." 그리하여 설악 무산 시학의 특징은 모든 분별의 경계선을 지워가는 일련의 통합적 사유에 있다고 이구동성으로 말하고 있다.

　스님은 등단하기 전 이태극, 조종현, 정완영, 서정주 등 당대의 시인들에게 무작정 편지를 보내 자문을 얻었다고 알려져 있는데, '청출어람'이 된지는 오래고 경지가 아득해진 이제로서는 '조오현 문학상'이라도 제정해야 할 정도의 문학사적 위상에 이의를 제기하는 이가 별무할듯하다는 것이 필자의 생각이라면 '예기'(禮記)를 빌어 말하되 과연 '비례불비'(非禮不備)일까?

　　누가 내 이마에
　　좌우 무인(拇印)을 찍어 놓고
　　누가 나로 하여금
　　수배하게 하였는가
　　천만금 현상으로도
　　찾지 못할 내 행방을. 천 개 눈으로도 볼 수 없는 화살이다.
　　팔이 무릎까지 닿아도 잡지 못할 화살이다.
　　도살장 쇠도끼 먹고 그 화살로 간 도둑이여.

　　　　　　　　　　　　　　- 조오현, 〈심우(尋牛)-무산심우도(霧山尋牛圖) 1〉 전문

에필로그 – 불이(不二), 온전한 하나

퇴고를 하지 못해 전전긍긍, 두문불출의 시간이 이어졌다. 그러는 사이 스님의 입적 2주기가 있었다. 초청받거나 알림이 없는 필자로서는 코로나를 핑계 삼아 글로나마 스님 2주기에 연초공양을 올린다. 6월 19일 백양사 지홍당 백운 대강백, 6월 23일 화엄사 조실 혜광당(慧光堂) 종산대종사(宗山大宗師)가 각각 원적에 들었다. 기록을 위해서라면 오지랖 넓게 간단히 소개 올림이 마땅하다.

먼저 '양치는 성자'로 알려진 백운스님은 "스승이신 동산스님이 당시 방에 붙여 놓고 평생 좌우명으로 삼으신 글이 있습니다. '서리 이고 있는 소나무의 깨끗한 지조(霜松潔操) 물속의 달은 옷깃이 비었더라(水月虛襟).' 출가수행자는 이 글귀처럼 살아야 합니다. 요즘 절이 굉장히 좋아졌어요. 그렇게 좋아진 환경인데, 스님들의 공부는 그만큼 따라가지 못하는 것 같아 안타깝습니다. 열심히 정진하여 대각을 성취하려고 출가한 것이지 어디 재물을 갖고 농락하려고 출가한 것이 아니지 않습니까…"라는 어록을 오래 전에 남겼다.

> 하얀 낮에는 밝은 구름 벗을 삼고
> 푸른 밤에는 맑은 냇물 벗이 되어
> 시비 벗어난 자연의 온갖 모습이여
> 정녕 그대는 나를 즐겁게 하는구나
>
> 白日朋友昭昭雲 (백일붕우소소운)
> 靑夜親舊湛溪水 (청야친구담계수)
> 斷是非自然諸樣 (단시비자연제양)
> 丁寧汝使我心樂 (징녕여사아심락)
>
> – 백운스님, 열반게송

한편 '오직 참선만이 견성오도의 첩경' 이자. 선문(禪問)의 답이라는 오도송을 화두처럼 평생 살아오신 종산스님은 "나보다 못한 사람이 없습니다. 종정에 뜻이 없고 수행정진만 하고 싶습니다. 모두 다 나보다 훌륭한데 모르는 내가 종정 자리를 생각해서 되겠느냐. 소크라테스는 참다운 사람을 찾기 위해 대낮에 공원에서 등불을 가지고 다녔다는 이야기가 있는데 나는 한평생 나보다 못한 사람을 찾아볼 수 있길 원했지만 아직까지 그런 사람을 찾지 못했을 뿐 아니라 나와 비슷한(모르는) 사람조차 만나지 못했습니다. 모든 사람을 존경합니다" 라는 어록을 남겼다.

"나를 위하는 일이 곧 세상을 평화롭고 행복하게 하는 일이고 세상을 위하는 일이 곧 나 자신을 행복하게 하는 일입니다. 내가 곧 세상이며 세상 속에 내가 있습니다. 이 같은 진리를 깨달으면 극단적 대립이 사라지고 서로서로 협력하고 감싸는 사회를 만들어나갈 수 있을 것입니다"라고 일갈하시기도 했다.

필자는 역시. 또 다른 입멸상을 보면서 스님의 그 눈 부릅뜬 '달마' 를 마음속으로 그려본다.

서역, 다 쥐도 쳐다보지도 않고
그 오랜 화적질로 독살림을 하던 자가
이 세상 파장머리에 한 물건을 내놓았네.

살아도 살아봐도 세간살이는 길몽도 없고
세업 그것까지 개평 다 떼이고
단 한판 도리를 가도 거래할 물주가 없네.

바위 앞에 내어놓은 한 그릇 제석거리를
눈으로 다 집어먹고 시방세계(온세계)를 다 게워내도

아무도 보지 못하네. 돌아보고 입덧을 하네.

한 그루 목숨을 켜는 날이 선 바람소리
선명한 그 자리의 끊어진 소식으로
행인은 길을 묻는데 일원상을 그리네

매일 쓰다듬어도 수염은 자라지 않고
하늘은 너무 맑아 염색을 하고 있네.
한 소식 달빛을 잡은 손발톱은 다 물러빠지고.

다 끝난 살림살이의 빗물리는 먼 기별에
단 벌 그 목숨도 두 어깨에 무거운데
세상 길 가로 막고서 타방으로 도망가네.

그 순한 초벌구이의 단단한 토질에
먹으로 찍어 그린 대가 살아남이여
그 맑은 잔잔한 물결을 거슬러 타고 가네.

감아도 머리를 감아도 비듬은 씻기지 않고
삶은 간지러워 손톱으로 긁고 있네
그 자국 지나간 자리 부스럼만 짙었네.

아무리 부릅떠도 뜨여지지 않는 도신의 눈
그 언제 박힌 명씨 한 세계도 보지 못하고
다 죽은 세상이라고 성문 풀이 하고 있네.

흙바람 먼지도 없는 강진을 일으켜 놓고
한 생각 화재뢰로 천지간을 다 울렸어도
마침내 짖지 못한 나는 상가지구(상갓집의 개)여.

- 조오현, 〈달마〉 전문

오래 전 서울대 국문학과 오세영 교수의 글을 읽었다. "시조시형에 의한 선시의 현대적 확립이 오현의 시가 우리 문학사에 지니는 의의"라면서 "문학적 형상성이나 투철한 선리, 이 양자를 성공적으로 조화시키는 과제가 오현의 시에 이르러 비로소 그 개화를 맞았다"고 했던 그의 말과 글이 이제는 허공중에 메아리로 남았다.

숱한 문인들도 그러했듯, 오현스님을 보낸 유심아카데미 원장 홍성란은 스님을 따르던 많은 지인들의 마음을 재삼 이렇게 표현했다.

'얼마만한 축복이었을까
얼마만한 슬픔이었을까

그대 창문 앞
그대 텅 빈 뜨락에

세계를 뒤흔들어놓고 사라지는
가랑잎
하나'

- 홍성란, 〈춤〉

시인의 작품에 덧대어 필자가 풀어서 읽어보면 "큰소리만큼 먼 당신"을 제치고 "깨달음 크신 당신"과 "살림을 차리"는 듯 유심아카데미를 택

했다. "작지만 썩 사귀고 싶게" 살아왔지만 "빈 뜰에 가랑잎 하나" 바라다보고 선 살며시 손 벌려 '춤', 살풀이 춤이라도 추어 본다로 새삼 들리는 건 왜일까?

일찍이 고은 시인이 정지용문학상 수상 심사평에서 했었다는 "벽에 그림을 그려 두었더니 그 그림이 살아나서 그린 사람을 하염없이 기다리고 있게 되나니! 안개 자욱한 내설악 안개 걷히운 외설악을 아우르고 있게 되나니! 과연 오현음(五鉉吟)의 높이로다"라고 쓴 오현음(五絃音)이 아닌 오현음(五絃吟)! 그 신음소리로 들렸다. 많은 학계와 사계의 전문가들의 말과 글을 보며 필자로선 세상을 향해 신음하며 조용히 그 뜻을 되새길 뿐이다.

觀一葉而知樹之死生 (관일엽이지수지사생)
觀一面而知人之病否 (관일면이지인지병부)
觀一言而知識之是非 (관일언이지식지시비)
觀一事而知心之邪正 (관일사이지심지사정)

잎새 하나만 보아도 그 나무가 살았는지 죽었는지 알 수 있고,
얼굴 한 번 보고도 그가 병들었는지 여부를 알 수 있으며,
말 한 마디만 들어봐도 그가 알고 있는 게 옳은지 그른지를 알 수 있고,
한 가지 일만 보아도 그 사람의 마음이 바른지 그른지를 알 수 있다.

― 여곤(呂坤, 字는 동빈, 명나라 말 유학자), 〈신음어(呻吟語)〉 중에서

마침내 탈고를 앞두고 필자는 지난 2016년 5월 5일 무문관 새벽녘 참선을 마치고 성성했던 시간과 마주한다. 마침내 '고삐 없는 소등에 올라타 구멍 없는 피리 빗겨 불고, 줄 없는 거문고를 탄다' 고 노래를 불렀던 그날의 감회 새롭다. 그리하여 그것은 소리 없는 파도가 되어 스님의 절대

침묵으로 돌아왔다.

　하지만 전과같이 의기양양 시작한 일이지만 작은 소출도 기대하지 않았다. 무심히 앉았으되 생각은 한없고 더 모를 번민으로 심사는 깊은 상처처럼 패여만 갔다. 펜을 들었다가 말기를 거듭했고 멍하니 누워 있기를 일상처럼 반복했다.

　밤은 어두운 낮이 되고 낮은 환하게 밝은 밤이 되었다. 마음에는 시도 때도 없이 쓰나미가 몰려왔고 느낄 새 없는 시간은 중력처럼 무겁고도 컸으나 알람소리조차 없이 지나갔다. 어떤 때는 스님의 경지를 흉내 내면서 주인공아! 주인공아! 하면서 스님을 불러보기도 하고 이리 저리 휘둘리고도 있었다.

　　'아둔한 세상, 나는 길을 가다가
　　누군가로부터 한 대 크게 얻어맞았다네.
　　나는 재빨리 그 자리에서 바로 받아쳤다네.

　　아둔한 세상 나는 길을 가다가
　　누군가에게 크게 얻어맞는다네.
　　나는 그 자리에서 그대로 맞은 채로 그냥 간다네.

　　참 아둔한 세상 나는 길을 가다 보니
　　이미 누군가에게 크게 한 대 얻어맞아
　　맞은 그 자리에 물러남이 없이 몸조차 내어 주네.

　　어제, 오늘 그리고 내일
　　그 일상이 과거 전생이 되어 돌고 돌아가고
　　마침내 오고감이 없는데 나는 지금 여기서 잠시 쉬어 가누나.'

　　　　　　　　　　　　　　　　　　　- 지국 김태진, 고삐 없는 소등을 타고

재론하여 수록한다. 지금까지 이런 평론은 없었다. 이것은 논평인가? 산문인가? 아니면 운문(?)인가? 『한국불교문학』에 실릴 필자의 저술을 두고 하는 말이다. 10년 남짓 세월동안 계절에 한 번씩, 올 여름에도 42권째 나오게 될 것이다. 매번 숨죽여 기다려지는 『한국불교문학』은 지난 해 여름과 가을, 때를 두 번이나 넘겨 가까스로 겨울호를 펴냈다. 정녕 이것이 우리 불교문학의 본모습은 아닐 것이나 현실임을 어찌하랴.

힘들게 후원해 오신 오현스님의 뜻도 분명 아닐 것이다. 스님의 문학사상, 열반게송을 외람되게 조망하는 것도 불모지를 일구신 그 원력을 되새김질하려는 것도 이 같은 간절한 의도에 다름 아니다. 힘을 보태기 위해 스스로 한 권의 책이라도 상재한다는 생각으로 펜을 다잡기로 했다. 그러다보니 글은 길어지고 말은 방만해졌다. 군말을 정리할 길을 생각한 끝에 이번에도 '論, 아득한 성자(2)' 로 제목을 다시 바꾸어 더하고 싶은 이야기를 남겼다. 반응을 보아가며 들뜬 세상 눈 밝은이를 찾아 나서기 위해서라도 갈무리를 뒤로 미루었음이다.

지금은 홀로 산에 올라 소리치고 마니 메아리가 될 뿐이다. 그렇다. 오늘도 홀로 산에 올라 넋두리 한다마는 언젠가 나의 메아리는 돌고 돌아 소리울림이 되어 가겠지. 그 넋두리는 산을 넘고 산천을 울리며 소천세계, 대천세계를 다 울리리라. 그리하여 마침내 스님 귓전 어딘가에 당도하리. 아마 이르고 있는 중인 줄도 몰라. 정녕!

지나온 세월은 오늘이다. 오늘은 오늘이며 다가올 세월 또한 오늘이다. 오늘이라고 우리가 부르는 이름은 지금 여기를 당면하여 반추하고 마침내 깊은 삶의 통찰과 인식을 확연히 드러낸다. 하루살이나 여러해살이나 단 하루 동안을 살면서 '뜨는 해' 와 '지는 해' 를 다 보았으니 차별 없고 '더 이상 볼 것이 없는' 경계에 닮은 꼴이다. 그 하루살이가 알 까고 죽듯이 뭇 생명 또한 존재의 값진 의미를 잉태함이 마땅하다. 가야 할 때를 아는 선사는 그래서 열반게송을 노래했다. 하루살이의 '오늘 하루' 는 우리네 '오늘 하루'인가 아닌가? 붓다께서 '난생과 태생과 습생과 화생[四生] 을 형상과 종류에 따라 차별적으로 보지 말라'고 하셨는데 그 말씀이 진 정 그 말씀이다. 그러기에 하루 만에 나고 죽는 하루살이는 나날이 늘 새 로운 것이다. 우리네 살림살이 또한 하루하루는 날마다 좋은 날[日日是好 日]이 아닐 수 없다. 단 하루를 살아도 후회와 집착 없이 자유로이 살 수 있는 경계, 그것이 곧 깨달은 자의 무애행이 아닌가 한다.

산사에 들어 모로 누웠다가 바로 누웠다가 하면서 뒤척이다 보니 비몽 사몽간에 도량석을 치는 목탁소리가 들린다. 깜빡하고 있는데 이내 새벽 예불을 알리는 종소리가 뎅그렁 울리며 밤을 몰아간다.

큰 법당에 엎디어 우러르니 "가장 존귀하신 분 모든 것으로부터 자유 자재하시어 이 세상의 모든 것을 대자대비로써 이끌어 주시니 이내 목숨 다하도록 예경하나이다." 아침예불을 올리며 경전을 독송하고 끝으로 "이 나라가 태평하고 이 겨레가 번영하며 세계화평, 인류공영, 남북통일 소구소망 속성취하여 지이다"라고… 국태민안 즉 호국호법호민의 발원 을 끝으로 법당을 나온다.

오전 6시인데도 칠흑 같은 어둠이 만물을 에워싸고 있다. 산사의 세찬 눈바람이 어둠을 몰아갈듯 한 기세로 가슴을 파고든다. 해발로 따지면 대 관령 높이에 지리산 법계사가 있으니 기후 변화가 무쌍하다. 마치 우리네 마음을 본 듯하다.

법당에 앉아 고요히 있으면서도 세상 어디 아니 다니는 데 없고 저 멀 리 세상 밖 우주너머로 갔다간 왔다 하는 마음이다. 가히 볼 수도 만질 수 도 없다. 법당에 촛불이 흔들린다. 흔들리는 촛불은 세상을 밝히고 있다. 어두움을 밝혀주는 촛불을 보며 이제 자기를 돌아볼 일이다.

촛불이 바람에 흔들리는가? 흔들리는 것이 내 마음인가? 촛불 하나 마 음 하나, 둘일까? 온전한 하나라면 둘이 아닌 不二(아니 불, 두 이)이니, 마음은 촛불이 된다. 붓다와 중생도 둘이 아니요, 번뇌는 별빛이라.

제 5 부

'아득한 성자, 의 기고만장,
'님 의 침묵, 과 상통하다

(論, 아득한 성자 · 3)

프롤로그—아득한 성자, 님의 침묵과 상통

달을 낚고 보니 닫히듯 열리는 천문(天門)

시공(時空)에 새기다. 무고무금 무시무종(無古無今 無始無終)

"내 것 내 것 그래봤자 세상에 내 것은 없는 거야" 무아(無我)!

산중에서 시중(市中)을 향하다. 장터 쌀값은 얼마이던가?

세상에 그 많은 돈, 그냥 하늘, 땅을 사서라도 다 주리니

'그것 참 물속에 잠긴 달은 끝내 건져낼 수는 없는 노릇이구먼…'

말없이 말하고, 들은 바 없이 듣다

팔 벌려 절대의 세계를 품다. 버리고 또 버리니 큰 기쁨일세

"오늘은 여기서 자고…" 울음 그치면 내려가거라

아지랑이, 아지랑이, 아지랑이… "모두 다 바람에 이는 파도야" 철썩

한바탕 꼽새춤을 춥시다. 어 허! 그만 울고…

'설악무산 그 흔적과 기억' 에 기대어 그 온기를 품다

꽃을 던져도, 돌을 던져도 맞아라. 그래야 죽어도 산다?

"언젠가 내 가고 나면 무엇이 남을 건가" 세속길과 종교길에 생각하다

그래도 '부처 장사' 하는 것보다 '만해 장사' 가 낫다? '중질' 이 돈벌이인 줄 알았어

'고승이 죽으면 허물은 사라지고 법(法)만 남는다.' 아, 동녘달이 또 돋는가?

'아득한 성자' 의 기고만장, '님의 침묵' 과 상통하다

에필로그—세상소리 잘 보아라.

論, 아득한 성자 (3)

'아득한 성자'의 기고만장,
'님의 침묵'과 상통하다

프롤로그—아득한 성자, 님의 침묵과 상통

경자년 봄, 여름 호에 이어 '논, 아득한 성자(3)'를 연속집필하게 되었다. 몇 해 전 어느 문학모임에서 '내가 오현당의 법문에 피울음을 우는 까닭은?'이란 수필을 내놓고 합평회를 한 바 있다. 이는 이 글의 집필 동기이기도 했고 불교문학 발전의 동인이 되어야 한다는 생각에 이르게 한 나로선 소중한 기록이었다.

"꼭 이맘 때 오월, 설악산 백담사 꽃들이 다 지기도 전에 설악산인 오현스님의 입적소식을 들었다. 세상의 부음은 숱한 낙화와도 같이 우리네 삶의 끝자리와 서로 닮아있다. 꽃 진 자리 따라 떠나셨네. 그렇듯 애써 담담하게 '그 노인네 그렇게 가셨구만…' 하고 말았다"로 시작되는 글에 합평을 하던 기성 작가들은 일반적이지 않은 주제와 '종교 색' 운운하며 비판적 입장이었다. 필자로선 한 걸음도 물러남이 없는 언설을 이어가기도 했다.

스님의 법문인 "중생의 삶, 슬픔, 살아온 이야기와 그 사람들이 살아가고자 하는 이야기에 귀를 기울여야 한다. (화엄경에서) 선재동자가 찾아나선 중에 선지식도 있지만 중생을 찾아 나섰던 것이다. 문수의 지혜를 배우고 보현의 행원을 배워야 한다"는 말씀을 소개했다. 종교 색을 넘어 짙은 불교색이라며 아연실색하던 당시의 모습들에 나로선 흔들림 없는 입장을 견지했음은 물론이다.

"힘든 세상살이에 생명존중에 기반한 자비실천과 대동(大同)인식 확산 그 중심에 (불교)문학이 오롯이 서야 한다. 그저 주어지는 일상의 타성적 인식주체의 안일한 자세를 과감히 버려야 한다. 다함께 조화로운 삶의 실천 방법을 모색하는 방향으로 나가야 되리라 생각한다. 오늘날 (불교)문학은 생명방치, 경시의 폐해 속에 죽지 못해 살아가고 있는 우리 사회 생민들을 향한 작은 들불로 피어 횃불이 되어야 할, 문학의 진정한 역할이라는 과제를 소명처럼 안고 있기 때문이다" 라고도 했다.

당시 이러한 언급은 기성 작가들의 동의를 바라고 한 말은 아니지만 그 말의 무게는 필자로 하여금 지난해 「불교문학, 불교적 문학을 넘어서」란 문학평론에 다가가게 했다. 더 나아가 '論, 아득한 성자' 시리즈로 불교문학과 생명존중 문학의 논의로 확장되고 이를 이어가도록 했다.

필자는 법학자로서 사람의 권리보장, 인간존엄의 사상을 원천으로 하는 오늘날 민주헌법의 가치를 가르치는 만큼 거기에 자비실천의 사유와 성찰이라는 점에 더욱 친근히 마련이다. 그에 기반한 문학적 정치사필로 세상을 더욱 풍요롭게 한다는 생각에 고무된다. 오늘날 우리가 당면하는 사회문제는 분명 공동체의 관심과 참여로 그 해결의 길을 마련해 나갈 수 있다. 갈등을 조율하고 조정하는 많은 노력 가운데에 문학적 상상력과 그 역할을 무시할 수 없다고 생각한다. 어쩌면 가장 중요한 역할 중 하나가 문학적 치유에 있는지도 모른다. 더 나아가 불교문학이야말로 수행의 방편으로서도 부족함이 없겠다고 생각했음이다.

불살생과 평화, 사랑과 자비의 실천을 그 가르침의 요체로 하고 있는 불교야말로 오늘날 아픈 사람, 이리 저리 얽히고설킨 세상을 향해 그 쾌도난마의 기치를 높이 들어야 할 때인 것이리라. 불교문학이 그토록 외롭고 힘든 사람의 손을 잡아준다면 어둡고 힘든 세상에 빛이 아닐 수 없다 하겠다.

그리하여 동시대를 살아가는 '노동자 김용균', 그리고 어김없이 반복되는 제2, 제3의 억울한 죽음, '82년생 김지영', 90년대 생의 고뇌와 2000년 밀레니얼 세대로 통칭되는 청춘들의 아픔이 사라지기를 희망하며, 하루하루 죽음에 갇힌 사람들이 삶의 대전환을 일으키도록 하면 어떨까? 사람은 그냥 죽어버리면 그만인 존재가 아니라는 것을 더 크게 일깨워 줄 수는 없을까? 불교문학으로 하여금 더 깊은 자기성찰이 일어나게 할 수는 없을까? 죽음을 앞둔 사람, 벽에 갇힌 사람 그들에게 다가가 말을 걸고, 이야기를 들어주고 또 일러주어야 하지 않을까? 그 숱한 의문들은 그들과 함께 해야 하는 필연이자 이유이다.

'모두 안녕' 하며 떠나는 극단적 선택, 그 잘못된 결심을 바꾸게 해야 하리라. 이것이야말로 사람의 마음을 보듬는 문학만이 할 수 있는 일이기에 그러하다. 불교문학은 더더욱 그렇다. 누군가 손을 내밀면 잡아주는 일, 아니 손 내밀기 전에 잡아주고 위무하는 일 그것은 빵보다 더 귀한 문학의 힘이라 할 것이다. 주는 손, 보통의 스님들은 '베풀어라' '많이 베풀어라' '더 베풀어라' 며 보시를 설법하고 손을 내밀어 시주를 구하는 게 인지상정이다.

하지만 이제야 스님의 주는 손, 세상을 향해 내어주는 오현스님의 그 손을 다시금 상상해 본다. 아무런 생각 없이 내미는 손, 그 손을 아무 생각 없이 덥석 잡아주는 건 순진한 아이 같은 마음이기에 상통 가능한 것이리라. 스님은 성직자 이전에 누군가 손 내밀면 잡아줄 줄 아는 사람 냄새 나는 사람은 아니었을까? 아득한 허공을 향해 손을 내밀며 나로선 그리 추억할 뿐이다. 역부족이긴 하지만 그리하여 '아직도 생생한 나의 오현당'으로 시작되는 스님의 불교문학 사상을 소개하기도 한 바 있다.

또 스님들은 그를 추억한다. "우리나라 불교에는 누구누구 하는 고승이 참 많았다. 나도 그중에는 몇 분을 모시고 배운 적이 있다. 그러나 스님처럼 품이 넓고 속이 깊은 분은 많지 않았다. 누구는 불교를 일러 '인간학'이라고 하기도 한다. 인간의 모든 희로애락에 대해 관여하고 해결해 주려는 종교라는 뜻이다. 내가 보기에 오현스님이야말로 그런 명제에 가장 합당하게 살았던 분이었다"고….

산승을 자처하던 설악산 오현스님은 말씀하셨다. "삶의 스승, 인생의 스승이 내 곁에 있다는 것을 알아야 한다. 내게 밥해 주던 공양주가 선지식이다. 내 방에 군불 넣어 주던 부목이 선지식이다. 죽은 자를 만지는 염장이가 선지식이고, 내가 만나는 사람이 나의 스승이고 선지식이다. 그들의 삶이 경전이고, 팔만대장경이다." "해인사의 대장경은 골동품 문화재이다. 대장경에 억만 창생이 빠져 죽었다. 경전에 무엇이 있을 거라고 했지만 건질 게 없었다. 건져도 건져도 건져지지 않는다. 중생 한 사람도 건질 수 없다. 불교역사에서 경전에 매달려 빠져 죽은 사람이 얼마나 많은가, 이것이 진리다"면서 세상 속 중생의 삶 속으로 들어가 선지식을 찾고 가르침을 찾으라고 사자후했다. 그 말씀, 어록이 바로 시가 되고 가르침이자 세상을 위무하는 노래가 되었다.

지금 세상은 코로나 19로 곳곳이 집합 금지되어 있다. 절간은 예전의 적막강산을 되찾은 것은 물론 어느 곳 하나 흔쾌히 나다니기 꺼려지는 일상이 되었다. 사람들은 주저하고 당국은 차제에 그들의 일상을 막는 것으로 그 소임을 다해 간다. 교회는 순교라는 거룩한 말로 일부에서 대면예배를 강행하여 확산의 진원지가 되어 종교불신, 기독교 무용론에 불을 지폈다. 논란의 중심에 선 교회를 대통령이 배려하고, 언론이 집중해 주니 또 다른 노이즈 마케팅이라도 하는 것인가? 그런 난리가 나도 불교는 말이 없다. 무용론이 아닌 무용지물이 되었고 그리하여 침묵하던 불교는 죽었다. 세상을 향해 위무하는 한 마디조차 내놓지 못하는 불교는 오현스님이 말하듯 경전에 빠져 죽고 말았다. 세상 속 중생의 삶속으로 들어가라는 그 간절함에 듣도 보도 못할 요령, 목탁은 무얼 위해 흔들며 밤낮으로 울려대는 종소리는 누구를 위해 울리는가? 7조 홍제 청원행사(青原行思) 선사(?~740)는 불교가 무어냐는 물음에 요즘 강서성 여릉(길안) 시장의 쌀값이 얼마이더냐… 라는 세상사를 화두로 되묻고 있다. (지국 김태진 교수의《작은 생각 큰 이야기》(근간 예정) 중에서)

스님이 남기신 '아득한 성자'를 보고 또 보았다. 성과 속, 세간과 출세간이 하나가 되는 삶을 노래한 것에 다름 아니었다. 살아가면서 분별과 욕망, 차별심을 일으키는 근원인 육안을 넘어 혜안이라는 또 다른 눈으로 세상을 바라다본 것이었다는 생각에 다다른 것이다. 스님의 시에 대해 여느 평론들이 말하듯 중생과 부처가 둘이 아닌 불이(不二)의 세계, 즉 오도(悟道)의 세계인 공(空)의 삶을 통찰한 것이라는 데 대해 공감하였다. 뿐만 아니라 불교문학을 향한 나의 작은 글에 계합(契合)함은 물론 앞으로 전개될 만해, 매월당으로 더 잘 알려진 설잠 김시습으로 이어지는 불교문학 각론을 펼침에 있어 서막과도 같은 장엄으로 마땅하다는 생각을 했다.

다만 아쉬운 것은 스님의 행장과 추억담에 대해 한국문단의 기성작가들이 일반적이지 않은 주제와 종교색 운운하며 편을 갈라 비판적 입장인 반면 불교(문학)계는 물론 특히 당사자 격인 스님의 문도조차 오히려 침묵하고 있다는 데에 문제의 심각성이 있다. '응무소주 이생기심(應無所

住 而生其心)' 이기라도 한 건가? 불교학자, '불교평론', '불교신문' 등 교계 언론, 문학지들의 경우 스님의 행장이 과거가 되고만 것이어서 미래 지향적 더 나은 주제에 천착하려니 그러니 하고 말지만 과연 그런가? 계간지 '불교평론'의 경허스님 예에서 보듯이 비판적일 때에만 무리지어 불같이 일어나는 것은 어떻게 이해해야 하는 것인가?

한국 근대 선불교의 중흥조로 불리는 경허선사(1849~1912)의 주색을 다룬 글(불교평론 66호 9면)에 이어, 윤창화(도서출판 민족사 대표)의 '경허의 주색과 삼수갑산'을 게재하여 폐간이 결정된 계간 '불교평론'을 두고 논란이 계속되고 있다. 경허선사와 그의 제자인 만공스님의 법맥을 이어 온 덕숭총림 수덕사와 '경허선사 열반 100주년 기념사업회'(이하 사업회)는 크게 반발했고, 이에 불교평론 발행을 지원하고 있는 신흥사와 '만해사상실천선양회'가 2012년 9월경 지원 중단을 결정해 폐간에 이르렀다.

[(2012.10) 현대불교신문(http://www.hyunbulnews.com) 등 당시 언론 보도내용 참조; 폐간 석 달 뒤 불교계 안팎의 요구에 따라 복간되었다.]

하기야 삿대질을 하고 발길질을 하는데 '인욕바라밀'이라며 가만히 참으며 두고 볼 이가 누가 있겠냐만 승가조차 좋고 싫음에 즉각적인 반응을 보이고 돈이 안 되는 일에는 눈길조차 주지 않는 세상사와 별반 차이 없음에 '반야바라밀' 같은 기대는 무너진다.

그나마 다행인 것은 한국공무원불자연합회장 출신 김상규 동국대 석좌 교수가 "선배님은 평소에 오현스님과 잘 알고 지내셨습니까? 별로 친교가 없었다는데 그 분 글을 쓰시는 건 좀 그렇긴 합니다"라고 말한다. 이같이 찌르듯 한 말에라도 위안을 받는다면 불교문학 피드백의 수준이 그 정도라 하고 말 것인가 하고 만다. 각설하고 봄, 여름 두 철이 지나고 언젠가 가을이 오면 겨울 지나 봄이 오듯 두 손 모아 어느 눈 밝은이의 반야지혜를 기다리며 '論, 아득한 성자' (3) 그 졸고를 이어갈 뿐이다.

달을 낚고 보니 닫히듯 열리는 천문(天門)

우리가 살고 있는 세상인 삼라만상을 포괄하는 우주가 칠일 만에 다 완성되고 마침내 안식을 얻었다는 창세기로, 서역은 그에 맞는 진리의 체계를 세웠다. 완벽하게 완성된 우주 창조에 대한 믿음은 그동안 이런 저런 이론에도 불구하고 의심의 여지가 없었다. 우주가 팽창하고 있다는 것을 우리 인류가 알게 되기까지는 그랬다.

이후 완성된 우주가 정지된 것이 아니라는 것, 소위 우주 팽창론을 발견한 것은 그리 오래되지 않았다. 이 놀라운 사실이 허블의 관측 결과 밝혀지자 우주가 완전체로 정지해 있다고 믿고 있던 사람들은 이에 주목했다.

우주가 팽창하고 있다는 사실은 1929년 미국 천문학자 에드윈 허블(1889~1953)이 처음 발견했다. 은하들이 서로 멀어지는 거리와 속도를 관측해 이런 놀라운 법칙을 찾아냈다. 그래서 우주팽창 속도는 그 이름을 따 '허블상수'로 불린다. 우주는 얼마나 빠르게 팽창할까? 허블상수는 우주의 구조와 진화, 우주 나이를 파악하는 데 필요한 요소이기 때문에 그 값을 정확히 구하려는 노력은 수정을 거듭하며 지금도 계속되고 있다. 또한 각계각층의 다양한 사람들도 과학적 증명 앞에 우주 팽창의 개념을 받아들일 수밖에 없게 되었다.

    달을 쳐다보며 은은한 마음,
    밤 열 시경인데 뜰에 나와
    만사를 잊고 달빛에 젖다.

    우주의 신비가 보일 듯 말 듯
    저 달에 인류의 족적이 있고
    우리와 그만큼 가까워진 곳.

어릴 때는 멀고 먼 곳
요새는 만월이며 더 아름다운 것
구름이 스치듯 걸려 있네

– 천상병, 〈달〉 전문, 천상병 전집, 평민사(2018)

이렇듯 세상은 우리가 진리라고 믿고 있던 불변의 자연현상도 항상 변화하고 있으며 변화하지 않는 존재란 없다는 것이 새삼 많은 사람들의 주요 관심사가 되었음은 물론이다. 우주는 정지해 있어야 한다는 관념에 사로잡혀 허블의 우주 팽창론을 부정했던 아인슈타인은 이 일을 '자신이 일생에서 저지른 가장 큰 실수'라고 인정했다.

부처님의 진설(眞說)이라고 알려진 세 가지 진리의 근본요체인 삼법인(三法印)은 ① 제행무상(諸行無常), ② 제법무아(諸法無我), ③ 열반적정(涅槃寂靜)이며, 여기에 일체개고(一切皆苦)를 더하여 사법인(四法印)이 된다. '일체개고'는 미혹이 잔존하는 세상 일체의 현상이 '고'라고 본다. 이를 4법인으로 설정한 것은 현상계의 고(苦)와 무상(無常)과 부정(不淨) 등을 관찰하여 현실의 고뇌를 벗어나서 안락한 이상의 경지를 얻게 하기 위한 가르침이다. 그리하여 달과 별을 보며 번뇌를 잠시 내려 그 빛에 반조하니 비로소 실체가 본질로 드러나는 것이리라. 대부분의 경전은, ① 무상, ④ 고, ② 무아, ③ 열반의 순으로 이를 설명하며 법인의 가르침에 합치되면 부처님의 으뜸 가르침인 종지(宗旨)라하고 그렇지 않으면 불설(佛說)이 아니라고 한다.

먼저, 제행무상에서 '제행'이란 생멸 변화하는 일체의 형상(形象)법을 이르며, 유위(有爲)와 같은 뜻이다. 모든 현상은 잠시도 정지하지 않고 생멸 변화하므로 제행무상이라 한다. 제행이 무상하다는 것은 다들 눈앞의 사실로 경험하고 있는 것이며, 특별한 증명을 필요로 하지 않는 것이기 때문에, 법인 중에는 제행무상을 가장 앞에 두고 있는 것이다.

붓다가 완전한 깨달음을 얻은 그날 새벽 서쪽 하늘에는 마지막 남은 별이 지고 있었다. "저기 가물거리는 별과 함께 나 또한 사라졌다. 그리고 나는 보았다. 하늘이 텅 비어 있는 것을. 나는 나의 내면을 보았다. 모든 것이 공(空)이로다." 붓다가 깨달음을 얻은 순간, 그는 거기에 없었다. 그곳에 있는 것은 오직 아침 햇살뿐이었다. "스승이시여! 무엇을 얻었습니까?" 한 제자가 묻자 웃으며 대답했다.

"나는 아무 것도 얻은 것이 없다. 왜냐하면 내가 얻은 것이 모두 내 안에 있었기 때문이다. 아니, 내가 도달한 경지는 전혀 새로운 것이 없다. 그것은 나의 본질이었다. 그것은 영원한 시간과 더불어 나와 함께 있었다. 하지만 그것이 내 안에 있었다는 것을 모르고 있었을 뿐이다." 붓다가 깨달음을 얻은 후 보리수나무 아래 칠일 동안 침묵 속에 머물렀다.

    하늘은 저만큼 높고
    바다는 이만큼 깊고

    하루해 잠기는 수평
    꽃구름이 물드는데

    닫힐 듯 열리는 천문(天門)
    아, 동녘 달이 또 돋는다.

    ─ 조오현, 〈일월(日月)〉 전문

사람들이 관심을 보이기 훨씬 전에 스님은 해질녘 서편 하늘로 고개를 들어 '천문'을 열었다. 하늘과 바다의 무량한 공간 안에 꽃이 된 듯, 나비가 된 듯 노을이 물드는 수평선, 구름처럼 무심히 흘러가는 무한한 시간을 처음도 끝도 없는[무시무종(無始無終)], 태초의 로고스에 다름 아닌 아름다운 언어로 노래했다.

하늘 문이 열리면 여지없이 달이 돋고 별이 떠오르는 삼라만상을 오롯이 알아차림하고 이들 물상들의 정취를 빌어 표현했다. 뿐만 아니라 하나가 가면 다시 하나가 오는 자연의 섭리도 깨닫게 했다. 시인의 무량무변우주 공간의 미학적 공감에서 비롯되어 선객(禪客)로서는 시시각각 또렷하고도 오롯하게 일념으로 빛을 돌이켜 불생불멸을 비추어 보았다. 이렇듯 심오한 성찰로 '화두'를 비추어 살펴[조견(照見)] 시퍼렇게 날이 선 선기(禪氣)로 이끌어갔음이라.

시공(時空)에 새기다. 무고무금 무시무종(無古無今 無始無終)

1998년 백담사 회주 오현스님이 문을 연 무금선원(無今禪院)은 스님 된지 20년 이상의 구참(久參) 스님들이 용맹 정진하는 무문관(無門關)과 행자를 마치고 십계를 호지한 사미승들이 안거기간 동안 정진하는 기본선원으로 이뤄져 있다. 수심교(修心橋) 건너 내설악에 들어앉은 강원도 인제 백담사 '무금선원'은 만해 한용운 선사의 수행처가 있던 유서 깊은 곳이기도 하다.

1971년 당시 종정이던 고암스님이 신흥사에 선원건립의 원을 세워 이 뜻이 전법제자인 성준스님에 이어졌고, 다시 신흥사 회주 오현스님이 원력을 이어 받아 1998년 무금선원을 열었다. 오현스님은 또 이듬해 백담사가 속한 교구본사인 신흥사에도 향성선원을 복원, 개원했다. 무문관 반대쪽 백담사 만해당 뒤편에 위치한 선방은 조계종 기본선원으로 지정돼 젊은 스님들이 공부하는 일종의 '불교사관학교' 격으로 현재 30여 명의 스님들이 엄격한 규율 아래 종단교육을 받고 수행정진하고 있다. 설악산에 더 높은 선풍(禪風)을 불러일으키고 있는 이른바 무금선원이다.

'무금'은 '무고무금(無古無今)'을 줄인 말로 '본래 성품은 맑고 고요해서 예도 없고 지금도 없다'는 뜻이다. 장자 지북유편(知北遊篇)에는 무고무금 무시무종(無古無今 無始無終)이라 하여 '고금(古今)이 따로 없고, 옛날도 없고 지금도 없으며, 시작도 없고 끝도 없다' 며 도는 모든 것을 초월한다는 도리이다. 도교에서 말하는 도(道[진리])에 대한 표현으로 도는 시공을 초월하여 항시 작동하는 우주의 원리 같은 것이란 설명에도 나온다. '約山僧見處(약산승견처)하면', 산승의 견처에 의지한다면, 내 견해에다가 비추어 보자면, '無佛無衆生(무불무중생)하며', 부처도 없고 중생도 없으며, '無古無今(무고무금)하야', 古도 없고 今도 없어서, '得者便得(득자변득)하야', 얻는 것은 곧 얻어서. 이건 무슨 말인고 하면, 보고 듣고 느끼고 알고, 순간순간 우리에게 다가오는 것을 得이라 그런다. 득자변득, 보게 되면 곧 보고 듣게 되면 곧 듣고. 느끼게 되면 곧 느끼고 알게 되면 곧 아는 것이라고 임제스님은 할(喝)로써 일러준다.

'영원담적(靈源湛寂) 무고무금(無古無今) 묘체원명(妙體圓明) 하생하사(何生何死)' '영가의 근원은 깊고 고요하여 예나 지금이 없고, 영가의 묘한 본체는 둥글고 밝은데 어찌 나고 죽으리까.' 영가는 이제 죽음이라는 관문을 지났다. 그렇지만 원래부터 본래 고요한 그 자리에 있을 뿐, 사실은 나고 죽음이 없다는 것을 착어(着語)에서 일러주고 있다. 그리고 이 영가의 근원과 묘체가 담적하고 원명한 실체를 아시겠냐고 묻는다.

'착어' 란 영계에서 불러온 영가에게 담적한 실상 일러줌으로써 묘체를 깨달을 수 있게 일러주는 것을 이르는 말로 사십구재, 관음시식에서 행해지는 의식문이다. 의식을 넘어 영원과 묘체는 이제 대령한 영가와 동참한 모든 불자들은 영원이요[무고], 묘체임을 확연히 밝혀주는 찰나[무금]간에 번쩍이는 법문이라 할 것이다. 이 물음이야말로 산 자가 죽을 힘을 다해 그 답을 참구해야 하는 활구에 다름 아닌 것이다. 그리하여 석가모니 부처님이 마가다국에서 관 밖으로 발을 내민 소식이고, 달마대사가 신 발한 짝 매고 총령으로 넘어가신 뜻이라는 것을 말함이다.

이 깊은 의미를 대중들이 밤낮으로 시공(時空) 위에 새기는 무금선원은 이를 함축하고 있다.

> 오직 저 하늘의 새벽별만 아는 일이다
> 하룻밤에 만 번 죽고 만 번 사는 그 이치를
> 하룻밤 그 사이에 절여놓은 이 산천을
>
> — 조오현, 명성견성(明星見性), 〈만인고칙8〉 중에서

"명성은 태양에 앞서 세계를 비추어 어둠을 없애는 일을 하는 새벽별이다. 석가가 이 새벽별을 보고 깨달음을 얻었다"고 스님은 시집《적멸을 위하여》(2012)에 주를 달아 설명하고 있다.

백담사와 지중한 인연을 이어온 시인 이홍섭은 무금선원을 일러 "무금선원은 그 이름 속에 백담계곡의 청정한 물소리를 새기고 있다"며 "어떤 이는 '시간의 흐름이 멈춰버린 선원'이라고 읽어내고, 어떤 이는 '과거·현재·미래를 일거에 꿰뚫어버리는 선원'이라고 읽어내는 이곳은 어떻게 읽어내든 시간적 존재인 인간의 한계를 돌파해 영원한 대자유를 성취하겠다는 선승들의 각오가 배어나온다"고 표현한 바 있다.

한편 의사인 황건 시인은 말한다. "오래 전 만해기념관에서 만해선사의 진영(眞影)을 친견(親見)할 기회가 있었다. 나는 만해스님의 여러 유품을 둘러보다 '시인의 집'에서 관계자들에게 만해마을 개관 당시 각계 명사들이 보내온 휘호에 대해서 설명하고 계신 오현스님을 만났다. 스님이 말씀하신 휘호 가운데 아직까지 기억나는 것이 '무고무금선창(無古無今禪窓)'이다. 당시 스님은 '달그림자는 물에 빠져도 젖지 않으며 진흙에 닿아도 똥에 닿아도 묻지 않는다'고 말씀해 주셨다"고 기억한다.

황 교수는 올해 유월에 '시인과 검객', '산을 떠나지 않았던 한 선승과 수술실을 떠나지 않았던 한 외과 의사의 만남'이란 수필십을 봉헌한 바 있다. 평소 시은 받은 시인묵객들의 후사를 기대한다. 이름대로 상대의

세계에서 절대의 세계로 향하는 치열한 성취도량이 아닐 수 없다.

오현스님은 하안거 동안거의 산철이 끝날 무렵 다음과 같이 법문했다. "세상에 태어나서 사는 길은 두 개가 있다. 하나는 세속의 길이요, 다른 하나는 출가의 길이다. 출가하는 사람은 철저히 버려야 한다. 부모·형제·육친도 버리고 학문·지식·명예도 버리고 깨달은 뒤에는 깨달음까지도 버려야 한다"고….

"내 것 내 것 그래봤자 세상에 내 것은 없는 거야" 무아(無我)!

"술이야 둘 째 가라면 서럽지. 술 가지고 찾아오는 사람이 난 좋아. 나는 식당이나 주점에서는 술을 먹는 일이 없다. 내 방안에서만 먹는다. 한때는 사람들과 어울려 먹은 적도 있지만 술 안 취했을 때는 괜찮았던 놈이 취해서는 '중놈도 술 마신다'고 시부렁거리며 욕하데. 그 뒤로 다른 사람과는 같이 안 먹는다.

작년에는 고은(高銀) 선생이 내가 혼자 술 마시는 걸 보고 한 잔 달라고 했지만 술은 안 줬다. 대신 돈 주면서 '다른 데 가서 마시라'고 했다. 아침에 일어나면 물 데워서 한잔 하고, 점심 공양 때 마시고, 그러다가 잠이 오면 자고, 깨어나서 또 마시고. 안주는 별로 먹지 않는다. 그래도 오장육부가 다 괜찮아. 최근에는 열흘간 안 마셨다. 안 마시면 금방 피부가 좋아지지."

"나는 중이 아니야. 내 책에도 썼지만 '낙승'(落僧)이다. 중에서 떨어졌다는 뜻이다. 나는 열심히 중노릇을 못했으니, 술이나 마시고, 거짓말이나 한다. 진짜 중은 힘들어. 거짓말도 안 해야 하고 술도 안 먹어야 하고 욕도 안 해야 하고 돈도 안 모아야 한다. 남들이 도저히 못하는 일을 하니, 진짜 중은 존경을 받는 거다.

"또 술이란 원래 있는 게 아니다. 나라는 존재도 없는데, 술이 어디 있나. 술은 곡식으로 만들잖아. 곡식으로는 밥도 만들지. 술과 밥의 본체,

재료는 똑같다. 밥 잘 먹고 시비하고 사람을 때려죽이면 그게 술 취한 놈이야. 그런데 술 마시고 기분 좋게 잘 살면 그것은 밥이지."

스님들의 은어인 곡차란 술을 돌려 말할 때 쓴다. 말 그대로 '곡식으로 만든 차'라는 의미인데, 막걸리와 같은 대한민국의 전통술은 거의 곡식으로 만든다. 조선시대의 승려 진묵대사가 술을 마시다가 겸연쩍어져서 차(茶)라고 부르게 된 것이 '곡차'의 어원이라고 알려져 있다.

"중광도 한술을 했지. 중광은 내 상좌(上佐)지. 죽을 때가 돼서 나를 찾아 왔어. 우리 둘 다 낙승(落僧)이지만 그래도 '승'(僧) 자는 붙었잖아. 그는 대단한 사람이야. 자기가 깨달았는데 언어 문자로 표현할 길이 없었어. 그래서 미친 그림을 그렸는데 세상이 못 알아들어. 닭과 섹스를 했다고 해도 못 알아들어. 여하튼 백담사에 왔을 때는 이미 병이 깊었어. 내가 '농암(聾庵: 귀머거리 암자)'이란 호를 지어주고, 처소를 마련해줬지. 건강을 위해 백담사에서 마을입구인 용대리까지 날마다 걸어다니라고 했어. 그러다가 죽었어. 그런데 세상에서 제일 즐겁고 기쁜 날이 죽는 날이다." "시골 노인들이 죽으면 '편안하게 주무셨다'고 그러잖아. 죽음은 슬프지 않아. 우리 중들은 사람이 죽으면 염불하는데, '다비문'이라는 염불책이 있어. 그 끝 구절이 '쾌활(快活), 쾌활'이야. 좋다 좋다는 거지. 모든 근심 번뇌에서 다 벗어났으니 얼마나 기쁘냐. 그래서 절에서는 죽는다는 소리를 안 하고, '귀'(歸: 돌아가다)나 '입적'(入寂: 적막으로 들어가다)이라는 말을 쓰지. 원래 자리로 돌아갔으니 편안하지. 중(僧) 공부라는 것은 사실 죽는 공부지. 참선(參禪)하는 것도 다 그렇지."

"사람이 죽는 공부 말고 할 게 뭐 있나. 사람들은 욕망이 꽉 차있으니까, 안 보이는 거야. 욕망 때문에 돈 벌고 일하고 집 짓고 여자를 만나는 그런 걸 추구하니, 내가 아무리 늙어 죽는 이야기를 해도 못 알아들어. 하기야 그런 사람들도 있어야 세상이 돌아가나. 선부 나 중실을 하면 안 된다. 세상에는 잘난 놈만 있어도 안 되고 못난 놈도 있어야 한다. 중도 목사도, 온갖 게 다 있어야 한다. 그런 것들이 어울려야 이 세상이 돌아가는 거다."

보통 스님들은 술을 완곡하게 곡차(穀茶), 반야탕(般若湯) 또는 지수(智水)라 부른다. 반대로 술을 경계하는 의미에서 정신을 어지럽히는 음료라는 미혼탕(迷魂湯), 화를 부르는 샘이란 의미의 화천(禍泉)이라고 표현하기도 한다. 반야탕의 반야는 산스크리트어에서 온 지혜를 뜻하는 'prajna(푸라쥬냐)'의 음역이다. 반야탕은 '지혜의 물'이란 의미를 지닌다. 술을 마시면 속세를 벗어난 듯 해방된 느낌을 준다 하여 그리 불렸다고 하고 한자로 뜻풀이를 한 '지수'도 같은 맥락이다. 그와 반대로 '미혼탕'은 '사람의 혼을 미혹하는 물', '지혜를 흐리게 하는 물'이란 의미이고 '화천'은 '모든 화의 원천'이라는 의미이니 어떤 때는 반야가 되기도 하고 또 다른 경우엔 새로운 번뇌를 불러일으키는 것이라서 그러리라.

술을 먹지 말라고 하는 불가의 계율은 술이 몸과 마음을 어지럽히는 속성을 가진 것이라 경계하고 금하는 것이다. 오늘날에야 술을 먹되 취하여 본심을 잃지 말라는 정도로 완화된 해석을 하고 있지만 금기하고 있는 것은 분명하다. 사람에 따라 자신의 대사 능력 이상으로 섭취함으로써 생기는 숙취(宿醉)는 다음날 일정에도 영향을 미치는 때문이기도 하다.

술을 마시는 것 자체가 범계라고 하기도 하고 취하는 데 이르는 것을 계율을 범했다고 의견이 분분하지만 똑같은 물도 소가 마시면 우유가 되고 독사가 마시면 독이 되는 것이니 스님의 음주는 그리 이해하는 것이 딱 들어맞는 말이란 생각이다. 24시간 중생의 삶을 지키고 격려하는 것이라면 술을 마시거나 잠자리거나 참선에 들거나 여일하지 않았을까? 그리하여 한 잔 술은 우리의 삶을 위무하고 희망의 표주박이 되어 중생의 삶 가운데 흘러넘치는 시가 되었음이라.

스님은 술을 곡차라 에둘러 말하지 않고 술이라 하여 이를 꿰뚫었으니 비로소 술은 술이 아니어라. 한 잔 술이 뭐 그리 대수인가. '내 것 내 것하며 움켜져도 세상에 내 것은 없는 거야.' 옛다 너도 한 잔 먹어라! 반야탕이다. 어라 열반탕 나도 한 잔 먹음세. 쾌활! 쾌활! 쾌할이로다.

산중에서 시중(市中)을 향하다. 장터 쌀값은 얼마이던가?

한해 두 번 100여 개 선방에서 2천여 명의 선승들이 여름, 겨울 3개월간씩 두문불출하고 참선만하는 산철 안거를 마친다. 신흥사, 백담사, 건봉사, 낙산사 등 선방에서 수행 정진한 승려들 수백 명이 운집한 가운데 신흥사에서 안거해제법회가 열린다. 지난 3개월간 앉아 정진한 선승들은 무엇을 실참했고 결과를 어떻게 세상에 내놓아야 하는지 해제법문이란 이름으로 일갈했다. (2015년 8월28일 신흥사에서 있은 하안거 해제법문 당시 조계종 기본선원 조실 오현스님 어록 참고)

그리하여 한국불교의 조종을 경고하는 죽비소리도 함께 울렸음이다.

"종교인의 생명은 화두다. 선사들은 서로 안부를 물을 때 화두가 성성하냐, 화두가 깨어 있느냐고 묻는다."

"프란치스코 교황은 한국에서 활동을 마치고 바티칸으로 돌아갈 때 세월호 유족의 눈물 어린 고통의 '순례 십자가' 를 비행기에 실었다. 한국에서도 세월호 추모 리본을 달고, 빡빡한 일정 속에서도 네 차례나 세월호 유족을 만나 이야기를 들어주고 희망을 잃지 말라며 사랑한다는 편지를 남겼다. 지난 3월 로마에서 한국 천주교 주교단을 만난 자리에서 첫 물음도 '세월호 문제' 였다고 한다. 사실상 세월호가 교황의 방한 내내 화두였다. 이처럼 프란치스코 교황의 화두는 살아있는 오늘의 문제다."

"그런데 지난 결제(안거 첫날) 때 우리 스님들의 화두는 무엇인가. 무(無)자 화두인가, 본래면목(본래의 모습)인가. '뜰 앞의 잣나무' 인가. 굳이 알 필요가 없다. 이 모두 천 년 전 중국 선사들의 산중문답이니까 말이나."

스님은 "화두에는 활구(活句 · 살아있는 말)가 있고 사구(死句 · 죽은 말)이 있는데, 프란치스코 교황의 화두는 살아있는 현재의 문제이고, 우리 선승들의 화두는 천년 전 중국 선승들의 도담이어서, 시간적으로 천년의 차이가 나고 있다"고 꼬집는다.

"평생 참선만 하며 존경받던 어느 노스님은 어린 시절의 제게 '화두 들고 참선공부하다가 죽어라'고 당부했다. 그 때는 '예'하고 대답했지만 그게 말이 되는가. 참선해 빨리 깨달아 그 깨달음의 삶을 살아야지 참선만 하다가 죽으라고? 지금 생각하면 그 노스님은 고대 중국 선승들의 화두에 중독된 것이 분명하다. 마약중독자가 중독된 줄 모르는 것처럼 화두중독자도 자기가 중독된 줄 모르는 것이다."

이어 "한국에는 깨달은 선승들은 많은데 깨달음의 삶을 사는 선승은 만나기 어렵다고 한다"며 "선원이나 토굴에서 참선만하며 심산유곡에서 차담과 도화를 즐기며 고담준론과 선문답으로 지내며 무소유의 삶을 살았다고 해서 깨달음의 삶을 산 것이 결코 아니다"고 했다. 그러면서 "화두를 타파하면 부처가 된다고 하는데 부처가 왜 존재하느냐"고 물었다.

"중생이 있기 때문이다. 불심의 근원은 중생심이다. 중생이 없으면 부처도 필요 없다. 환자가 없으면 의사가 필요 없는 것과 같다. 의사는 환자의 고통을 덜어주고 병을 치료해야 한다. 부처는 중생과 고통을 같이해야 한다. 프란치스코 교황이 세월호 유족들과 고통을 같이하듯이 말이다." 그러면서 "우리 선승들의 화두도 우리 시대의 아픔들이 화두가 되어야 한다"며 "천여 년 전 중국 신선주의자들, 산중 늙은이들이 살며 뱉어놓은 사구를 들고 살아야 하느냐"고 질책한다.

"프란치스코 교황은 자기 혁신이 없는 교황청은 병든 육체와 같다고 비평하고 일반 성직자는 정신적 영적 동맥경화에 걸렸다고 개탄했다. 그러면서 바티칸 관리들의 위선적인 이중생활과 권력에 대한 탐욕을 실존적인 정신분열증이라고 비판하고 권력에 눈 먼 성직자들은 영적 치매에 걸렸다고 분노했다는데, 이 분의 파격적인 발언을 그냥 남의 교단 일로만

들을 일이냐. 이 발언을 통해 우리들 자신을 냉엄하게 둘러봐야 한다."

끝으로 스님은 한센인들이 사는 소록도에서 평생 헌신하다가 나이가 들자 남에게 부담을 주기 싫다며 올 때 가지고 온 가방 그대로 말없이 고향 오스트리아로 돌아간 두 수녀의 얘기를 들려주며 "이렇듯 종적을 남기지 않고 사는 삶이 깨달음의 삶"이라고 말했다. 그러면서 "부처의 삶을 살지 않고 부처가 되겠다고 죽을 때까지 화두를 붙들고 살며, 그래가지고 부처가 된들 무슨 소용이 있고, 자기 혼자 부처가 되어서 무엇 하느냐"고 꾸짖는다.

죽은 불교가 산 불교를 죽이고 있음을 일갈한다. 세상과 천길 만길 떨어진 승가에 또 한 방 먹인다. 스님이 산중에서 시중을 향하는 이유이기도 하다. "불교는 깨달음을 추구하는 종교가 아니라 깨달음을 실천하는 종교다." 스님의 법설에 빗대어 천 년도 넘은 선사의 어록을 살펴본다.

청원 행사(靑原行思) 선사(?~740)가 칠조 도량에 머물고 있던 어느 날 그의 사제인 하택 신회가 찾아왔다. 그에게 청원선사가 물었다. 청원 행사(靑原 行思) 스님의 행장을 보면 강서(江西)의 지저우(吉州)에 위치해 있는 안청(安城)에서 태어났다. 속가의 성은 유(劉) 씨다. 그는 동진 출가하여 20세가 되던 해 육조 혜능대사를 찾아갔다. 혜능의 법을 이어 7대조가 되고 석두 희천에게 법을 전하였다. 그가 원적에 든 것은 당 현종(玄宗) 개원(開元) 28년이었다. 세수는 80세였다. 희종(僖宗)은 그에게 홍제(弘濟) 선사라는 시호를 내려 추모했다.

"어디에서 오는 길인가?"

그러자 신회는 말로 답하지 않고 몸을 흔들어 보였다. 막연히 저곳으로부터 왔다는 표시를 한 것이었다. 막연히 저곳은 행각 중이라는 말도 되고, 깨달음이 사무치지 않았다는 것을 은연중에 내보인 것이기도 하다. 그러자 청원선사가 말했다.

"아직도 와륵에 휩싸여 있구나"

와륵은 깨어진 기왓장을 말한다. 깨어진 기왓장 사이에 끼어 있다는 것은 아직도 깨닫지 못한 상태라는 것을 빗댄 것이라고 할 수 있다. 이렇게 자신을 폄하하는 것이라 생각한 신회가 말했다.

"그럼 무엇이 진정한 불법의 대의란 말씀입니까?"

"스님, 이곳에서 사람들에게 진짜 금을 주신다는 말을 들었습니다만?"

그 질문을 받은 청원 행사 스님이 뚱딴지같은 말을 했다.

"요즈음 여릉(廬陵)의 쌀값이 얼마던고?"

여릉은 중국 발음으로는 루링이며, 강서지방에 위치해 있는 한 고을의 이름이다. 그대가 이곳으로 오는 도중에 루링 땅을 거쳤을 텐데 지나는 길에 그곳의 쌀값은 알아보았느냐는 물음은 단순한 물음이 아니라 평상심이 곧 도라는 것을 보다 구체적으로 알려주는 법문을 한 것이며, 동시에 그 도리를 모르면 그것을 참구하라는 화두를 준 것이라고 할 수 있다.

여릉(루링)의 쌀값은 '평상심이 도'라는 불법의 본질과 맞닿아 있다. '여릉의 쌀값'은 곧 그 쌀이 존재하는 곳 바로 그 곳에 부처의 길이 있다는 뜻이다. 불법은 쌀값의 싸고 비싼 것을 아는 지극히 일상적인 것 안에 들어 있지, 집 지을 기왓장 같은 일상품보다 순금을 단박에 탐한다고 얻어지는 경지가 아니라는 말에 다름 아니었다. "만약 내가 순금을 가지고 있어서 그대에게 준다면 그대는 어디에다 그것을 쓸 것이오?"라고 방을 들었다.

도를 추상적, 형이상학적인 데서 찾지 않고 먹고 마시고 잠자고 일어나는 일상생활 속에서 구해야 한다는 가르침이다. 청원 행사 선사의 선사상은 선을 대중 속으로 가까이 다가가게 하는 활구가 되었고, 마침내 도재평상(道在平常)으로 발전하였다. 도(道)란 원래 평상적 일상 속에 두루 존재한다는 것이 동양사상의 근본이다. 이를 노장(老莊)에선 이를 '도재평상(道在平常)'이라고 한다. 먹고, 마시고, 심지어 싸고 눕는 그 일상 속에 도가 있다는 말이다.

이후에도 '여룽미가'(盧陵米價)와 같은 법거량이 선사상사(禪思想史)에 자주 등장하고 있음을 보게 된다.

홍제 청원행사 선사는 불교가 무어냐는 물음에 요즘 강서성 여룽(길안) 시장의 쌀값이 얼마이더냐… 라는 화두로 되묻고 있다. 지금도 마치 "중(僧) 공부라는 것은 사실 죽는 공부지. 참선(參禪)하는 것도 다 그렇지." "세상에서 제일 즐겁고 기쁜 날이 죽는 날이다"라고 하는 스님의 어록은 그 화두에 답하고 있음이라.

세상에 그 많은 돈, 그냥 하늘, 땅을 사서라도 다 주리니

명법스님은 말한다. 내가 오현스님을 뵌 것은 2012년 무렵이다. 『불교평론』 편집위원으로서 일 년에 두 차례, 만해마을에 있을 때 몇 차례 스님을 뵈었다. 스님을 가까이서 지켜본 것은 아니지만 뵐 때마다 외로운 분이라는 생각이 들었다. 몇 편의 시로 보여주긴 하셨지만, 스님 홀로 계셨을 그 세계를 우리가 감히 짐작이라도 할 수 있을까? 하지만 세상 사람들의 오해에 스님이라고 상처받지 않은 것은 아닌 것 같았다. 만해마을에 있을 때였다. 스님은 몇 번이나 "내가 만해마을을 지어서 세상 사람들 욕을 다 듣는다"고 했다.

처음에는 무슨 말씀인가 했다. 문예창작을 지원하기 위해 만해마을 한 층을 통째로 작가들에게 내주고 있는데 누가 스님에게 욕을 하랴 싶었다. 내가 머물 때도 작가 몇 사람이 보름 또는 한 달 예정으로 만해마을에 와 있었다. 그들과 이야기를 나눈 적이 있었는데, 스님에게 고마워하면서도 말끝에 꼭 하는 말이 있었다.

"스님이 무슨 돈이 그렇게 많아서……."

'아, 이것이구나! 스님에게는 욕이구나!' 비로소 스님의 말씀이 이해되었나. 사람들은 스님의 신면목을 모른다. 그냥 돈이 많아서 나눠줬다고 생각한다. 하지만 승속을 막론하고 돈이 많다고 다 스님처럼 하지는 않는다. 기부를 할 때도 치밀한 계산을 깔고 하는 경우를 종종 본다. 다른 사람을 지배하거나, 환심을 사거나, 돈 자랑을 하거나, 조금 나은 경우조차 좋은 사람으로 보이려는 알량한 마음이 없는 사람은 없었다며 구미 화엄탑사 주지로 불교평론 편집위원을 맡고 있는 명법스님은 이렇게 말하며 스님을 추억했다.

시인이란 무엇인가? 봄이 오면 꽃이 피고 꽃이 피면 그 꽃을 돈으로 보는 자인가? 돈 꽃을 만들어 현란한 봄으로 이름 붙여 계절을 제 것인 양 통째 꺾어 파는 자인가? 수행자란 또 무엇이던가? 스님이 무슨 돈이 많아서 절도 짓고, 만해마을도 만들고, 문학잡지도 발행하며, 문인들에게 창작기금도 내어준다는 말인가? '도(道)보다 더 높아진 돈[錢]의 위상' 때문인가?

평소 필자가 생각하는 '무소유' 란 앞에서 말한 것과 같이 단지 소유하지 않거나 아주 작게 가짐으로서 행복을 느끼는 '소욕지족' 의 소극적인 의미가 아니다. 어차피 우리 인간이 소유한답시고 돈에 이름을 써 붙이거나 등기를 해 둔다 한들 세상과 이별할 때에 결코 가져갈 수는 없다. 그러니 돈을 잠시 보관할 뿐 영원히 소유할 수 없으니 소유하지 않은 것과 마찬가지라는 것이다. 돈을 모아서 차곡차곡 쌓아두지 말고 이를 많은 사람들을 널리 이롭게 하기 위한 일에 다 쓰라는 것이다. 즉 회향하라는 말이다. (김태진, 《돈의 인문학》(근간예정) 중에서)

마을 사람들은 해 떠오르는 쪽으로
중들은 해 지는 쪽으로
죽자 사자 걸어만 간다.
한 걸음
안 되는 한뉘
가도 가도 제 자리

걸음인데

– 조오현, 〈제자리 걸음〉 전문

　명법스님의 회고를 듣고 보니 승속을 막론하고 우리는 몽땅 좋고 아니면 말고, 길거나 짧거나 시비분별하고, 네 편 내편, 편을 갈라 웃고 울고 하면서 너와 나 천길 멀리 떨어져 살아온 건 아닐까? 어찌 보면 염치없고 참으로 아둔하기만 한 상대의 경계에 갇혀 버린 삶을 살아온 것인지도 몰라? 하는 생각이 들게 하는 말이다.

　"스님을 만난 후, 나는 돈을 쓸 때 그 사람의 진가가 나타난다는 사실을 배웠다. 스님은 생면부지 사람에게 아무 계산 없이 돈을 주었다. 보통 사람들은 스님들이 가난해야 한다고 생각한다. 맞는 생각이다. 하지만 진정한 무소유란 돈이 없는 것이 아니라 돈에 집착하지 않는 것이 아닌가. 스님은 돈에서 자유로운 분이었지만 그 때문에 더 외로웠을지도 모른다. 스님이 입적하신 후, 언론을 통해 수많은 미담이 흘러나올 때 나는 조금도 놀라지 않았다. 능히 그럴 분이었기에…"라고 가까이서 가끔씩 스님 곁을 지켰던 명법스님의 안타까운 회고가 이어진다.

　명법스님은 '외로웠던 그러나 다정했던' 제목의 글에서, 스님은 『불교평론』을 창간부터 지금까지 지원했다. 그토록 오랫동안 지원하면서도 단한 번도 주인행세를 하지 않았다. 모든 것을 편집위원들에게 맡기고 당신은 지원만 했다. 2012년 필화로 『불교평론』 폐간을 결정한 때도 편집위원들이 백담사로 찾아가 간곡히 말씀드리자 아무 조건 없이 다시 지원해 주었다. (김병무 등 48인 공저, 《설악무산, 그 흔적과 기억》, 인북스, 2019)

　"작년이 마지막 세배였다. 스님은 알고 계셨지만 내색하지 않았다. 다음날 나는 무빙템플 회원들과 신사동 사무실에서 법회를 했다. 그날 스님은 사람들을 불러 마지막 인사를 하셨는데, 그 사실을 눈치 챈 사람은 몇 되지 않았다. 일을 마치고 내실에서 나오며 스님은 우리 공부를 방해할까 봐

까치발로 살금살금 나가셨다. 그것이 내가 본 스님의 마지막 모습이다."

이토록 간절한 청아한 학승 명법스님의 말과 글을 듣고 계시다면 스님은 뭐라고 하셨을까?

10수 년 전 스님과 장시간 인터뷰를 하던 최보식 기자는 자리를 옮겨 점심을 먹으면서, 스님에게 뜬금없이 "윤회(輪廻)를 확신합니까?"라고 물었단다. "죽음 뒤는 잘 몰라. 부처도 사후를 말씀한 적은 없어. 그러나 윤회는 믿어. 우리가 살면서 해온 행위가 옮겨가고 돌아온다는 윤회를 말하는 것이지. 오늘 내가 점심을 대접하면 이것이 옮겨가서 언젠가 내게 아름다운 소문으로 돌아오는 것과 같은 것이지."

세상 사람들은 모든 탐욕과 성냄 그리고 어리석음으로 사는 길을 가고 시인은 세 가지 독이 되는 마음인 삼독심(三毒心)을 버리라 노래하고 수행승은 상대의 세계에서 해탈을 향해 자기 양심에 따라 자유에의 길을 가려하는 사람들이 아니겠는가! 그러기에 시인 묵객들은 속세를 살아가려니 온갖 괴로움과 부끄러움에 뒤채일 수밖에 없을 것이 아니던가.

달마는 서향하여 모든 것을 버리러 가야 하는 것이 본도인데 정작 나는 어떠한가? 사바 세상에 육신을 지니고 살아갈 수밖에 없는 중생들은 온갖 번뇌의 바다에 빠져 허우적거리기만 할 뿐 정작 그 바다를 빠져 나오기 어렵다는 뜻이리라. 그리 보면 시인의 길은 바로 스님과 같은 구도자의 길을 걸어가는 모습이어야 마땅하지 아니하겠는가? 시인이자 평생 수행승으로 산 스님은 행여 또 이렇게 말씀 하실는지 모를 일이다.

'그래 내 돈 많다. 에라! 다 가져라. 영전에 바치는 지전(紙錢)이다.'

'그것 참 물속에 잠긴 달은 끝내 건져낼 수는 없는 노릇이구먼…'

불교는 관념보다는 실용주의에 철저하다 하지만 관념적인 것을 버리지도 않는다. 다시 말하면 절대적 진리나 유일한 방법을 유일무이한 것으로 고집하지 않는다. 그러기에 불교는 독단도 도그마일 수도 없다.

불교의 어법은 "무엇은 무엇이다"가 아니고, "네가 무엇을 하려고 한다면 이것이 유용할 것이다"의 형식을 취한다. 이 상대적인 도구적 '언설(言說)' 관이 종교적 종파적 갈등을 막으면서 불교를 유연하게 만들어 혁신토록 해 온 힘이다. 신앙 이전에 최고의 가르침으로서의 불교는 '수단'이지 '목적'이 아닌 절집의 화법으로 말하면, 그것은 '방편(方便)'이지 '구경(究竟)'이 아니라 할 것이므로 불교는 결국 자신의 언설마저 부정하기에 이른다. 이런 종교는 다시 없을 것이라는 생각이다. 붓다는 열반의 가르침에서 "나를 의지하지 말고 자신을 등불로 삼아라"라고 했고, 선의 전통은 "부처를 만나면 부처를 죽이고, 조사를 만나면 조사를 죽이라"는 과격하고도 직설적인 신성모독을 주창할 수 있었다. 물속에 잠긴 달을 보고 건져내지 않아도 은연중 비추어 보아 그 본질을 통찰하는 힘을 보여준다. 이토록 스스로를 부정하는 힘이야말로 불교만이 가진 창조력의 근원이라 하겠다.

나는 선사의 설법을 들었습니다.
'너는 사랑의 쇠사슬에 묶여서 고통을 받지 말고, 사랑의 줄을 끊어라.
그러면 너의 마음이 즐거우리라'고

그 선사는 어지간히 어리석습니다.
사랑의 줄에 묶여 운 것이 아프기는 아프지만, 사랑의 줄을 끊으면
죽는 것보다도 더 아픈 줄을 모르는 말입니다.
사랑의 속박은 단단히 얽어매는 것이 풀어주는 것입니다.
그러므로 대 해탈은 속박에서 얻는 것입니다.
님이여, 나를 얽은 님의 사랑의 줄이 약할까 봐서,
나의 님을 사랑하는 줄을 곱들었습니다.

― 만해 한용운, 〈선사(禪師)의 설법(說法)〉 전문

이 시는 만해스님의 《님의 침묵》 시집에 실린 것으로 다른 시편들에 비해 비교적 직설적이고 메시지가 분명한 시로 평가된다. 번뇌의 단초인 '사랑의 쇠사슬'을 끊으라는 것이 선사의 가르침이지만 그 속박의 연결 줄인 사랑, 묵은 정을 내려놓지 않겠다는 단도직입적이고도 '속박은 단단히 얽어매는 것이 풀어주는 것'이란 역설적인 표현이다.

'미당은 가꾸는 시, 오현은 버리는 시'라는 말에 비추어 보면 '만해는 나서는 시, 오현은 숨기는 시'라고 해야 할까? 만해는 '알 수 없어요'라고 단호한데 비해 오현은 혼잣말로 중얼거리기도 하고 흐느적흐느적거리며 몸으로도 말을 더듬었음이라. 만해의 웅변, 오현의 침묵이라면, 말하지 않아도 가늠할 수 있는 오현의 침묵은 만해의 '님의 침묵'에 다름 아니리라.

어제 그끄저께 일입니다. 뭐 학체 선풍도골(仙風道骨)은 아니었지만
제법 곱게 늙은 어떤 초로의 신사 한 사람이
낙산사 의상대 그 깎아지른 절벽 그 백척간두의
맨 끄트머리 바위에 걸터앉아 천연덕스럽게
진종일 동해의 파도와 물빛을 바라보고 있기에
"노인장은 어디서 왔습니까?" 하고 물었더니
"아침나절 갈매기 두 마리가 저 수평선 너머로
가물가물 날아가는 것을 분명히 보았는데 여태 돌아오지 않는군요."
하고 혼잣말로 중얼거리는 것이었습니다.
그런데 그다음 날도 초로의 그 신사는 역시 그 자리에서 그 자세로 앉아 있기에
"아직도 갈매기 두 마리가 돌아오지 않았습니까?" 했더니
"어제는 바다가 울었는데, 오늘은 바다가 울지 않는군요."
하는 것이었습니다.

– 조오현 〈갈매기와 바다 – 절간 이야기 2〉 전문

이 시는 문학사상사에서 출간한 조오현 문학전집 《적멸을 위하여, 2012》 중에서 〈절간 이야기(2)〉에 실린 것으로 권영민 교수는 "살아 있는 말들을 서로 뒤섞으면서 다양한 목소리의 대화 상황을 연출한다"고 말한다. 그렇다. 조오현의 새로운 시법이란 평가를 받은 다양한 목소리의 대화 상황을 현출한 울림이 큰 시 한 편이다.

오현당은 에둘러 시상을 떠올린 척 말한다. "마침내 달이 기울면서 자기 그림자를 거두어 가고 관음지에 흐릿한 안개비가 풀어져 내리자 사내는 늙은이처럼 시시부지 일어나며 '그것 참…… 물속에 잠긴 달은 바라볼 수는 있어도 끝내 건져낼 수는 없는 노릇이구먼……' 하고 수척한 얼굴을 문지르며 흐느적흐느적 산문 밖으로 걸어 나가는 것을 다음 날 새벽녘에 보았지요"라고 세상을 향해 중얼거리듯 말하던 그 아득한 심사를 몰록 가늠해 볼 뿐이다.

말없이 말하고, 들은 바 없이 듣다

삼법인의 두 번째 제법무아에서 모든 존재인 '제법(諸法)'의 법은 무아성(無我性)의 존재를 뜻하며 이 '제법'은 제행과 마찬가지로 현상으로서의 일체 법을 뜻한다. 무아는 '아가 없다', '아가 아니다'는 뜻이며, 아(我)란 생멸변화를 벗어난 영원불멸의 존재인 실체 또는 본체를 뜻한다. 이와 같은 실체와 본체는 경험으로 인식할 수 있는 것이 아니기에, 그것이 존재하는지 아닌지가 분명하지 않은 무기(無記)라 하여, 이를 문제 삼는 것을 금기시하였는데 불교 이외의 종교에서는 볼 수 없는 불교 특유의 가르침이니 스님은 말하지 않으면서도 이심전심으로 말하고(無說說) 듣지 않아도 이심전심으로 전해 듣는다(不聞聞)는 듯 무설설(無說說)로 침묵을 침묵하고 있는지도 모를 일이다.

'백의관음무설설 남순동자불문문(白衣觀音無說說 南巡童子不聞聞)'이라, 백의관음은 말없이 말씀하시고 남순동자는 들은 바 없이 듣는다;

관음경.

　　강원도 어성전 옹장이
　　김영감 장렛날

　　상제도 복인도 없었는데요. 30년 전에 죽은 그의 부인이 머리 풀고 상
여잡고 곡하기를 '불집 같은 노염이라도 날 주고 가소 날 주고 가소'
했다는데요. 죽은 김영감 답하기를 '내 노염은 옹기로 옹기로 다 만들
었다 다 만들었다' 했다는 소문이 있었는데요.

　　사실은 그날 상두꾼들 소리였대요

– 조오현, 〈무설설 1〉 전문

　　시인은 "느긋이 설악 도인이다. 한국 전래의 기능 보유자들에게는 고집
스러운 도(道)가 배어난다. 독짓는 영감에게는 평생을 길러온 옹기 굽는
불에 견주는 노여움도 있어야 했다. 그런 이승의 것을 넘겨주고 가라는
것이 저승으로 보내는 절절한 마음이다. 옛 시절의 이승과 저승은 오늘처
럼 건달이 아니다. 다시 만날 혼백이 있고 생령이 있다. 그래서 망(亡)은
생(生)이기도 하다"라고 고은 시인은 말했다. 허망한 인생살이 끝에서 빛
을 감춘 불씨로 다시 살아나서 그 불꽃 속에 달덩이같이 반질반질한 옹기
로 거듭나니 살림살이 중심에 있다가 본래의 흙먼지로 자취를 감춘다.

　　천척사륜직하수 (千尺絲綸直下垂)
　　일파자동만파수 (一波自動萬波隨)
　　야정수한어불식 (夜靜水寒魚不食)
　　만선공재월명귀 (滿船空載月明歸)

천길만길 낭떠러지 낚시 줄을 드리우니
한파도가 일어남에 만파도가 따라 이네
밤은 깊어 고요하고 고기 물지 않는지라
빈 배에는 달빛만이 가득 싣고 돌아오네.

이 게송은 〈금강경 야보송〉으로 알려져 있다. 그러나 오현스님은 이 게송의 원작자가 뱃사공을 하던 선자덕성이라는 선객이라고 했다. 야보송으로 알려진 것은 야보가 이 게송을 인용했기 때문이라는 것이다. 우리는 놀라워했지만 무엇보다 선시의 진미에 푹 빠져 시간 가는 줄 몰랐다. 이제야 고백이지만 머리가 좋았던 무산은 이때 그 게송의 속뜻을 나보다 먼저 깨쳐간 듯하다고 도반 우성스님은 말한다.

그렇다. 이 게송은 중국 당대(唐代)의 선승인 선자덕성(船子德誠, 미상) 선사의 '발도가(撥掉歌)' 중 2수이다. 너무나 유명한 선시(禪詩)여서, 남송(南宋) 때 선승인 야보선사가 재음(再吟)한 이후에는 야보송처럼 알려져 있다. 조용한 한밤중 홀로 낚싯대를 드리운 뱃사공 머리 위로 환한 보름달이 강 위에 있는 작은 뱃전을 비추고 있는 풍광을 고스란히 묘사한 절창으로 손꼽는다. 소주(蘇州) 화정현(華亭縣) 오강(吳江)에서 작은 배 띄우고 뱃사공을 하면서 인연 따라 오가는 사람들을 교화한 선자 덕성선사의 선시이다. 시와 도, 그리고 삶이 무르녹은 선시의 백미로도 알려져 있다.

다시 우주를 보자. 우주대폭발(빅뱅) 직후의 엄청난 고(高)에너지 빛이 식어 이제 잔광으로 우주에 남은 우주배경복사의 관측 자료를 분석해 우주론을 정교화하고 허블상수를 구하는 노력이 이어졌다. 다른 갈래는 천체 관측에서 나왔다. 2016년 허블 우주망원경으로 초신성과 변광성들을 관측해 은하들이 서로 벌어지는 속도를 정밀하게 추적한 천문학 관측그룹이 '허블상수'를 73.2로 제시했다. 플랑크 위성이 2009년부터 4년 동안 관측한 우주배경복사 자료를 분석한 2014년 연구에서 허블상수(㎞/sec/Mpc)는 67.8로 제시됐다. 326만 광년의 단위 거리(1Mpc)에 두 천체가 있다면 둘은 초속 67.8㎞로 서로 멀어진다는 뜻이다.

이를 '허블상수 전쟁'이라고 지칭한다. 우주론의 예측보다 더 빠르게 우주가 팽창한다는 것이다. 이들은 후속 연구를 계속하며 현대우주론의 표준모형이 수정돼야 한다는 주장을 펴고 있어 역설적이게도 우주론과 관측 기술이 정밀해질수록 두 갈래의 존재감은 더욱 뚜렷해지는 모양새다. 이러한 두 분야에서의 연구는 정도의 차이를 두고 두 갈래로 갈려 연구를 하고 있지만 결론은 우주는 팽창을 계속하고 있다는 것이다.

이때 가장 곤혹스러워했던 한 사람이 아인슈타인(A. Einstein, 1879~1955)이었다. 일반상대성이론 방정식이 우주의 팽창이라는 개념을 함축하고 있었음에도 불구하고 아인슈타인은 자가당착에 빠진 것이다. 그의 이론은 3가지 가정에 기반을 두었다. 첫째, 우주가 거시적으로 균질성과 등방성을 가진다는 것이다. 즉 우주는 언제나 모든 곳에서 평균적으로 동일하다고 가정했다. 둘째, 이 균질성과 등방성을 가진 우주가 공간 기하학적으로 닫혀 있다는 것이다. 즉 우주는 유한하지만 그 가장자리나 경계는 없다. 셋째, 전반적으로 우주가 정적(靜的: 우주의 거시적 성질은 시간에 따라 변하지 않음)이라는 것이다. 이 가정은 상당히 자연스러운 것인데, 사람들이 창조에 대한 논의를 피하기를 원한다면 이것은 가장 간단한 접근법이다. 이 마지막 가정 때문에 아인슈타인 모형은 정적 우주 모형으로 알려졌다.

이처럼 상대의 세계를 바로 보는 것 또한 이토록 어려운데 절대의 세계를 가늠하기란 과학적 증명으로 말할 수 없으니 무설설이라. 그 아인슈타인은 말한다. "우리가 직면한 중대한 문제들은 우리가 그 문제를 만든 때와 같은 수준의 사고로는 해결될 수 없습니다"라고…. '모든 것은 시시각각으로 변한다'는 말에 다름 아니다. 지구별에 갇혀 있던 우리의 관념과 생각을 우주를 향해 과학으로 열어준 선각자의 귀중한 덕담이 아닐 수 없다.

세 번째 열반적정의 '열반(涅槃)'은 '불어 끄는 것' 또는 '불어서 꺼져 있는 상태'라는 뜻으로, 번뇌의 불을 불어서 끄는 것이다. 불교의 이상(理想)은 곧 열반적정이다. 붓다가 인생의 고(苦)를 불가피한 것으로, 우선 단정하고 그것을 극복하는 종교적 안심(安心), 적정(寂靜)의 세계가 엄연히 존재한다는 것을 일러주고 있는 것이다.

위에서 말한 삼법인(三法印)과 합해져서 사법인(四法印)을 이루고 있는 '일체개고(一切皆苦)'는 일체고행(一切苦行) 또는 제행개고(諸行皆苦)라고도 한다. 이는 일체의 현상법이 고(苦)임을 알아야 한다는 가르침이다. 즉 모든 현상법이 무상하기 때문에 괴로운 것이다[고(苦)]라고 한 것이다. 붓다는 육신의 죽음에서 벗어나는 길에 대해 목숨처럼 말씀하신다.

> "지금 여래의 몸은 쇠하고 늙었다.
> 마땅히 이 육신은 사멸하는 과보를 받아야 한다.
> 그런 까닭에 모든 비구들아,
> 너희들은 마땅히 나지도 않고 늙지도 않으며, 병들지도 않고
> 죽지도 않는 영원히 고요한 열반(涅槃)을 구해야 하고,
> 은애(恩愛)하는 이와 헤어짐에 있어서 무상(無常)한 것이고
> 변하는 것이라는 것을 항상 기억하도록 해야 한다."
>
> – 『대반열반경』(Mahaparinibbana-Suttanta)

붓다 재세 당시 인도 종교들은 모두 불생불멸(不生不滅)의 영원한 존재로서의 본체를 인정하였다. 우주적인 실체를 범(梵, brahman)이라 하고, 개인적인 실체를 아(我, atman)라고 하여 범아일여(梵我一如)라 하였다.
(김태진, '불교문학 불교적 문학을 넘어서', 계간 『한국불교문학』 제39호, 2019 겨울

호.) 그러나 붓다는 이를 인식할 수도 없고, 그 존재를 증명할 수도 없다고 하여 무기(無記)라 설하고, 또 그러한 본체와 실체는 현상계와는 관계가 없는 것으로서, 수행이나 해탈에는 도움이 되지 않기 때문에 달리 문제로 삼아서는 안 된다고 하였다

원시불교 이래 대승불교에 걸쳐 가장 중요한 게(偈)로서 무상게(無常偈)가 있다. 이를 범어본(梵語本)대로 번역하면 "제행은 무상하여 생과 멸의 법이 있으며, 생하여 끝나서는 멸한다. 이들 제행의 적멸은 낙이다(諸行無常 是生滅法 生滅滅已 寂滅爲樂)"이며, 이것은 제행무상과 열반 적정의 법인을 설한 것으로, 불교를 대표하는 으뜸사상으로 되어 있다. 오현스님의 무설설(無說說)은 말하지 않는 것[무설(無說)]을 넘어서 말을 했으되 말한 바가 없게 된 것이리라.

팔 벌려 절대의 세계를 품다. 버리고 또 버리니 큰 기쁨일세

오래전 신경림 시인이 "며칠째 스님들 생활을 옆에서 보니 확실히 속인에 비하면 거의 소유물이 없는 것 같아요. 우리 같은 속인은 집에 가면 별별 것이 다 있습니다. 처음에는 필요할 것 같아 사들였다가 나중에는 쓰지 않고 내버려 두는 것이 한두 가지가 아닙니다. 살펴보면 살림살이의 절반 이상이 그런 물건 투성이일 것입니다. 그런데 절에 며칠 있다 보니, 처음에는 이것저것 불편하더니 이내 불편한 것도 사라지는 것 같아요. 그만큼 소박해졌다고 할까, 어쨌든 많은 것을 소유하지 않고도 생활할 수 있다는 것이 신기할 지경입니다"라고 물었다.

이에 대해 스님은 "수행자를 운수(雲水)라고도 하는데, 이는 한 곳에 머물지 않고 구름이나 물처럼 떠돌아다닌다는 뜻에서 붙여진 이름입니다." "특히 불교의 수행자는 옛날부터 소유를 엄격하게 제한하고 있습니다. 개인적 소유 재산이라야 '삼의일발(三衣一鉢)'이라 하여, 옷 세 벌과 밥 그릇 하나가 전부입니다. 그 외의 모든 것은 원칙적으로 모두 공동 소유

입니다. 이를 사방승물(四方僧物)이라고 합니다. 사방에 있는 승려들이 같이 쓰는 물건이라는 뜻입니다. 절에 있는 냉장고나 텔레비전, 자동차는 원칙적으로 그 소유자가 개인이 아니라 사중(寺中)입니다"라며 무소유의 진정한 의미에 대해 스님 식 말씀을 이어갔다.

스님은 "나는 무소유가 아니라 무집착을 실현해야 한다고 봅니다. 무소유란 어차피(우리 사는 세상에서는) 불가능한 것입니다. 물질적 수단 없이 인간의 생활은 도저히 영위되지 않습니다. 석가모니 부처님도 옷을 입어야 하고 밥을 먹어야 하고 서리를 피할 수 있는 집에서 잠을 자야 합니다. 그러자면 돈이 필요합니다."

"무소유란 모든 것을 버리라는 것이 아니라 지나치게 집착하지 말라는 것입니다. 돈은 벌어야 하지만 정당하게 벌고 정당하게 써야 합니다. 이것을 불교는 나쁘다고 말하지 않습니다. 자기는 남에게 사랑을 주지 않으면서 상대방이 조금만 덜 주어도 섭섭하게 생각합니다. 받으려고만 하는 것은 이기심이고 탐욕입니다. 탐욕은 아무리 채워도 부족합니다. 갈증이 가시지 않는 것입니다."

"사랑은 그런 것이 아닙니다. 조건 없이 주는 미소요. 조건 없는 용서요, 조건 없는 믿음입니다. 그런데 우리는 주기보다는 받으려고만 합니다. 여기서 목마름이 생기는 것입니다." 다소곳이 말씀하셨으나 어떤 때는 질타로 들리기도 했으되, 지나고 보니 주고 받은 말이긴 해도 스스로를 엄격하게 규정하신 말씀에 다름 아니었으리라.

생선 비린내가 좋아
견대(肩帶) 차고 나온 저자

상사들어 본처(本妻)는 버리고
소실(小室)을 얻어 살아볼까.

나막신 그 나막신 하나
남 주고도 부자라네.

일금 삼백원에 마누라를 팔아먹고
일금 삼백원에 두 눈까지 빼 팔고

해 돋는 보리밭머리 밥 얻으러 가는 문둥이여, 진문둥이여.

– 조오현, 무산 심우도의 마지막 〈입전수수(入廛垂手)〉 전문

〈심우도〉의 마지막 경지인 〈입전수수(入廛垂手)〉이다. 입전수수를 사전적으로 말하면 선종에서의 깨달음의 극치를 말한다. 전(廛)은 골목(장터)로 '골목에 들어가 손을 드리운다는 것은(垂手),' 구극(究極)의 진리를 체득한 수행자가, 중생을 구원하고자 하는 자비의 마음에서, 고요한 수행의 장소를 버리고 시끄러운 저잣거리(시장)에 들어가, 육도(六道)에서 헤매는 미(迷)한 어리석은 사람들과 더불어 살면서 이들을 인도하는 것을 일컫는 말이다. 사찰에는 이를 벽화로 표현한 심우도(尋牛圖)가 많이 있는데 마지막 열 번째의 경지이다 즉, 공부를 다 해 마친 수행자가 산중에서 나와 시중에 들어와 중생에게 손길을 내민다는 뜻으로 곧 중생제도의 원력을 말한 것으로 '무산의 심우도' 에서는 스님의 그 성성적적(惺惺寂寂)함에 리얼리티를 더한다.

"잃은 소 없건마는 찾을 손 우습도다
만일 잃을 시 분명하다면 찾은들 지닐소냐
차라리 찾지 말면 또 잃지나 않으리라"

– 한용운, 연작시 〈심우장〉 중에서

"생선 비린내가 좋아/ 견대 차고 나온 저자", 그렇다. 고요하고 한적한 난야(蘭若)를 떠나온 세상의 희로애락이 있는 대로 펼쳐지는 저잣거리가 보살이 중생을 위해 만행을 하기에는 좋은 무대이다. 만생들이 더불어 모여 사는 데 생선비린내면 어떻고 떠들어 댄들 무슨 대수인가? 다 좋다. 수행의 경지를 십우도(十牛圖) 그림으로 그려낸 확암(廓庵)선사는 중생들에게 나누어 줄 선물을 가득 담은 포대를 걸친 포대화상을 등장시켰지만 오현스님은 장터에 나온 장사꾼이 무기처럼 지니고 다니는 어깨에 걸치는 작은 돈 가방인 건대로 험한 세상을 무장시킨다. 소위 때 묻지 않은 돈, 정재(淨財)에 대한 정정당당함이다.

심우도란 중국 송(宋)나라 때의 승려 확암(廓庵; 곽암이라고도 함)이 처음 그린 그림으로, 같은 시대 보명(普明)의 목우도(牧牛圖)와 함께 우리나라에 전래되어 똑같이 십우도로 불렸다. 확암사원(廓庵師遠) 선사의 심우도 순서는 심우(尋牛)·견적(見跡)·견우(見牛)·득우(得牛)·목우(牧牛)·기우귀가(騎牛歸家)·망우존인(忘牛存人)·인우구망(人牛俱忘)·반본환원(返本還源)·입전수수로 되어 있다. 오현스님의 '심우도'란 시도 역시 이 순서에 따랐음을 알 수 있다.

"장가들어 본처는 버리고/ 소실을 얻어 살아볼까" 하며 빈 돈 가방인들 어깨에 둘러매니 총알 없는 소총이라도 집총한 듯 호기를 부리게 된다. 장가도 못간 주제에 조강지처를 버리고 젊고 예쁜 계집을 소실로 얻어 떵떵거리며 천년만년 살고지고 한다. 가난한 사람은 이런 저런 망상 속에서나마 연초라도 피워야 피 같은 하루가 지나간다. 스님은 이런 인간사를 꿰뚫어 보았다. 마음 아팠으리라.

"나막신 그 나막신 하나/ 남 주고도 부자라네"는 가슴에 고이 품어 고운 님 오실 때 내어주리라던 그 나막신조차 내어주고 만다. 시장은 구하는 사람들이 많은 곳이니 원하는 사람에게 퐁땡 주고 밀면 가슴 조리던 그 마음조차 어디론가 사라져 허허롭다. 좋아라고 가슴에 품고 떠나가는 그 사람을 보며 '애당초 그 사람이 나막신의 주인인 것을… 부질없이 애타게 가슴에 품고 있었었네' 라며 빙그레 웃고 마는지도 모른다. 세상의 눈으로 보면 영락없는 바보다.

"일금 삼백 원에 마누라를 팔아먹고"는 '아이고 아지매 참 우리 마누라보다 훨 잘 생겼니다' 라며 아부를 떨며 이것저것 단돈 삼백 원에 퉁 친다. 없는 마누라도 떨이에 동원되고 아지랑이 같은 언설이 장터를 화장 장엄한다. 팔아먹을 것은 다 팔아야 산다.

"일금 삼백 원에 두 눈까지 빼 팔고" 그리하여 간도 쓸개도 다 팔았다. 이제 나에게 남아있는 것은 아무것도 없다. 측간에 앉아 '버리고 또 버리니 큰 기쁨일세, 탐진치 어둔 마음 이같이 버려 한 조각 구름마저 없어졌을 때, 서쪽에 둥근 달빛 미소 지으리' 라고 '옴 하로바야 사바하' 를 세 번 왼다. 근심조차 팔아 제쳤다. 어디가 측간이고 어디가 주막인고? 먹고 싸는 분별이 끊어지고 내 안의 또 다른 것들의 집착이 내려앉고 마침내 두 눈마저 잃었으니 아무것도 보이지 않는다. 보이지 않는 것은 있는가? 없는 것인가? 그래도 도통 보이는 게 없다.

눈을 감은 세계에서는 있고 없음이 분명히 상대가 되어 존재하지만, 깨달아서 눈을 뜨고 보면 유와 무, 곧 있고 없음이 완전히 없어지는 동시에 유와 무가 완전히 융합해서 서로 통하게 된다. 이렇게 중도(中道)의 세계란 유와 무의 상대를 버리는 동시에 그 상대가 융합하는 세계를 말한다. 양변을 버리는 동시에 양변을 융합하는 이 중도의 세계가 바로 모든 불교의 근본 사상이며 대승불교 사상도 여기에 입각해 있다.

너와 나가 없어진 자리 중생과 하나가 되는 공(空)자리가 오롯이 드러난다. 오온(五蘊)을 보던 눈을 빼고 나니 마침내 아무것도 없다. 이것이 보살의 공관(空觀)이런가. 애당초 없던 자식과 마누라를 세상에 다 내어주고 스스로 소신공양하는 무주상(無住相) 보시가 되어 허공이 되고 말았다. 이렇듯 안팎의 집착을 다 내린 스님은 손을 탈탈 털어 필시 세상살이에서는 불가능하다던 그 무소유를 얻었다.

> 제행은 무상하여 생과 멸의 법이 있으니,
> 생하여 끝나서는 반드시 없어진다.
> 이들 제행의 적멸은 필시 즐거워야 하리
> (諸行無常 是生滅法 生滅滅己 寂滅爲樂).

상대의 세상을 살다 절대의 세계로 향하는 오현당에게 증명법사는 오늘도 요령을 들었다.

"오늘은 여기서 자고…" 울음 그치면 내려가거라

"작년이야, 내 정신이 전과 같지 않은 거야. 그래서 정신이 온전할 때 정리하려고 만해마을을 맡길 사람을 찾았는데, 상좌들 중에는 그럴 만한 인물이 없고, 능력 있는 사람을 데려다 놓으면 그 녀석들 등쌀에 견디지 못할 게 분명해. 여기저기 달라는 데가 있었지만, 동국대학교에 기증하기로 했어. 큰 학교니까 만해마을을 잘 운영할 거야."

김희옥 선생의 말이다.

"부처님의 인연 덕인지 종립 동국대 총장으로 일하게 되었다. 그 무렵 느닷없이 스님께 '만해마을을 동국대에 주십시오' 라고 말씀드렸더니, 한참 쳐다보시다가 '그게 그렇게 하기 어려워……' 라고 하셨다. 그로부터 1개월 후에 다시 만나뵈었더니 '총장은 신뢰하니까 총장이 그대로 있으면 좋은데, 총장이 평생 있는 것도 아니고 어렵다' 라고 하시더니, 그 수 개월 후에 만해마을로 부르셔서, '총장 말대로 만해마을을 동국대에 주기로 했다' 고 하셔서, 가볍게 드렸던 말씀이 실제로 이루어지게 되었다. 그동안 스님께서 해 오신 만해사상 실천선양회의 관련 일을 정리하시고, 보다 크신 생각으로 교육 · 연구에 크게 기여할 수 있도록 동국대에 주시기로 한 것이다. 동국대는 스님의 큰 뜻에 따라 만해마을을 미래의 교육 · 연구 · 불교의 빛나는 터전이 될 시설로 확보하게 되었다.

만해사상의 선양이 바로 무애도인이신 스님의 필생 숙원(宿願)이었는데, 그 만해사상 실천 · 선양의 공간을 동국대에 내주신 것이다. 당시 동국대의 모든 성원은 스님의 그 엄청난 시설 증여에 대해서 어떻게 보답할까를 고민하였다. 여러 가지 방안을 직간접으로 말씀드렸다가 역정만 듣게 되었고, 결국 동국 성원의 고마운 마음의 표시로 스님의 시를 작은 비에 새겨서 올리는 것으로 결정되었다. 스님의 대표적 시인 〈아득한 성자〉를 예술대학의 조소 전공 교수가 대리석 판에 새겨서 강원도 양양의 진전사에 모시게 된 것이다. 홍천사나 백담사에 부치하자고 건의 드렸으나, 보는 사람이 제일 적은 진전사로 하라는 엄명이 계셨다."

필자가 곱씹어 보면 그건 부질없는 짓이니 하지 말라는 말씀은 아니었을까 한다.

스님은 주민대표에게 "이 다음에 내가 서울에서든 용대리에서든 죽으면 '용대리 주민장'으로 해줄 수가 없겠느냐?"라고 말씀하셨단다. 그리하여 그 징표를 남기자고 하여 '대한불교조계종 백담사 대중 스님들께 드리는 말씀'이라는 글을 적어주셨다고 했다. 그들은 유서에 다름 아닌 스님 자필을 공개했다.

1. 내가 죽으면 시체는 가까운 병원에 기증하고 병원에서 받지 않으면 화장해서 흩뿌려라.

2. 장례는 만해마을에서 용대리 주민장으로 끝내라.

3. 염불도 하지 말고 제사도 지내지 말아라. 나는 여러분들 염불소리 듣기 싫고 제사도 먹지 않을 것이다.

4. 내 말을 듣지 않은 사람은 나의 원수다.

5. 끝으로 이 글을 유언장으로 용대리 주민 정래옥, 최영규 님에게 남긴다, 라고 약속하셨고 주민들은 합심하여 '용대리 주민장'을 준비해 두었

다고 했다.

어느 봄날 스님께서는 예언처럼 돌아가셨고, 마을 사람들이 '용대리 마을장'을 추진하였으나 장례는 불교계 뜻에 따라 신흥사에서 원로회의 장으로 치렀다. '큰스님의 유지를 지키지 못했다'는 주민들은 본의 아니게 '스님의 원수가 되고 말았다'며 눈물로 회상한다.

2019년 스님 1주기에 스님의 시자를 자처한 김병무 만해마을 감사의 회고다.

"지난해 겨울 결제일이었다. 밤 11시 반은 된 것 같은데 갑자기 조실스님에게서 전화가 왔다. 만해마을로 오라는 것이었다. 문을 열고 들어갔더니 스님은 아주 맑은 얼굴을 하고 앉아 계셨다. 절을 하고 가만있었더니 '요즘 사는 게 어떠냐' '별일은 없느냐' 하고 일상적이고 자잘한 질문을 했다. 나는 '별일 없습니다'라고 단답형 대답을 하고 가만히 앉아 있었다. 한참 동안 침묵이 흘렀다. 조실스님은 '그러면 됐다'고 하면서 '오늘은 여기서 자고 가라'고 했다. 나는 침구를 손보아드리고 옆방에서 코를 골고 잤다. 아침에 일어나자 스님은 곧 무문관으로 들어간다면서 어서 가라고 했다. 나는 절 한 번 하고 나왔다. 스님 곁에서 잔 마지막 밤이었다."

어느 날 아침 게으른 세수를 하고 대야의 물을 버리기 위해 담장가로 갔더니

때마침 풀섶에 앉았던 청개구리 한 마리가 화들짝 놀라 담장 높이만큼이나

폴짝 뛰어오르더니 거기 담쟁이 덩쿨에 살푼 앉는가 했더니

어느 사이 미끄러지듯 잎 뒤에 바짝 엎드려 숨을 할딱거리는 것을 보고

그놈 참 신기하다 참 신기하다 감탄을 연거푸 했지만

ㄱ 놈 청개구리늘 제하여 시소 한 수늘 시어 볼려고 녀실을 눙눙서뒀지만

끝내 짓지 못하였습니다. 그 놈 청개구리 한 마리의 삶을

이 세상 그 어떤 언어로도 몇 겹을 두고 찬미할지라도 다 찬미할 수 없음을

어렴풋이나마 느꼈습니다.

– 조오현, 〈절간 청개구리〉

청개구리는 엄마의 말과 반대되는 행동을 해서 엄마청개구리를 화병으로 죽게 만든다. 죽어 가는 엄마 앞에서 자신의 잘못을 깨닫고도 엄마의 의도를 이해하지 못하고 마지막 말을 마음에 새긴다. '개울가에 묻어 달라'는 엄마의 그 말을 지키기로 하고 엄마의 무덤을 강가에 만들고 만다. 엄마를 묻고 돌아오자, 비가 오기 시작하더니 점점 더 세차게 쏟아졌다.

"이거, 큰일 났구나! 엄마의 무덤이 떠내려가면 어쩌지?"

아들청개구리는 밖으로 나가보았으나 강물이 점점 불어나고 있었고 엄마의 무덤이 떠내려갈 것 같았다. 그 때야 아들청개구리는 엄마의 숨은 뜻을 알 수 있었다. '아, 그런 것이었구나! 엄마는 내가 엄마 말을 듣지 않으니까 강에 묻어달라고 하면 산에 묻어줄 것이라 생각했던 거야. 이 일을 어쩌지?' 그러나 이미 모든 것은 늦었고 후회해도 소용없는 일…. 아들청개구리는 강가에 나와 엄마의 무덤을 보며 목이 터져라 울었고 그 울음소리는 멀리 멀리 슬프게 퍼져나갔다. 지금도 비가 오는 날만 되면 개울가에서 우는 가엾은 처지가 되고 만 것이다.

많은 사람들이 생각하는 이런 청개구리 이야기를 똑 같이 떠올린 필자에게 "그놈 청개구리 한 마리의 삶은 이 세상 그 어떤 언어로도 몇 겹을 두고 찬미할지라도 다 찬미할 수 없음"이 분명하다며 스님은 허무하고 덧없는 세상에 생명존중의 울림을 전해 주고 있다.

"오늘은 여기서 자고 가거라." 그리하여 아침이면 "풀섶에 앉았던 청개구리 한 마리가 화들짝 놀라 담장 높이만큼이나 폴짝 뛰어오르더니 거기

담쟁이 덩쿨에 살푼 앉는가 했더니 어느 사이 미끄러지듯 잎 뒤에 바짝 엎드려 숨을 할딱거리는 것을 보고" 가거라. "그 놈 청개구리 한 마리의 삶을 이 세상 그 어떤 언어로도 몇 겹을 두고 찬미할지라도 다 찬미"하고 '마침내 너의 그 속울음그치면 산문 밖을 내려가거라. 청개구리나 나나 다른 게 뭐있노?' 라고 말씀하실 듯하다.

주야로 긋지 않고 내려오는 개울물소리
잔잔한 율조의 마르잖는 물소리
눈 오는 적막한 밤도 얼음장 밑 그 물소리

살 만한 절도 있고 힘든 절도 있고
잘 쓴 놈도 있고 못 쓰는 놈도 있어
세상은 널따란 운동장, 잘 나가봐야 그 안이지

조금 손해 봤다고 탓할 일 아니여
내게 그걸 팔아 그 장사치 먹고 살고
그 이윤 돌고 돌아서 다 먹고 사는 일이니

하려고 애쓰는 것 애초보다 더 못하고
갖다 두는 것은 없는 것보다 못한 법
잡지 거, 쓰잘 데 없다 작품만이 남는 거여.

중하다는 작품에도 이제 욕심 다 버리고
귀 먹먹 돌아앉은 백담 말간 돌부처여
조용히 웃으시던 모습 질박같이 그리운 닐

– 이지엽, 〈백담을 생각하다〉 전문

아지랑이, 아지랑이, 아지랑이… "모두 다 바람에 이는 파도야" 철썩

스님은 스스로 '설악산 산감(山監: 산지기)'이라고 했다지만, 절집에서 신흥사·백담사 회주(會主) 조계종 기본선원 조실로 살았다. 나이 여섯에 절간 소를 키우는 꼴머슴으로 입산, 절에서 삶을 시작했으나 승려가 되기까지 우여곡절도 많았다. 1959년에야 조계종 승려가 된다. 법명은 무산(霧山), 호는 설악(雪嶽)이다. 그는 수행자이면서 시인이고 조계종 기관지「불교신문」주필을 맡은 적도 있다. 고은(高銀)은 "안개 자욱한 내설악/ 안개 걷히운 외설악을 아우르고 있다"며 그의 문학적 자질을 인정하고 치켜세웠다.

만해사상실천선양회, 백담사 만해마을 이사장을 맡아 해마다 '만해축전'을 열었으니 그의 다양한 자질은 문필력 못지않다. 세상에 대해 법문이란 이름으로 덕담할 때에는 그의 말이 귓전을 때리고 마음을 울리고 참사람들 가슴 먹먹하게 했다. 홍성란 시인이 기억하는 스님의 어록을 소개한다. (홍성란,「추모 특집, 설악무산 스님, 그 혼적과 기억」, 큰스님이 들려주신 법문, 불교평론, 2018.9.)

"원래 내 것은 없는 거야. 아무것도 붙들어 둘 수는 없어. 돈도 사람도 집도. 돈은 아지랑이 같은 거야. 잡으려고 하면 안 잡혀. 돈을 버릴 줄 알아야 돈이 들어온다. 돈의 성품이 아지랑이다. 아지랑이. 아지랑이만 아지랑이가 아니라 모든 게 아지랑이다. 사물 자체가 다 그렇다. 설악산을 다 갖고 있은들 무슨 의미가 있느냐. 아지랑인 줄 알면서 열심히 쫓아다니는 게 인생이지. 아지랑이를 쫓는 게 삶 자체야. 아무것도 필요 없는 거야. 아지랑이 붙들고 사는 동안 으스대다 가는 거야. 결국은 다 헤어지는 거야. 사람하고도 헤어지고 돈하고도 헤어지고 집도 물건도 다 두고 가는 거야. 내 것은 오로지 내 마음 하나밖에는 없다. 꿀벌이 꿀 모아 놨다가 자기는 먹지 못하고 개미하고 곰하고 사람한테 다 빼앗기지. 사람도 마찬가지야. 열심히 일해서 돈 벌고 집 사고 저금하고 모아났다가 자식들한테

산사람한테 다 주고 가. 알렉산더는 죽을 때 손을 관 밖에 내놓았다. 아무 것도 가지고 갈 수 없다는 거야. 다 버리고 간다는 거야. 살아 있을 때는 아등바등 모아서 죽을 때는 다 버리고 가."

"가는 데마다 내 집이다 생각해라. 고맙다 고맙다고 기도해라. 저 창밖에 감나무도 나를 위해 심어둔 거고 자동차도 음식도 모두가 나를 위해 있는 거야. 크게 생각하면 다 나를 위해 있는 거야. 다 나와의 인연이라고 생각하면 복이 들어온다. 마음먹기 달렸다. 마음은 허공이야. 눈으로 보는 게 아니라 마음으로 본다. 한 이불 아래 자도 다른 사람 생각할 수 있다. 그런 마음을 붙들려고 하지 마라. 마음 안 맞는 일은 잊어버려라. 다 잊어버려라. 좋은 것만 기억해라. 마음고생 하느냐. 고생이 무슨 말이냐. 괴로울 고(苦)에 날 생(生)이라. 태어나서 괴로운 게 고생이야. 세상에 나온 게 고생이라는 거야. 참을 인(忍), 흙 토(土). 세상은 인토야. 세상에 나왔으니 참아야 한다는 거야. 다 나름대로 고통이 있는 거야. 참고 살아야지. 그러니 죽으면 편안하게 됐다고 하지. 그래, 어차피 죽을 거. 다 죽는다. 언제나 하심으로 즐겁게 살아라. 하심(下心)이란 화내지 말고 남의 허물 보지 말고 남의 허물 말하지 말고 마음을 낮추는 거야. 묵언정진 면벽수행. 앉아 있으면 법문이야. 법당에 부처가 법문이야. 앉아 있는 자체가 법문이다. 입을 열면 다 그르친다. 말 없는 부처를 바라보며 마음을 오롯이 하는 맑은 마음 자체가 도(道)이고 선(禪)이야."

스님의 말씀을 읽고 또 읽고 혼자 선문답도 해 보고 이리 저리 말을 덧대어 보았다. 하지만 마땅히 옮길 말이 없었다. "모든 게 아지랑이인 줄…" 알지만, 몇 해 전 필자가 환희선원 무문관을 나오며 적어둔 감회로나마 스님을 때리던 그 거친 파도를 달래본다.

어쩌다가 생을 얻어 놀고 또 놀았네.
구멍 없는 피리, 줄 없는 거문고를 들고

아득한 세상 돌고 돌았다네.
육십 평생 만법을 짝하며 살아
이제 날은 저물고…
흔적 없이 떠난 자리,

다시금 돌아와 내 집이라 찾아드니
객들이 모여들어 주인행세 여념 없네.
객은 놓아두고 사랑채에 올라앉아
좌복을 펴고 보니 이 자리가 주인자리
너와 내가 따로 있나.

알고 보니 세상사 병정놀음, 높고 낮음 거짓놀음
각양이 각색일세.
작고 큰 분별경계 처음만 있을 뿐
본래면목이 아닐세.

돌고 돌아 왔지마는 찾고 보니 그 자리!
모를 뿐! 오직 모를 뿐!

고삐 없는 소등에 올라타
구멍 없는 피리 빗겨 불고,
줄 없는 거문고를 탄다.

– 김태진, 〈문 없는 문 길 없는 길을 가다〉, 능인신문 제681호 기고문(2017.2.19.) 중에서

한바탕 꼽새춤을 춥시다. 어 허! 그만 울고…
스님의 사제로 조계종 호계원장을 지낸 지원스님은, "가장 기억에 남

는 것은 외출할 때면 '옷고름 잘 매라' 는 나의 말을 아랑곳하지 않던 스님에 대한 인상이다. 나는 그 때마다 불경한 사제가 되어 '시님, 옷고름 반듯하게 매세요' 라고 말했다. 하지만 사형님은 고쳐 맬 생각이 전혀 없었다. 뭐든지 반듯해야 직성이 풀리는 나와는 반대였다. 사소한 옷고름 매는 것조차도 자신의 생각대로 할 만큼 세상 틀에 갇히기를 거부했다."

"사형님은 정말 당신 스타일로 일생을 사신 분이다. 나는 강남스타일로 살다가 가신 분이라 하고 싶다. 사형님은 형식에 구애받지 않고 누구하고도 곡차 한 잔을 나누곤 했다. 분위기가 무르익으면 꼽새춤을 추어 좌중을 웃음바다로 이끌었다. '곱추' 는 '곱다(曲)' 에서 생긴 말로, 사전에는 '곱추' 를 비표준어로, '꼽추' 를 표준어로 하고 있다. '뼈가 굽은 등에 큰 혹과 같은 뼈가 튀어나온 사람' 즉 '척추장애인' 을 낮잡아 이르는 말을 '곱사등이' 라 하는데, 줄여서 '곱사' 라 한다. '꼽새' 는 경상도 방언이다. 어감상 이를 차용하여 읽어보니 소탈하기가 원효스님 같은 분이기도 하다. 세간에서는 수행자가 곡차를 좋아한다고 허물로 삼는 사람도 있지만, 나는 사형님의 심지에 깃든 자유정신을 본다."

이어지는 지원스님의 회고다. 어느 날 곡차 한 잔을 드신 사형님이 나를 불렀다. "지원 사제, 나 시집 한 권 낼란다." 사형님은 원고를 내보이면서 시집명을 무엇으로 하면 좋을지 물었다. 그러면서 시조 한 편을 읊으시더란다.

비슬산 굽이 길을 스님 돌아가는 걸까
나무들 세월 벗고 구름 비껴 섰는 골을
푸드득 하늘 가르며 까투리가 나는 걸까

거문고 술 아니어도 밟고 가면 운(韻) 늘릴까
끊일 듯 이어진 길 이어질 듯 끊인 연(緣)을

싸락눈 매운 향기가 옷자락에 지는 걸까.

절은 또 먹물 입고 눈을 감고 앉았을까
만첩첩(萬疊疊) 두루 적막(寂寞) 비워도 좋은 것을
지금쯤 멧새 한 마리 깃 떨 구고 가는 걸까.

- 조오현, 〈비슬산 가는 길〉 전문

"아버지를 어머니를… 오래 투병하던 남편을 다 그렇게 죽음이라는 이름으로 떠나보냈다. 나는 활짝 웃는 모습은커녕 세상에서 가장 슬픈 얼굴을 하고 얼굴을 펴지 못했다. 스님이 왜 그 몰골을 지나쳤겠는가. "달자, 노래하나 불러라." 나는 '봄날은 간다'를 서럽게 불렀고 동행한 몇 사람 노래도 끝났다. 그 때 스님은 말씀했다."

"달자야, 봄날이 올끼다."

"내게 봄날은 왔을까. 스님의 말씀대로 봄날은 왔을 것이다. 그런 믿음에 나는 서서히 힘을 찾기 시작했다. 알듯 모를 듯한 좌절은 그렇게 없다가도 고개를 내밀기도 하는 것이다. 누구나 그렇지 않겠는가. 그런 깨달음을 나는 '봄'이라고 생각했다."

가끔 포장마차에서 홀로 우울을 견디며 술을 마신 적이 있다. 시 '저 거리의 암자'는 그래서 썼고 그래서 발표했는데, 스님은 그 시를 보았던 것이다. 스님은 동안거(冬安居)를 끝낸 선승(禪僧) 300명 앞에서 "여러분이 한 3개월간의 수행보다 이 한 편의 시가 더 불경에 가깝다"고 해서 날 놀라게 했고, 그 때 문학적 좌절에 시달리던 내 마음에 힘을 실어 주셨다. 나는 다시 문학 속으로 들어갈 자신감을 얻었고 더 좀 잘해 보자는 다짐도 하게 되었다.

"우울한 날이 계속되던 그 때 그 포장마차를 소재로 썼던 시가 '저 거리의 암자'였다. 이 시가 바로 스님과의 인연을 만들어 준 내가 아끼는 시다."

　신달자 시인의 가슴 먹먹한 추억담이다.

　　어둠 깊어가는 수서역 부근에는
　　트럭 한 대분의 하루 노동을
　　벗기 위해 포장마차에 몸을 싣는
　　사람들이 있습니다.

　　주인과 손님이 함께
　　출렁출렁 야간여행을 떠납니다.
　　밤에서 밤까지 주황색 마차는
　　잡다한 번뇌를 싣고 내리고
　　구슬픈 노래를 잔마다 채우고
　　빚댄 농담도 잔으로 나누기도 합니다.

　　속풀이 국물이 자글자글 냄비에서
　　끓고 있습니다.
　　거리의 어둠이 짙을수록
　　진탕으로 울화가 짙은 사내들이
　　해고된 직장을 마시고
　　단칸방의 갈증을 마십니다.

　　젓가락으로 집던 산 낙지가 꿈틀
　　상위에 떨어져 온몸으로
　　문사를 쓰지만 아무도 읽어내지 못합니다.
　　답답한 것이 산 낙지뿐입니까

어쩌다 생의 절반을
속임수에 팔아버린 여자도
서울을 통째로 마시다가 속이 뒤집혀
욕을 게워냅니다.

비워진 소주병이 놓인 플라스틱
작은 상이 휘청거립니다.
마음도 다리도 휘청거리는 밤거리에서
조금씩 비워지는 잘 익은
감빛 포장마차 주인은 밤새 지은
암자를 걷어냅니다.
손님이나 주인 모두
하룻밤의 수행이 끝났습니다.
잠을 설치며 속을 졸이던 대모산의
조바심도 가라앉기 시작합니다.
거리의 암자를 가슴으로 옮기는데
속을 후려치는 하룻밤이 걸렸습니다.

금강경 한 페이지가 겨우 넘어갑니다.

－신달자,〈저 거리의 암자〉제 12회 현대불교문학상 수상(2007년)

경북 달성군, 지금은 대구광역시에 속한 비슬산은 '삼국유사'를 집필한 일연선사의 수행처이자 많은 선승들의 수행 도량들이 산재한 유서 깊은 곳이다. 필자의 고향이기도 한 달성군 유가면에 걸쳐 있는 비슬산은 비승비속 같은 삶을 살아오신 백마 타고 오르시던 할아버지의 할아버님의 수행처인 도통바위가 있고 소원바위 등 민초들의 기원처로 발길이 끊이지 않는 영험한 곳이다. 이제 나와는 멀어졌지만 비슬산(琵瑟山)은 임금 '왕' 자가 네 개 있어 네 명의 임금이 난다는 전설 같은 이야기도 전해진다.

스님이 풋 중이던 시절 바랑을 매고 올랐던 비슬산, 신달자 시인이 노년에 찾았던 '거리의 악자'로 불린 포장마차가 묘하게 오버랩 되며 권커니 잣거니하며 곡차가 한 순배 돌고 스님은 그 꼽새 춤을 한바탕 추어 돌고 또 돌며 시인을 위로한다. 그리하여 배알 없이 사는 세상은 말없이 돌아가고… 소리 없이 소매 깃 사이로 눈물 한줌 감추며 나도 돌아간다. 잘도 넘어 돌아간다. 얼씨구!

'설악무산 그 흔적과 기억'에 기대어 그 온기를 품다

설악무산, 오현스님의 소략한 행장을 보면, 속명은 조오현(曺五鉉)으로, 속명을 딴 오현스님으로 잘 알려져 있고 경남 밀양에서 태어났다. 밀양 성천사로 동진출가, 인월화상으로부터 사미계를 받았다. 젊은 시절 금오산 토굴에서 6년 동안 수행했으며 설악산 신흥사에서 정호당 성준화상을 법사로 건당했다. 뒷날 신흥사 조실이 되어 설악 산문을 재건했으며, 조계종 기본선원 조실, 조계종 원로의원으로 추대되었다. 만년에는 백담사 무문관에서 4년 동안 폐관정진하다 2018년 5월 26일(음력 4월 12일) 입적했다.

저술로는 '벽암록 역해', '무문관 역해', '백유경 禪解－죽는 법을 모르는데 사는 법을 어찌 알랴', '선문선답' 등이 있다. 일찍이 시조시인으로 등단한 스님은 한글 선시조를 개척하여 현대한국문학에 큰 발자취를 남겼다. 시집으로 '심우도', '만악가타집(萬嶽伽陀集)', '절간 이야기', '아득한 성자', '적멸을 위하여' 등이 있다. 은관문화훈장, 국민훈장 동백장을 수훈했으며 DMZ 평화대상, 조계종 포교대상, 님녕문학상, 가탐시조문학상, 정지용문학상, 공초문학상, 고산문학대상, 이승휴문학상 등을 수상했다. 지난 해 스님의 1주기를 맞아 문도들과 스님과 교류해 온 문인들이 참가하여 펴낸 '설악무산 그 흔적과 기억'이란 책에 실린 회고담을 소개한다.

한때 절집에서 무산 스님과 사형 사제의 인연을 맺은 적이 있는 엮은이 김병무와 홍사성은 말한다. "책에서 말하는 추억담은 스님이 그동안 우리에게 보여준 가풍의 전모라고는 할 수 없다. 어쩌면 여러 사람이 제각기 코끼리의 다리를 만진 그만의 기억일 수 있다. 그럼에도 이를 책으로 엮는 것은 생전에 스님이 보여준 본지풍광이 무엇인지를 확인하고, 아직 어리석은 후학들이 살아가는 데 지남으로 삼기 위해서다"라고 그 이유를 밝혔다. 필자 또한 평소 개인적 교류가 없어 소소한 스님의 일상조차 아쉬워했던 터라 기쁜 마음으로 출간을 반겼다.

인연이 지중한 김병무와 홍사성은 "속가에 나와서도 불교출판과 언론 쪽에서 일한 덕분에 오래도록 곁에서 모실 수 있었다. 아직 물어보아야 할 것들이 많은데 갑자기 생사를 나누게 되자 그 황망함은 이루 말할 수 없었다. 겨우 정신을 수습해 생각해 보니 옛사람을 본받아 언행록이라도 간행하는 것이 그나마 우리가 할 일 같았다. 이에 부랴부랴 평소 가까웠던 사람들이 기억하고 있는 스님의 모습과 추억담을 수집해 한 권의 책을 엮기로 했다"고 했으니 안도하면서 한편 아쉬움도 남는다.

도반 성우스님이 손수지어 바친 헌시에서 "무산스님/ 설악산이 외로워하니/ 사바에 오소서// 아, 참 노벨상 받으러 오셔야지요/ 지난 세상 지은 인연/ 어이 하오리까/ 그리고는 허허 웃으며/ 또 수미산을 쌓으소서"라고 하신 덕담을 보며 스님의 본의가 무엇인지 알 것 같아 외람되지만 '오현문학상 제정이라도 해야 할까 보다'란 생각을 하게 된다.

많은 사람들이 하심과 무욕의 삶을 살아온 수행자, 만해축전과 만해대상으로 현대의 한국인들에게 만해의 자유와 생명 사상을 새롭게 고취한 대사상가, '깨달음이 중요한 것이 아니라, 깨달음의 삶을 살아야 한다'고 일깨우는 선승(禪僧)으로서 풍모를 보여온 스님과의 생전 일화들을 진솔하게 소개하고 있다고 평하고 있다. 그에 더하여 한국 선시의 새로운 지평을 연 대시인이면서도 스스로 빛나기보다 남을 빛내주는 일로 평생을 헌신하고, 힘없고 가난한 이웃들에게 손을 내밀었던 오현스님의 알려지지 않은 이야기들이 저마다의 기억 속에서 다양한 화법으로 독자들을 찾아간다고 리뷰하고 있어 기쁜 마음으로 책을 열 수 있기에 참 좋다.

　다만 '스님을 찾아뵙고 말씀을 듣고 밥 얻어먹고 용돈 타고 오현 식솔'로서의 고마움을 느끼곤 했던 문인들이 더 다양하고도 새로운 기억으로 스님을 찾을 날을 기대한다. 어찌 보면 먼발치의 필자로선 48인의 스님에 대한 흔적과 기억을 기록하고 새겨둘 요량으로 추억담의 제목이라도 남길 뿐이다. 추억담의 소제목은 거의 스님의 어록이자 행장이 아닐 수 없다. 그 전재(轉載)의 이유이기도 하다.

꽃을 던져도, 돌을 던져도 맞아라. 그래야 죽어도 산다?

제1부 산에 사는 날에
　설악(雪嶽)과 가산(伽山)을 오간 큰 사랑, 고옥(스님)/ "나는 너를 믿는다"는 말을 믿고, 금곡/ 외로웠던 그러나 다정했던, 명법/ 어떤 경계에서도 태연자약한 분, 법등/ 남천강 푸른 물은 오늘도 흐르는데, 성우/ "나는 할 일을 다했다", 우송/ 한산과 습득으로 살다, 정휴/ 사형 무산스님을 그리워하다, 지원/ 중은 벨일 없어야 도인이다, 지혜/ 큰스님, 혜관이 왔습니다, 혜관

제2부 내가 나를 바라보니
　내 마음 속의 큰 산, 권영민/ 천진난만한 어린아이 같았던 분, 김지헌/ '키다리 스님'의 엄한 자비심, 나민애/ 홀랑 벗고, 배우식/ 백담의 폭설과

심안(心眼), 서안나/ 화상께서 베푸신 혜은을 잊지 못합니다, 송준영/ "달자야, 봄날이 올끼다", 신달자/ 30여 년 전 어느 봄날, 오세영/ 역사를 받쳐온 '침목' 오현스님, 유성호/ 굽어도 바르고 바르지 않아도 곧은, 유응오/ 보이지 않는 어부, 유자효/ 안개산(霧山)의 다섯 얼굴, 이근배/ 스님 앞에서 목 놓아 울다, 이숭원/ "나도 한때는 소설가가 되려 했지", 이정/ "잡지, 거 다 쓰잘 데 없는 거여", 이지엽/ 무산 스님에 대한 다섯 가지 기억, 최동호

제3부 사랑의 거리

만해 연구의 길을 열어준 큰스님, 김광식/ 스님, 늘 걱정만 끼쳐 죄송합니다, 김진선/ 속았다, 김한수/ '당래(當來)'의 의지처, 김희옥/ 수처작주를 깨우쳐준 스님, 손학규/ 강물도 없는 강물 범람하게 해놓고, 이경철/ 돌을 던진 사람도 사랑할 줄 알아야, 이도흠/ 스님께 성경책을 선물하다, 이상기/ '지금 여기'가 화두요 열반이었던 스님, 장기표/ 약자들의 손을 잡고 오르다, 조현/ 성당에 가서 축하 말씀도 하시고, 주호영/ 취모검(吹毛劍)과 활인검(活人劍), 황건/ 내 마음의 스승, 황우석

제4부 아득한 성자

"오늘은 여기서 자고 가거라", 김병무/ 너는 지난날의 네가 아니다, 김종현/ 주인으로 살아라, 주인공으로 살아라, 석길암/ 받아라, 20년 치 세뱃돈이다, 이학종/ 진정한 내면의 권승, 이흥섭/ 용대리 마을 주민들의 은인, 정래옥/ 행원(行願)의 삶, 바람 같은 삶, 최정희/ 거짓말할 곳이 없는 슬픔, 홍사성/ 큰스님이 들려주신 법문, 홍성란

1주기를 마친 승속(僧俗)의 참석자들 사이에 '이제 아마 어떤 스님이 돌아가서도 이같이 자발적인 추모 열기는 일어나지 않을 것'이라는 말이

돌았다고 했다. 문인들은 이구동성, 맞는 말이라는 생각이 들었다고 했다. 그리고 이 추모의 정(情)이 상당히 오래 갈 것이라는 확신이 들었단다. 절집과 문단, 정계와 재계, 학계와 언론계에 뿌리 깊이 침투해 있는 스님 추종자들이 거의 '사단급'에 이르는 데다, 그들이 한결같이 '오현 스님은 나를 제일 좋아하고 아끼셨다'고 다들 생각하기 때문이라고….

그리하여 '역시 스님은 대단한 법력(法力)의 소유자셨다'라고 그 남긴 말씀에 기댄다. 꽃 같은 말씀에 주옥같은 말의 성찬이 아닐 수 없다. 꽃을 던지는 사람, 돌을 던지는 사람도 모두 다 사랑하리라. 언젠가 꽃에 맞고 그 돌에라도 맞아 그것이 죽고 다시 사는 것임을… 스님이 계시다면 돌 직구 같은 말씀을 하셨으리라.

"언젠가 내 가고 나면 무엇이 남을 건가" 세속길과 종교길에 생각하다

"그렇지, 피모대각이지. 모든 것을 포기해야 할 사람이, 부처니 깨달음이니 하는 것도 다 내다버려야 할 놈이, 이 나이에 부끄러운 줄 모르고 상(賞) 받고 신문에도 나오니, 몸에 털 나고 머리에 뿔 돋은 짐승이 된 것 같은 거지. 몇 십 년 전에는, 나도 신문 같은 데 나오고 싶어서, 기자들에게 밥 사주고 술 사줬지. 내 기사를 크게 쓰라고 그랬던 시절도 있었는데, 환갑 지나고 칠십 지나고 나니까, 전부 다 부끄러운 짓거리라. 자꾸 보니까 필요 없는 짓거리야. 산에서 중노릇이면 됐지." "피모대각(披毛戴角)이라고 하셨지요?"라고 '정지용문학상'을 받은 소감을 두고 기자가 질문한 데 대해 말문을 열어 하신 말이다. (최보식 기자 직격인터뷰, 설악산의 '落僧' 오현스님, 조선일보 2008.6.16)

"이번에 수상시집이 나오니 문학 담당기자가 전화가 왔어. 내가 '신기만 실으면 대갈통을 깨놓겠다'고 했는데. 그걸 크게 실어달라고 착각을 한 것인지, 신문마다 내기 난리이. 쯧쯧, 그렇다고 대갈통을 깨놓을 수는 없고…." 말씀은 이어진다. "시를 많이 쓰지는 않았고, 지금까지 한 100

편…. 한때 그런 걸 하고 싶던 시절이 있었지. 시를 쓰게 된 것은 1970년 대 신흥사 주지(住持)를 할 때야. 내가 국민학교도 안 나왔으니까 주지가 돼도 아무도 안 알아줘. 세상에는 시인이라면 알아준다고 하데. 그래서 가짜 시를 100편쯤 썼던 거지. 시집을 낼 때 이근배(시인)에게 '지금 누가 제일 시를 잘 쓰냐'고 물으니, '미당(未堂: 서정주) 선생이 일등' 이래. 그 러면 '미당보다 내가 더 잘 쓴다고 발문(跋文)을 써오' 라고 했고, 내가 그 발문을 교정보면서 '미당은 가꾸는 시, 오현은 버리는 시' 라고 했어. 푸하하하."

초등학교도 안 나왔는데 어떻게 신흥사라는 큰 절의 주지가 되셨지요? 라고 기자가 묻자 "절에 들어가면, 옛날에는 글을 안 가르쳐 줬다. 알았 제? 말과 글을 버리는 곳이 절이다. 지식의 노예가 되기 때문이다. 세상에 는 두 가지 길이 있다. 하나는 일반, 하나는 종교의 길이란 말이야. 가는 길이 다르다. 여러분이 가는 세속의 길은 해가 뜨는 길이다."

"속세 길은 학교도 다녀야 하고, 돈도 벌고, 명예도 있어야 하고, 또 할 일이 많다고. 아들 노릇해야지, 아버지 노릇해야지, 친구 노릇, 제자 노 릇, 스승 노릇 해야지. 많잖아. 그러니 돈도 많이 벌고 명예도 얻고 부지 런히 일해야 알아줘. 가만히 있으면 사람 노릇을 못하니까. 하지만 종교 의 길은 해가 지는 쪽으로 간다. 부모 형제부터 버리잖아. 육신도 버려야 지. 그런 마당에 돈·명예도 다 버려야 하잖아. 돈 많은 종교인은 아무리 똑똑해도 욕 얻어먹잖아. 법정(法頂) 스님을 봐라. 돈 있나? '비워라 비워 라'는 무소유 소리만 하지. 성철(性澈) 스님도 마찬가지다. 비가 와서 집 이 떠내려가도 손도 안 댄다. 그저 신발만 방 안으로 들여놓을 뿐. 그래도 존경 받잖아. 이는 세속의 이치와 반대니까 그래. 지식도 버리고 깨달음 도 버리고 부처도 버려야 한다고. 부처에 집착해도 안 되거든. 불교가 최 고라는 생각도 버려야지. 거기에 빠져 있어도 안돼. 그건 물이 흘러가다 가 얼어붙는 것과 같아. 그러나 세속 길과 종교 길은 방향이 다를 뿐 나중에 만나는 것은 똑같아."

바사닉왕이 말씀드렸다.

"제일의제(第一世諦) 가운데 세제가 있습니까, 없습니까? 만약 없다면 지혜는 마땅히 둘이 아닐 것이요, 만약 있다면 지혜는 마땅히 하나가 아닐 것이니, 하나와 둘의 뜻과 그 일은 어떠한 것입니까?"

부처님께서 대왕에게 말씀하셨다.

"모양 없는 제일의(第一義)/ 스스로도 없고 남이 지음도 없으나/ 인연은 본래 스스로 있어/ 스스로도 없고 남이 지음도 없네.// 법성은 본래 성품이 없고/ 제일의(第一義)도 공과 같으며/ 모든 존재[有]는 본래 있는 법[有法]/ 3가(假)는 거짓이 모여 있는 것이네.// 없는 것도 없고 진리[諦]는 실로 없어/ 적멸한 제일의 공/ 모든 법은 인연으로 있는 것/ 있고 없는 뜻 이와 같도다./ 있고 없음 본래 스스로 둘/ 비유하면 소의 두 뿔과 같아/ 비춰 보아 알면 둘 없음 보나니/ 2제(諦)는 항상 상즉(相卽)하지 않네./ 마음 알면 둘 아님 보나니/ 둘을 구해도 얻지 못하며/ 2제(諦)를 하나라 아니하는데/ 둘 아님을 어찌 얻으리.// 알면 항상 스스로 하나/ 법[諦]은 항상 스스로 둘이 둘 없음 통달하면/ 참으로 제일의(第一義)에 들어가리라.// 세제(世諦)는 환화에서 일어난 것/ 비유하면 허공의 꽃과 같고/ 그림자 같고, 세 손[三手] 가진 이 없듯이/ 인연인 까닭에 거짓 있는 것.// 환화(幻化)로 된 이가 환화를 보고/ 중생은 환제(幻諦)라 이름하고/ 환사(幻師) 요술의 법 보는 듯/ 법[諦]은 실로 곧 없는 것./ 이름하여 모든 부처님의 관(觀)이요/ 보살의 관도 또한 그러하네.

대왕이여, 보살마하살이 제일의 가운데서 항상 2제(諦)를 비추어서 중생을 교화하나니, 부처님과 중생은 하나요, 둘은 없느니라.

무슨 까닭인가! 중생이 공하므로 보리의 공함을 얻고, 보리가 공하므로 중생이 공함을 얻으며, 일체법이 공하므로 공함까지도 공하느니라.

무슨 까닭인가? 반야는 모양이 없으며, 2제는 허공이요, 반야도 공이라 무명(無明)에서부터 살바야에 이르기까지 스스로의 모양이 없고 남이라는 모양도 없는 까닭에 5안(眼)이 이루어질 때 보아도 보이는 것이 없나니, 행(行)도 또한 받아들이지 아니하고[不受], 행하지 아니함도[不行] 또한 받아들이지 아니하며, 행하지 아니함과 행하지 아니함이 아닌 것도 또한 받아들이지 아니하고, 나아가 일체 법까지도 또한 받아들이지 않느니라.

보살이 아직 성불하지 아니하였을 때는 보리를 가지고 번뇌를 삼고, 성불하였을 때는 번뇌를 가지고 보리로 삼느니라.

무슨 까닭인가? 제일의에는 둘이 아니기 때문이요, 모든 부처님 여래와 나아가 일체법까지도 같기 때문이니라."

– 〈인왕반야경〉 제4 二論品(지국거사 김태진, 비구 석진오 한역. 붓다를 사랑하는 사람들, 2015)

'불설 호국인왕반야바라밀다경'에 등장하는 실라벌국의 바사익 왕은 당시 인도 16개국의 국왕 중 한 명으로, 16개 국왕을 대표하여 '나라를 지키는 도리, 호국'에 대해 부처님께 아뢰고 있다. 스님이 종교(진제, 진리)의 길과 세속(속제)길에 대해 방향이 다르지만 종국에는 만난다는 말씀과 다르지 않은 가르침이다.

스님의 말씀은 계속된다.

"글이란 모르면 '이게 무슨 자(字)냐, 무슨 뜻이냐'라고 아는 사람한테 물어보면 되잖아. 그걸 배울 게 뭐 있어. 또 절간에 불경 같은 것들이 많이 있고, 서당 개 3년이면 풍월을 읊는다. 나는 누구한테 정식으로 글 배우고 그런 거 없었다. 글을 배워놓으면, 문자에 지식에 빠지고, 아는 척하고 다녀. 그런 거는 아무 필요 없어, 중(僧) 공부라는 것은 팔만대장경을 거꾸로 읽어내도 깨닫지 못하면 헛일이야. 문자 속에 무엇이 있는 줄 알고 암만 읽어봐라, 그저 빠져 죽을 뿐이지. 시는 여러분들이 모르는 글자

김태진 평론집 _ 論 야당하는 성자

지(세속의 글과 다르다는 뜻). 글에 빠지는 것과 안 빠지는 것은 경계가 굉장히 다르다." "어떤 놈은 죽을 때까지 못 알아듣고 왔다 갔다 하는 거야. 못 알아들으면 어떻게 할 수가 없는 거야."

부처님께 아뢰었다.

"어떻게 시방의 모든 여래와 일체 보살이 문자를 여의지 아니하고 모든 법상(法相)을 행합니까?"

"대왕이여, 법륜(法輪)이란 법의 근본[法本]도 같고, 중송(重誦)도 같고, 수기(受記)도 같고, 불송게(不誦偈)도 같고, 무문자설(無問自說)도 같고, 계경(戒經)도 같고, 비유(譬喩)도 같고, 법계(法界)도 같고, 본사(本事)도 같고, 방광(方廣)도 같고, 미증유(未曾有)도 같고, 논의(論議)도 같으며, 이런 이름난 구절의 뜻[名昧句]도, 음성의 과(果)인 문자로 기록한 구절[文字記句]도 일체가 같으나 만약 문자를 취하면 공을 행하지 못하느니라.

인왕반야경의 부처님진설과 스님의 어록을 맞대어 보니 결국 스님의 시나 말씀은 세간의 말을 빌어 그리 표현 했을 뿐 진리라고 하는 제1의제를 수도 없이 반복하고 있음이라.

「시자에게」

지금껏 씨 떠버린 말 그 모두 허튼소리.

비로소 입 여는 거다, 흙도 돌도 밟지 말게.

이 몸은 놋쇠늘 먹고 화낭(火湯) 속에 있노다.

– 조오현, 〈무자화〉 전문

그래도 '부처 장사' 하는 것보다 '만해 장사' 가 낫다? '중질' 이 돈벌이인 줄 알았어

"깨달았다는 게 우리가 먹고 살고 죽는, 삶의 모든 것에 대한 회의가 없어졌다 그거지. 의심이 없어졌다는 이야기지. 서울 조계사 앞에도 깨달았다는 중들이 많아. 그래서 바로 깨달았는지 잘못 깨달았는지 점검을 받아야 한다. 절에 가면 조실(祖室: 큰 어른)이 있어 그걸 맡지. 선문답이 거기서 나오고 이심전심으로 알게 돼. 애들을 키워보면 아이가 진실을 말하는지 거짓을 말하는지 부모는 알잖아. 어미가 부엌에 있어도, 제 자식이 오줌을 싸서 우는지 배가 고파 우는지 똥칠을 해 놓고 우는지, 우는 소리만 들어도 다 안다."

"삶의 무상(無常)이라는 것은 무의미와 달라. 세상의 모든 것이 머물지 않고 변한다는 뜻이다. 그런데 나는 불교를 몰라. 처음 절에 오니 밥도 먹을 수 있었고, 또 중질이 돈벌이인 줄 알고 열심히 살았지. 불전함(函)을 두면 신도들이 시주를 바치잖아. 돈벌이를 위해 열심히 염불도 했지. 장례식에서 염불하면 돈 벌잖아. 그래서 밤새도록 할 때도 있었고. 그런데 나중에 지나고 나니, 중이 돈벌이 하는 게 아니라는 걸 알았어. 그러니 할 일이 없어졌어. 그래서 술 마시지. 세상을 살다 보면 돈 버는 일이 제일 재미있거든."

"그런데 그게 문제인 거야. 내 것이라고 자꾸 그래도, 내 것은 사실 하나도 없는 거야. 한 번은 검사가 백담사에 들러, 당시 뇌물을 먹고 수감된 K씨를 나쁜 놈이라고 욕해. 내가 '봐라, 니도 먹었잖아' 라고 하니, 펄쩍 뛰어. 그래서 '니도 많이 먹었다' 는 것을 설명해줬어. K씨가 그 돈을 땅에 묻어 놓았겠나. 은행에 맡겼으면 은행 직원들이 먹고 살았을 것이고, 그 중에서 100만원을 빼내 신라호텔에서 식사를 했다면 호텔 직원들을 먹여 살렸고, 호텔 음식 재료를 공급하는 농사꾼들도 같이 먹은 것이 되고, 이를 싣고 올라온 운전사도 먹었고…, 천지만물이 한 몸이라. 그렇게

다 연결되어 있는 거다. 요즘 코로나19탓에 사회적 거리두기 단계강화로 인해 음식점 영업이 제한되고 학교휴교로 급식이 중단되니 물품을 납품하던 중소 상공인은 물론 쌀, 채소를 공급하던 농민들조차 연쇄적으로 어려움을 호소하고 있다. 세상은 이렇듯 서글프나마 중중무진 인드라 망으로 첩첩이 연결되어 있다는 사실을 비로소 알게 된다. 본체로 보면 내 것 네 것이 없어. 산은 산이고 물은 물이라는데, 실제 산 속에 들어가면 산은 없어. 나무와 계곡들이 있지. 다만 있는 대로 보면 '산은 산이고 물은 물'인 것이지."

1999년부터 매년 여름 백담사 아래에서 열리는 '만해(萬海)축전'을 만들 당시의 일화이다. 스님은 그 때 이수성 국무총리에게 전화를 걸어 "나는 절간의 한 중일 따름인데, 국무총리는 만해 한용운을 아는가?"라고 말했단다. "만해를 모를 사람이 어디 있느냐"는 대답에 "그렇다면 만해축전을 열 것이니 20억 원을 내라"고 했다고 한다. 국가나 지자체가 해야 할 일을 절간에서 대신하니 국비지원을 한 것으로 보이는데 실제 지원을 받았는지는 알 수 없다. 분명한 것은 스님이 소원하신 '만해축전'은 차질 없이 지금껏 잘 열리고 있다는 사실이다. 그러나 매스컴이 접근하면 스님은 다른 사람들을 앞세우고 뒷전으로 피하기만 했다. 귀빈석에는 손님들만 앉히고 행사 중간에 객석 뒤쪽에서 어슬렁거릴 뿐이었다. 대표적 은사(隱士)의 면모다. 있어도 없는 사람 같았지만, 모든 일은 오현스님을 중심으로 돌아가고 있었다 한다. 어떤 때는 행사장에 나타나 호통을 치면 행사장 긴장도가 급격히 상승하고 일이 팽팽 돌아갔다.

무대 뒤 스님은 2012년 신흥사 조실(祖室)에 오른 후부터 조금씩 모습을 드러내기 시작했다. 신흥사 동안거 해제법문이 그 계기가 되었고 그것은 스님이 만난 염(殮)쟁이 이야기였다.

"늙수그레한 영감이 시신을 들보는데, 그런 지극 정성이 없는 거야. 40년 염을 했더니 시신을 보면 그 살아온 생이 보인대. 불쌍한 마음이 들어서, 자기 마음 편해지자고 정성을 다한다는 거야. 자기를 위한 일이지 시신을 위한 게 아니라고. 그 말을 듣는 순간 내가 참 부끄러웠어요. 이 사람 이야기가 대장경이구나. 생로병사, 제행무상, 화엄경, 법화경, 조사어록이 그 삶에 다 들어가 있어." "팔만대장경에 억만창생이 빠져 죽었다"며 "조사(祖師)들이 쳐놓은 그물에 걸려 허우적대지 말라" "오늘 이야기는 다만 내 이야기야. 법(法)도 아니고 법(法) 아닌 것도 아니고. 여러분과 내 손금이 다르듯이, 산에 피는 꽃 색깔이 전부 다 다르듯이."

기자의 질문은 이어진다.

"같은 승려시인으로서 만해(萬海)와 일치감을 느끼고 있습니까?"

"아니야, 만해는 나서는 분이었고 나는 드러나는 걸 못해. 백담사는 만해가 거주했던 곳이기에, 나는 '부처장사' 하는 것보다 '만해장사'가 낫다고 생각했지. 조계종에서는 만해를 안 알아준다. 만해는 '불교유신론'이라는 글로 승려도 결혼하자고 주장했거든. 하지만 사회에서는 좌우 이념을 떠나 만해를 좋아하는 사람들이 많아. 조선일보와도 관계가 깊어. 조선일보 사장이었던 방응모(方應謨) 선생은 만해의 재정적 후원자였지. 그래서 만해축전에 조선일보를 끌어들였는데, 민족작가협회 등에서 따지며 참여하지 않겠다고 반발이 있었다. 세상 이치를 모르는 것이야. 정 그러면 오지 말라고 내가 그랬지. 결국 모두 함께 참여했어."

님만 님이 아니라 기룬 것은 다 님이다.
중생(衆生)이 석가의 님이라면 철학(哲學)은 칸트의 님이다.
장미화(薔薇花)의 님이 봄비라면 마시니의 님은 이태리(伊太利)다.
님은 내가 사랑할 뿐 아니라 나를 사랑하나니라.

연애(戀愛)가 자유(自由)라면 님도 자유일 것이다.
그러나 너희는 이름 좋은 자유에 알뜰한 구속(拘束)을 받지 않느냐.

너에게도 님이 있느냐.
있다면 님이 아니라 너의 그림자니라.

나는 해 저문 벌판에서 돌어 가는 길을 잃고 헤매는
어린 양(羊)이 기루어서 이 시(詩)를 쓴다.

– 만해 한용운, 〈군말〉 전문

'군말'은 하지 않아도 좋을 쓸데없는 말, 즉 군소리라는 뜻이다. 여기서는 만해의 《님의 침묵》 시집 전체를 아우르는 서시라고 자리매김되는 대표적인 시가 바로 〈군말〉이다.

법계란 우주만유를 총칭한다. 곧 우리 눈앞에 펼쳐진 삼라만상 일월성신 산하대지 어느 것 하나도 법계가 아닌 것이 없다. 연기는 어떤 실체성이나 고정성을 갖지 않으며, 많은 거울이 서로 비추어 서로가 한없이 서로의 모습을 나타내듯이 중중무진(重重無盡)으로 관련지어 있다. 모든 사물과 현상이 항상 무수한 것들과 서로 관련지어 있어 전체에 대한 하나로서 존재한다.

부처님이 보편성(普遍性)인 총상(總相)이면 중생은 특수성(特殊性)인 별상(別相)이라 할 뿐 총별(總別) 원융하여 부처와 중생이 한 몸이니 나의 몸과 마음이 본래 원융한 법성인 줄 알면 오척 밖에 안 되는 자기 법성신이 온전히 열 부처님인 십불(十佛)로 출현하는 것이 화엄의 가르침이다. 법계는 우리가 미래에 이루어 갈 세계라기보다 이미 성취되어 있는 세계인 것이다. 일부러 만들려고 애쓸 필요없이 바로 보면 보이는 세계이다. 다만 법계에 있으면서 법계인 줄 몰라 헤매고 고통 받는 중생들에게 법계에 들어가는 방편 또한 다양하다.

어떤 사물. 어떤 존재이든 홀로 존재하는 것은 없다. 서로서로의 시간 · 공간적 인과관계 속에 존재하는 법이다. 우주의 삼라만상은 각기 서로 인이 되고 연이 되면서 중중무진 연기(緣起)를 하므로 이것을 법계연기라고 한다. 연기는 여러 가지 원인에 의하여 생기는 상관관계의 원리이다. 연기란 인연의 이치를 말하며 이를 차연성(此緣性: 이것에 연유하는 것, 相依性)이라고 하는데, 현상의 상호 의존관계를 가리킨다. 현상은 무상하며 언제나 생멸(生滅), 변화하는 것이지만, 그 변화는 무궤도적(無軌道的)인 것이 아니라 일정한 조건하에서는 일정한 움직임을 가지는 것이며, 그 움직임의 법칙을 연기라 한다. (한국민족문화대백과사전, 한국학중앙연구원)

법계를 향하는 그 인연 방편이 대승보살도이다. 인연 따라 보살의 길을 가면 도달된 그곳이 바로 자기가 출발한 본래자리인 것이다. 법성(法性)은 원융무애한 것이며, 모든 명상(名相)을 초월한 것이며, 하나와 많음[多]이 서로가 상즉상입(相卽相入) 하고 있다"고 가르치고 있다.

오현스님은 상하, 좌우가 따로 없었다. 기고만장 종횡무진의 표상이다. 결국 해 저문 벌판에서 어미 없이 길을 잃고 헤매는 어린 양들을, 나의 님으로 품은 것에 다름 아니다. 그리하여 만해와 상즉상통 하고 있음을 본다.

'고승이 죽으면 허물은 사라지고 법(法)만 남는다.' 아, 동녘달이 또 돋는가?

스님의 초기작품 중에 '비슬산 가는 길' 은 누구나 이구동성 가슴 먹먹하다는 느낌을 말하는 수작으로 손꼽힌다. '비슬산 굽잇길을 누가 돌아가는 걸까? 라며 산길을 걷던 스님이 자타가 없는 자리에 서서 산하대지를 굽어본다. 지나간 세월의 슬픔과 아련함이 그런 느낌이었을까? 이 또한 수행의 첫 관문이라 생각하여 1978년에 펴낸 첫 시집《심우도》에 실었다.

산중 새벽은 풍경소리에 물들고 허망한 밤을 보낸 이내 심사는 찬바람에 이리 저리 지적 인다. 방사에는 지금도 심우도가 걸려있다. 마음을 찾았는지 소를 잃어버린 것인지 모른다. 그저 소등에 올라타 목동은 아무런 걱정 없이 피리를 빗겨 불고 있을 뿐이다. 심우도는 선가(禪家)에서 본성을 찾는 것을 소를 찾는 것에 비유하여 선의 수행단계를 소와 동자에 비유한 그림이다. 수행단계를 10가지로 표현하고 있어 십우도(十牛圖)라고도 한다.

송(宋)나라 때 확암사원(廓庵師遠) 선사로부터 전래된 심우도는 그 무렵 보명(普明)의 목우도(牧牛圖)와 함께 십우도로 불렸다. 심우는 심우(尋牛)·견적(見跡)·견우(見牛)·득우(得牛)·목우(牧牛)·기우귀가(騎牛歸家)·망우존인(忘牛存人)·인우구망(人牛俱忘)·반본환원(返本還源)·입전수수로 되어 있다.

오현스님의 심우도는 이 심우도의 편제에 따랐다.

이에 비해 보명선사는 ① 미목(未牧: 아직 소를 길들이지 않은 상태), ② 초조(初調: 소를 일차로 길들이기 시작한 상태), ③ 수제(受制: 소가 목동의 말을 듣는 상태), ④ 회수(廻首: 자신을 돌이켜 보아 반조하는 마음 상태), ⑤ 순복(馴伏 : 순순히 소가 잘 따르니 고삐가 필요 없는 상태), ⑥ 무애(無碍: 소와 목동이 하나 되어 서로 장애가 되지 않고 자유로운 상태), ⑦ 임운(任運: 임의자재 하여 내버려 두어도 저절로 되는 상태), ⑧ 상망(相忘: 무심. 무아의 경지에서 서로를 잊는 상태), ⑨ 독조(獨照: 나홀로 비추니 소가 사려진 유희삼매의 상태), ⑩ 쌍민(雙泯: 소와 내가 모두 사라진 최고의 견성 경지)으로 되어 있다.

보명선사의 목우도는 열 번째 그림에 원상(圓相)을 묘사하고 있는데 비하여 확암(廓庵) 선사의 심우도는 처음부터 마지막까지의 모든 단계를 원상 안에 묘사한 점이 다르다. 확암선사는 서문(序文)에서 "애초에 잃지 않았는데 어찌 찾을 필요 있겠는가. 깨달음을 등진 결과 멀어지게 되었구나. 티끌세상을 향하다가 길을 잃고 말았네(從來不失 何用追尋 由背覺以

成疎 在向塵而邃失)"라고 하였다.

경허(鏡虛)선사는 "가히 우습구나. 소를 찾는 자여 소를 타고 다시 소를 찾네. 볕 비낀 방초 길에 이 일이 실로 길고 길구나"라 했다. 만해스님은 "잃을 소 없건만은 찾을 손 우습도다. 만일 잃은 씨 분명타 하면 찾은들 지닐쏘냐. 차라리 찾지 말면 또 잃지나 않으리라"라고 일갈했다.

이렇듯 오현스님의 소 놀음은 감옥살이에 다름 아닌 무무관 수행을 하며 치열해진다. 산철마다 소 내몰고 가두기를 함께해 마친 수행자들을 모아놓고 한 말씀한다.

"지금까지 이천년간 팔만대장경에 빠져 죽은 중생이 얼마고? 천 년 전 '조주'와 '황벽' 같은 늙은이들의 넋두리에 코가 꿰인 이들이 얼마냐"며, "해인사 팔만대장경은 골동품이고 문화재이지 진리가 아니다"라고 죽은 부처와 조사 그리고 대장경 경판을 사정없이 깨뜨린다. "대장경의 글과 말 속에 무슨 진리가 있느냐. 여러분이 오늘 산문을 나가 만나는 사람들과 노숙자들의 가슴 아픈 삶 속에서 진리를 찾아라"라는 가르침을 남겼다.

스스로도 자기부정을 넘어서고 새로운 창조의 힘으로 장경각의 불경을 세상 밖으로 이끌어내었다. 어디에서도 들어본 적 없는 스님의 언사야말로 시공을 넘나드는 사자후요, 시대를 떠받치는 큰 울림이 아닐 수 없다.

대한불교조계종 종정 진제대종사는 경자년 하안거 해제날 "자신을 돌아보고 돌아봐야 한다"며 하안거(夏安居) 결제(結制)에 임했던 기상과 기개로 각고의 정진에 몰두해 본분사(本分事)를 해결했다면 금일이 진정한 해제가 될 것이나 그렇지 않다면 해제일이 동시에 결제일이 돼야 할 것이라며 전국 94개 선원에서 1천894명의 스님들에게 조석으로 먹는 밥(?)같은 법어를 내렸다. 자타가 분명한 이 같은 어록은 상대적 세계에 머무르고 만 것은 아닌가? 법어가 자타가없는 절대 경지를 타파하는 방과 할이 아니라면 꿈속 잠꼬대 같은 언설에 다름 아닌 것이리란 생각에 차라리 귀를 닫고 허공에 흩어진 그 소리를 볼 뿐이다.

해질녘 고승의 그림자가 비슬산 자락을 길게 넘는다. 고승(孤僧)!

아무리 어두운 세상을 만나 억눌려 산다 해도
쓸모없을 때는 버림을 받을지라도
나 또한 긴 역사의 궤도를 받친
한 토막 침목인 것을, 연대인 것을

영원한 고향으로 끝내 남아 있어야 할
태백산 기슭에서 썩어가는 그루터기여
사는 날 지축이 흔들리는 진동도 있는 것을
보아라, 살기 위하여 다만 살기 위하여
얼마만큼 진실했던 뼈들이 부러졌는가를
얼마나 많은 사람들이 파묻혀 사는가를

비록 그게 군림에 의한 노역일지라도
자칫 붕괴할 것만 같은 내려앉은 이 지반을
끝끝내 받쳐온 이 있어
하늘이 있는 것을, 역사가 있는 것을.

– 조오현, 〈침목(枕木)〉 전문

'아득한 성자' 의기고만장, '님의 침묵' 과 상통하다

문학은 시대와 역사, 사회적 환경의 산물이다. 우리의 역사와 더불어
함께해 온 불교사상, 불교정신이 한국문학에 훈습되어 있다는 것은 어찌
보면 지극히 자연스럽고 당연한 것이다. 오롯이 한국인의 정신세계에 거
부감 없이 전향적으로 승화되어 오랫동안 숭고하게 자리하고 있다. 스님

을 비롯, 오늘날 한국 불교문학 작가들은 불교사상의 전통을 발전 계승하고 이를 발전적으로 재해석하며 매진하였다. 앞서 암울했던 70년대 한국인의 외양적 현실생활과 내면적 정신세계에 나름 저항담론이라는 문학적 장치를 마련해 오기도 했다. 이들 작가들은 마치 말세에나 등장하는 미륵사상에 특별한 관심을 두었다. 그래서인지 불온한 시대에 불교사상 가운데 메시아와 같은 미륵(마에트리아)의 출현을 꿈꾸어 왔다. 마땅히 오신다는 당래화생(當來化生)이란 미래 희망의 등불아래 오랜 저항적 흐름으로 오늘날 한국문학 속에 자리해 온 흔적을 보여준다.

여기에서 현실 참여적 불교사상과 현대문학이 공유한 정신사적 궤적, 그 깊이를 헤아릴 뿐이다. 아울러 저항담론으로서의 거대한 불교사상은 자본주의적 근대화의 대립과 갈등을 극복하고 대안적 근대성을 마련하기 위한 상생과 화해의 노력을 계속 해나가기도 했고 이는 오늘날 현대불교문학이 지향해야 할 과제가 되고 있기도 하다.

오현스님이 추앙하고 가장 영향을 많이 받은 것으로 알려진 정신적 스승 만해(萬海) 한용운은 근대 불교시의 초석을 다진 인물이다. 많은 사람들이 애송하는 대표작 〈님의 침묵〉은 과거시의 전통을 넘어 새로운 경지를 열었다고 평가된다. 여기서 '님'의 부재, 즉 '가신 님'은 나라를 잃은 자의 나라이기도 하고 십리도 못가서 발병이 나고 마는 나의 떠난 '님'이기도하다. 그러나 수행자의 깊은 성찰 끝에 만나는 '님'은 그것조차 뛰어넘어 시공의 초월 끝에서 만나는 절대 무(無)나 공(空)이어서 절벽 같은 식민지 아래에서나마 불국정토의 실현을 역설적으로 노래한 것으로 보아 '예토(穢土)의 정토화(淨土化)'를 실현하려는 원력, 문학의 힘을 짐작하고도 남는다.

님은 갓슴니다. 아 아 사랑하는 나의 님은 갓슴니다.
푸른 산 빗을 깨치고 단풍나무 숩을 향하야 난

적은 길을 거러서 참어 쩔치고 갓습니다.

黃金의 꼿가티 굿고 빈나든 옛 盟誓는

차듸찬 씌끌이 되야서 한 숨의 微風에 나러 갓습니다.

날카로운 첫「키쓰」의 追憶은

나의 運命의 指針을 돌너노코 뒤ㅅ거름처서 사러젓습니다.

나는 향긔로은 님의 말소리에 귀먹고

꼿다은 님의 얼골에 눈 머럿습니다.

사랑도 사람의 일이라 만날 째에 미리 쩌날 것을 염녀하고

경계하지 아니한 것은 아니지만

리별은 쯧밧긔 일이 되고 놀난 가슴은 새로은 슯음에 터짐니다.

그러나 리별을 쓸데 업는 눈물의 源泉을 만들고 마는 것은

스스로 사랑을 깨치는 것인 줄 아는 까닭에

것 잡을 수업는 슯음의 힘을 옴겨서

새 希望의 정수박이에 드러 부엇습니다.

우리는 맛날 째에 쩌날 것을 염녀하는 것과 가티

쩌날 째에 다시 맛날 것을 밋습니다.

아아, 님은 갓지마는 나는 님을 보내지 아니 하얏습니다.

제 곡조를 못이기는 사랑의 노래는

님의 沈默을 훕싸고 돕니다.

– 만해 한용운, 〈님의 침묵〉(1926) 전문

    스님은 만해사상 전승이라는 깊은 침묵 끝에 2002년 7월 29일 마침내 '만해사상실천선양회'를 결성한다. '만해 한용운의 민족자주정신, 불교의 현실참여 정신 및 문학사적 업적을 오늘에 되살려 연구하고 기림으로써 민족문화창달을 도모한다는 것이 이 단체의 취지이다.

    대한민국헌법 제9조 '국가는 전통문화의 계승·발전과 민족문화의 창

달에 노력하여야 한다'는 규정에 따라 명실상부 만해사상을 기반으로 문화국가 원리를 충실하게 이행해나가는 미래지향적 단체로 자리매김 되고 있다. 강원도 인제군 북면 용대리 일대에는 '만해 마을'도 조성하였다.

우리 헌법이 보장하고 있는 '문화국가'의 기반에 불교가 정신적 원류가 되고 있으나 몇 몇 뜻있는 스님이나 재가자(만해박물관, 대원회, 각종 불교직능단체, NGO붓다를 사랑하는 사람들) 외에 불교계 사부대중 전체가 나서 이를 실현해 나가려는 현실적 노력이 부족한 것도 사실이다. 필자는 공무원불자회장 시절부터 국회 정각회 등 유관 직능불교단체들과 연대하여 헌법에 근거한 새로운 법률의 제정, 관련 법률의 개정 등을 통해 명실상부 전통문화 계승이 필요하고 이를 기반으로 실천 노력을 펼쳐갈 때라고 줄곧 주창해 오고 있다.

"중 되고 제일 기분 좋은 날이다"라는 말은 그 조성시기 스님의 최초 일성으로 알려진다. 그리하여 스님은 만해 한용운을 시인, 선사, 민족지도자로 오늘에 되살렸다. 평소 스님은 '만해 장사'라고 표현했다지만 교과서에 갇힌 역사 속 만해는 물론 '님의 침묵', '알 수 없어요'란 화두를 세상 밖으로 이끌어 낸 장본인이다.

그 맥을 이어가는 스님의 제자 낙산사 주지 금곡스님은 "낙산사를 복원하는 것은 유형의 절을 짓는 일이야. 그러나 잡지를 만들고 좋은 작품을 싣는 것은 정신의 절을 짓는 일이다. 좋은 시 한편이 절 한 채 짓는 것 못지않아. 그리고 이 문학잡지를 통해 많은 시인 묵객과 지식인들이 불교와 친해질 수 있다면 그게 얼마나 큰 포교이겠는가."

당시로선 실감나지 않았지만 어른스님이 돌아가신 후 수많은 문인과 지식인들이 신흥사로 조문 오는 것을 보고서야 뒤늦게 그 말씀이 허언이 아님을 깊이 깨달은 바 있다고 몇 번이고 회상한다.

이로 인해 많은 사람들이 스스로 알아차림 하게 되고 살아가면서 보고 느꼈던 감동을 손에 쥐어 나누고 서로에게 위안이 되어 이를 불교문학으로 이어가고 있는 것이리라.

"천방지축 기고만장 허장성세로 살다 보니
온몸에 털이 나고 이마에 뿔이 돋는구나.
억!"

– 오현스님, 〈열반게송〉(2018.5)

스스로 묻노니. 생명존중의 불교, 뭇 생명을 지키고, 사람을 살리라는 가르침대로 천방지축, 기고만장, 허장성세의 주인으로 오롯이 세상을 향해 그 진실을 토해내는 것이야말로 앞으로 한국불교문학이 가야 할 길이 아닌가. 스님은 그 길을 보여주고 어쩌면 우리는 그 길에 큰 침묵으로 우두커니 서 있는지도 모를 일이다.

에필로그─세상소리 잘 보아라
어느 듯 퇴고를 앞두고 스님의 절대침묵을 답신(?)이라 여기며 남기신 글에 힘입어 소견을 보태기로 하였으나 시간은 소리 없이 지나갔다. 종정 진제스님의 경자년 하안거 결제와 해제법어도 접했다. 감동은 기대하지 않았으나 삼시세끼 먹는 밥(?)같은 지당하신 말씀, 그러나 너는 너, 나는 나, 자타가 분명하신 말씀은 왜 그리도 무거운지 천근만근이었다.

그러니 '세상이 왜 이래요?' 라는 숱한 민생들의 울부짖음을 위무하는 그 무엇도 세상에 없었음이라. 오히려 역병에 태풍과 폭우는 민초들의 피 울음을 앗아갔고 소리조차 낼 수 없던 시절이 이어졌다. 틈틈이 스님의 행장을 염탐한다는 핑계로 남기신 어록으로도 스스로 위로 받았음은 이 글을 마무리하며 얻은 작은 기쁨이었다.

때론 집채만 한 파도가 덮치고 이면 날은 실 날 같은 달빛이 나의 청가에 함께 하기도 했다. 평소에 무심코 지나쳤을 세상의 조화를 졸보기 돈

보기를 대어가며 스님을 쫓다 보니 조금은 알아차림 하게 되었음이라. 그동안 지난 해 가을부터 스님과 함께한 시간들이 좋았노라고 상투적인 말이라도 하고 싶다. 솔직히 참 좋았다.

스님에 대한 글이 마무리 되어 갈수록 처음에 생각하던 스님의 경지를 밝히는 것이 도리에 맞는 것인가라는 경계는 다시 일어났다. 머뭇거리며 느껴보던 아픔과 슬픔을 다 떨어버리지 못해 뭔가 목에 걸려있는 느낌이 계속되었다. 그리하여 예와 같이 어떤 때는 이리 저리 휘둘리다 못해 차라리 밤을 그냥 흘러 보내고도 있었다. 마침내 불교문학의 중흥이라며 호기 있게 시작한 일은 작은 소출도 기대하기 어렵겠다는 끝 모를 고민은 마무리에 가까워지면서 더욱 더 깊어만 갔다.

스님을 흉내 내기로 했다. 먼저 세상의 소리를 듣기로 했다. 그리고 무언가를 들었다.

세상의 소리를 관통하다.
세상의 모든 소리, 보이는 것과 보이지 않는
세상의 소리를 관통하다.
이 세상, 살아있는 유정물
흙, 물, 불, 바람 같은 무정물이 내는 소리로 구구절절하다.
소리는 좋은 소리, 나쁜 소리, 웃음소리, 웃기는 소리, 울음소리가 있다.
울음소리에는 한없이 나는 피울음 소리, 소리 없는 절규, 아우성
마음속 피맺힌 소리 등 참 많기도 할 뿐더러 웃다가도 필시 울게 된다.

종국에 소리는 눈물이 되고 마는가?
그 많은 소리에 관통하신 분, 하산 길에 만나는 관음절,
세상의 소리를 관하시는 분, 관세음보살님을 이름 붙인 그 절에
저절로 발걸음이 머물렀다.

대웅전을 들러 참배를 마치고 따로 마련된 관음상 앞에 앉아
그 분의 소리를 들어본다. 묵묵부답이다.

다시 묻는다.
천수천안의 관음보살의 응신을 현현하고자 하는 중생심은
누구를 향한 건가요?
그 천개의 손과 천개의 눈 그리고 머리위에 둘러쓴
그 황금 보관은 누구를 위한 것이던가요?

  읊조리다보니 스님의 말씀이 생각났다 "좋은 말을 하려면 입이 없어야
하고 좋은 소리를 들으려면 귀가 없어야 한다"는 말…. 아득해진 지금에
라야 입다운 입이 있어야 하고 귀다운 귀가 있어야 한다는 것으로 세상의
소리는 이렇듯 소리친다. 그 소리를 관통할 일이다. 소리를 귀로 듣고 흘
려보내는 게 아니라. 내 마음의 눈으로 관통하여 보아야 한다는 것이다.
마치 손가락을 들어 달을 가리키면 그 손을 통과하여 달을 봐야 할 일과
마찬가지이다. 나에게 누군가 욕설을 퍼붓는다면 그의 입을 볼 일인가?
그 사람의 심사를 헤아릴 것인가?
  '볼 수 없는 것을 보아야 하고 들을 수 없는 것을 보아야 한다'며 일러
주신 스님은 가을 속 낙엽에 묻혀 기별도 없으시다. 행여 나의 중얼거림
이라도 듣고 계시기나 하신 걸까? 나름 전통문화와 인문학의 원류가 불교
라고 생각해 온 필자로서는 '세상 곳곳의 텅 비어있다 시피한 불교서가
를 보며 남모를 슬픔과 아픔을 넘어 그것을 다 채우고 싶다'라는 나의 중
얼거림은 오늘도 예외 없다. 더하여 『불교평론』과 『유심』 잡지를 후원해
온 스님이 가신 뒤로 더욱 위축될 불교계 저술활동을 생각하니 더 아득하
기민 하다. 하지만 이렇세라도 불교문학이라는 상상력으로 섭렵 노는 보
섭하는 문예지를 필두로 불교평론과 논집과 다양한 저술을 해 보리라. 그

리하리라 다짐하게도 된다.

코로나로 집합금지가 내려진 날이 계속되고 무기력하기만 한데 청탁원고를 이런 저런 이유와 사정으로 미룰 수 없어 두문불출이 이어지고 있다. 와중에 누가 졸속모임인 '벙개(?)를 친다' 고 알렸다. 못 간다는 답장을 시절에 빗대어 생각하면서 쓴다. 이 난세에 그 많고 많은 성직자들이 아픈 민생을 향해 위로의 말 한 마디 건넬 줄 모르는 세상이 되었다는 느낌으로…, 스님의 한 말씀 한 말씀이 진정 그리워지는 요즘이다.

종교가 종교를 위하고 정치가 정치를 위해서만 존재한다면 이미 존재이유를 상실한 것이다. 가만히 있으라고 가만히 있다면 나의 존재이유도 이에 다름 아니다. 아프면 아프다 하고 소리 칠 일이다. 도처에서 민생들이 호소한다. '내 참 마이 힘들거던 예~' 스님 생각이 많이 나는 밤, 어찌할 수도 없는 눈물 같은 밤, 또 스님을 따라한다.

절기 따라 사는 스님
비 뿌리던 칠석 지나 보름날 다들 해제라고
일찍이 산문 밖을 나갔고

세상 따라 사는 지라 그리 못해
이 한 몸은 해제가 곧 결제라
다시 갇혀 버렸어라

그나저나 토끼 뿔, 거북 털 농단하던
저 수좌들 쥐뿔,
개뿔이라도 찾았는지

만행 떠나 돌아올 때

석녀생아(石女生兒) 데려올지
뿔을 달고 나타날지 영영 떠나갈지
오직 모를 뿐

시절이 수상하여 번개에 놀란 가슴
고개 들어 하늘 보니
번쩍하고 벼락 칠 듯

세상이 온통 입막음질
그냥 말하지나 말 걸
해도 해도 넘쳐나니 스스로 입을 다 막았네

해제날 결제 들어
몸과 입과 마음 막음질하고 보니
사립문 아득하여라.

　 - 김태진 〈문득 번개에 답하다〉, 지국 김태진 교수의 작은 생각 큰 이야기(근간예정)〉 중에서

　지나온 세월은 오늘이다. 오늘은 오늘이며 다가올 세월 또한 오늘이다. 오늘이라고 우리가 지어 부르는 이름은 지금 여기를 당면하여 반추하고 마침내 깊은 삶의 통찰과 인식을 확연히 드러낸다. 하루살이나 여러해살이나 단 하루 동안을 살면서 '뜨는 해'와 '지는 해'를 다 보았으니 차별 없고 '더 이상 볼 것이 없는' 경계에 닮은꼴이다. 그 하루살이가 알 까고 죽듯이 뭇 생명 또한 존재의 값진 의미를 잉태함이 마땅하다. 그리하여 하루살이와 스님은 자타일시성불도, 아득한 성자가 되었다. 분명 가야 할 때를 아는 선사는 그래서 열반게송을 노래했다. 하루살이의 '오늘 하루'는 우리네 '오늘 하루'인가 아닌가? 붓다께서 '난생과 태생과 습생과 화

생[四生]을 형상과 종류에 따라 차별적으로 보지 말라' 고 하셨는데 그 말씀이 진정 그 말씀이다.

그러기에 하루 만에 나고 죽는 하루살이는 나날이 늘 새로운 것이다. 우리네 살림살이 또한 하루하루는 날마다 좋은 날[日日是好日]이 아닐 수 없다. 단 하루를 살아도 후회와 집착 없이 자유로이 살 수 있는 경계, 그 것이 곧 깨달은 자의 무애행이 아닌가 한다.

이제 스님의 행장은 시집 속 축음기로 남아 세상과 함께 돌고 또 돌고 있는지도 모른다. 무애행이로다.

언제부터인가 찾아오는 사람이 없다
어쩌다 늙은이들만 오랜만이라고 만져보고 간다
내가 본
지금 나의 면목은
녹슨 축음기

산에서나 들에서나 그 어디에서나
―소리 듣고―
별이 뜨는 밤이거나 뜨지 않는 밤이거나
―소리 듣고―

날 닮은 나뭇가지들 다 휘어지고 다 부러졌지
이제 내 소리 듣고 흉내 낼 새도 없고
이제 내 소리 듣고 맛들 열매도 없다
이제는 내가 나를 멀리 내다버릴 수밖에

– 조오현, 〈축음기 – 일제하 어느 무명 가수 생애를 떠올리며〉 전문

세상에 소리가 격앙(?)해지고 있다. 무단히 있는 사람을 향해 "하야!" 즉 내려오라고 한다. 세상일이란 내려오라 하지 않아도 마침내 내려오고야 마는 것이거늘… 그 외침은 "성실한 사람, 정직한 사람이 잘 사는 진실된 사회를 만들어야 한다"는 역동적인 소리로 들린다. 그런 사람이 그런 소리를 내고 있다고 믿으며 나는 조용히 그 소리를 보고 있을 뿐이다.

'내려오라'는 지엄한 소리는 법좌를 향해서도 여지없이 내질러졌었다. 무차법회에서 듣던 일상적 소리건만 지금은 아득해진 지 오래다. 시퍼런 수좌들이 세상 역병 시절인연 따라 입막음에 눈가림조차 했음인가? 그리하여 '살불살조'는 이제 전설이 되고 만 것이던가? 애달픈 님의 침묵이런가?

허! 허! 허! 세상 소리 깊은 곳에 오현스님의 축음기 들려주는 소리 자박자박 들리고 만해스님의 침묵소리조차 아득한 바다로부터 들려오나니. 비로소 나에게는 '세상소리 잘 보아라'로 읽힌다. 다만 알아차림하고 있을 뿐! 오직 침묵할 일이로다.

제 **6** 부

―

사
족
(蛇
足
)

| 스님의 말없는 말 |

나는 본시 천하 게으름뱅이였다. 예닐곱 살 때 서당에 보내졌으나 개울가에서 소금쟁이와 노느라고 하루해가 짧았고, 철이 조금 들어 절간의 소머슴이 되었으나 소가 남의 밭에 들어가 일 년 농사를 다 망쳐 놓건 말건 숲 속의 너럭바위에 벌렁 누워 콧구멍이 누긋누긋하게 잠자는 것이 일이었다.

그랬으니 한 절에 오래 붙어 있지를 못했다. 이 절에서 쫓겨나면 저 절로 갔고, 거기서 쫓겨나면 또 다른 절을 찾아 나섰는데, 어느 사이 절집 안에서 '그 놈은 천하의 게으름뱅이'라는 사발통문이 돌아 결국 소 머슴살이를 할 절도 없게 되었다.

그토록 게을러빠진 놈이 어떻게 중이 되었는지 그것은 나도 모르겠다. 좌우지간 그런 놈이 중이 되었으니 강당이나 선방의 명사(明師)를 찾아가 공부를 해야겠다는 발심이 일어날 리가 만무했다. 어느 때는 산에 살고 있는 자신이 우스워 시중에 나가 잡배들과 어울렸고, 어느 때는 잡배가 된 자신을 보고 놀라 백운유수(白雲流水)에 발을 담그고 '일없이 한가한 사람(無事大閑人)' 흉내를 내기도 하였다.

돌이켜보면 사내로 태어나 평생을 그렇게 허송했으니 중이라고 할 수도 없다. 오늘 망북촌(望北村)의 영마루에 올라 내가 나를 바라보니 어느덧 몸은 뉘엿뉘엿한 해가 되었고, 생각은 구부러진 등골뼈로 다 드러나고 말았다.

생각하면 조금은 슬프다. 누구는 약관에 '앉아서 천하 사람의 혀끝을 끊어 버렸다(坐斷天下人舌頭)'고 하는데 장발(杖鉢)을 지닌 덕에 산수간

(山水間)에서 공양까지 받고도 불은(佛恩)에 답하지 못했으니 남은 것은 백랑도천(白浪滔天)의 비탄뿐이다. 그러나 이제는 비탄으로 살 인생도 세월도 내게는 없다. 남은 일은 그저 죽는 것이나 기다릴 뿐이다.

이렇게 죽을 일만 남은 사람이 종문(宗門) 최고의 선서(禪書)로 일컫는 〈벽암록〉에 무슨 달아야 할 사족이 있다고 사족을 단다. 참으로 말도 안 되는 수작이다. 죽으려면 곱게 죽지. 죽을 일을 저지르다니 이 술 찌게미나 먹고 취하는 당주조한(噇酒糟漢)같은 놈! 백주에 장형(杖刑)을 당해도 할 말이 없다.

굳이 변명을 한다면 그러니까 3년 전,내가 죽을 곳을 찾아 내설악 무금선원에 와서 어영부영 죽을 날만 기다리고 지내는데 어느 날 중노릇을 하다가 그만두고 속가로 나가 출판사에서 밥벌이를 하는 사제가 인사차 찾아온 일이 있었다. 그 때 무슨 말끝에 〈벽암록〉 이야기가 나왔고, 그가 허장성세(虛張聲勢)로 살아온 나의 허영을 집적거려 추어주는 바람에, 얼떨결에 내가 한 번 풀어쓰기로 넨장맞을 약속부터 드립다고 하고 말았다.

그 사제의 주문은 〈벽암록〉의 오묘한 뜻을, 말하자면 나무가 꽃을 피우고 열매를 맺고, 열매가 맛 들어서 몸에 자양이 되고, 또 몸의 자양이 우로(雨露)가 되기까지를 다 밝히고, 그 나무를 켜 '곧은 결'에서부터 '점박이 결'까지 다 나타나게 해 달라는 것이었다. 허나 솔직히 말해 나는 나무에 꽃이 피는 과정도 모른다.

다만 내가 한때 음력(吟力)도 없으면서 장구(章句)에 미친 일이 있었는데, 그 때 이 책에서 장구를 훔친 도벽(盜癖)을 살려 감상을 덧붙여 말미에 달기로 했다. 그러니까 이것은 본격적인 평창(評唱)이나 착어(着語)가 아니라 단순한 독후감이다. 과일 맛은 알 수 없으니 모양만 보고 느낀 대로 그려보기고 한 것이다.

하지만 한 해 겨울 한 해 여름, 두 철을 무금선원 골방에서 징역살이를 하며 끙끙거리다가 생각하니 내가 사람이 아니라 목욕한 원숭이가 갓을 쓰고(목후이관 沐猴而冠) 조사의 얼굴에 똥칠을 하는 것(불조면도분 佛祖面塗糞)같았다. 심란해서 작업을 중단하고 있는데 그 원수 같은 사제가 또 헐레벌떡 찾아와 이름만 빌려 주면 나머지는 자기가 책임을 지겠다고 했다. 내 허명(虛名)도 장사가 되느냐고 물으니 고개를 끄떡였다. 나는 또 감명을 받고 탐재독화(貪財毒貨)의 장사중(賣僧)소리를 듣더라도 심사절로(尋思絶路)한 〈벽암록〉의 심심사(甚深事)를 팔아 돈을 좀 벌어들이기로 하였다.

평소 그의 명석한 두뇌를 믿는 터라 본문을 옮기면서 조금 거칠었다고 생각되는 부분, 독자의 이해를 돕기 위해서는 약간의 주석이 있어야겠다는 부분과 쓰다가만 독후감의 오자낙서(誤字落書)와 미진한 부분 등을 몽땅 그 사제에게 떠넘겼다. 훗날 이 책으로 내가 제방의 눈 밝은 납자들로부터 장형(杖刑)을 당할 때 그 사제가 어떤 얼굴을 하고 나를 바라보는지 그게 벌써부터 궁금하다.

이 책을 끝까지 읽는 독자는 알게 될 것이지만 나의 사족(蛇足)은 그야말로 아무짝에도 쓸데없는 '蛇足'에 불과하다. 독자들은 이 사족은 읽지 말고 원오(圜悟)의 수시(垂示)와 설두(雪竇)가 간추린 본칙(本則), 그리고 송(頌)에 주목해 주시기 바란다. 이 부분을 음미하면서 마음에 와 닿는 것이 있으면 천하 사람의 코를 꿰는(穿天下人鼻孔) 안목이 열릴 것이다.

이제 붓을 놓으며 이런저런 변명으로 부질없이 저지른 허물의 꼬리를 감추려고 하나 아무래도 자기 꾀에 자취를 남기는 영구예미(靈龜曳尾)의 신세를 면하기 어려울 거 같다. 차라리 눈 밝은 거북이 사냥꾼에게 내 목숨을 내놓는 바이다.

- 조오현 '蛇足'에 대한 변명', 벽암록 서문에서

　스님은 어려서 무당집에서 지내다가 여섯 살 때 경남 밀양 종남산 은선 암에 맡겨져 소머슴으로 살았다. 절에서 서당에 보내줘 천자문과 사자소 학과 명심보감 등을 배웠다. 그는 소금쟁이와 노는 데 한눈이 팔려 해가 지는 줄 모르고 있다가 맡은 일을 제대로 해내지 못했다고 한다. 어린 오 현은 꾸중을 듣고 가출을 해 도시로 나가 떡장수, 배달꾼, 막노동 등을 하 다가 절로 귀환했다. 그는 한 절에서 노스님을 시봉하는 시자를 했는데 그 절이 너무 가난해 매일 탁발을 해 끼니를 해결했다.

　어느 날, 탁발을 나간 그는 한 집 앞에서 반야심경을 두 번이나 외며 염 불을 했는데도 집주인이 내다보지도 않았다. 그 때 나병 환자부부가 구걸 을 하러 왔는데 집주인 아주머니가 나병환자들에게만 쌀을 주었다. 그 주 인은 나병환자에겐 한 됫박의 쌀을 주면서도 그에겐 방아도 찧지 않은 겉 보리 한줌만을 주었다.

　이를 본 그는 '부처님보다 나병환자가 더 낫구나!' 라고 느꼈다고 한다. 그래서 나병환자를 따라가 같이 살게 해달라고 간청한다. 그러나 그들 부 부는 거절한다. 하지만 조오현은 끈질기게 그 부부들을 설득해서 먹고, 자고, 구걸하면서 그들과 반년동안 움집에서 함께 산다. 그는 그들 부부 의 따뜻함과 배려심으로 전에 느끼지 못한 평화를 누렸다고 한다. 알고 보니 그 남자 나병환자는 대학을 졸업한 지식인이었다. 문학도 좋아하고, 시도 썼다.

　그는 조오현에게 많은 것을 가르쳐 주었다. 세계 명작 책을 구해 가져 다주며 명작의 줄거리를 들려주며 감상담을 나누기도 했다. 헤르만헤세의 〈싯다르타〉를 읽은 것도 그 때였다. 그 나병환자는 기인 같은 구석이 있었던 모양이다. 그는 스님에게 자기 아내의 젖을 빨아라 하고는, 그렇게 하면 이를 보고 빙그레 웃었다고 한다.

그런 어느 날 그들이 조오현에게 혼자서 읍내로 나가 구걸을 해 오라고 했다. 혼자서는 구걸을 시키지 않았던 분들이라 그는 이상하다고 생각했지만 시키는 대로 구걸을 해서 움집으로 돌아왔다. 그런데 그들은 보이지 않았고, 잘 지내라는 당부 편지만 있었다. 그는 그 나병환자를 잊지 못해 여기 저기 수소문해 가며 전라도 해남까지 갔지만, 다시 만나지 못했다고 한다. 그는 이후 다시 출가한다. 이번에야말로 스스로 승려의 길을 택한 발심 출가다. 그는 당시 은사였던 밀양 성천사 인월스님이 들려준 이야기를 〈무문관〉에서 언급했다. 스님은 도반인 조계종 전계대화상 성우스님의 소개로 해인사에 와서 조계종 전종정인 고암스님에게 수계를 받아 승려인증을 받는다.

스님이 대처승의 상좌여서 승려로서 제대로 길을 가지 못할 것을 염려한 성우스님은 수계를 받은 스님을 해인사 강원에 넣으려 했는데, 그 때도 남의 눈치를 살피지 않고 태연하게 절에서 담배를 피는 바람에 쫓겨나는 신세가 되었다고 한다. 1960년대 도반 조오현과 성우스님 등은 승려시인회를 결성해 시문학 활동을 했고, 스님은 '율' 이라는 시동인으로도 활동한다. 그러므로 30대 중반부터 이미 시를 써온 셈이다. 그러니 그가 '아무도 알아주는 사람이 없어서 시인이 됐다' 고 한 것은 사실이 아닌 셈이다.

당시 성우스님은 스님의 열반 뒤 조오현의 단면을 알 수 있는 일화를 소개한 바 있다. 한 번은 청도 신둔사라는 절의 객실에서 하룻밤 함께 묵은 적이 있는데 그날 밤 신둔사에 강도가 들었다. 한창 자고 있을 때 복면을 쓴 강도가 들어와 턱밑에 칼을 들이밀고 가진 것을 다 내놓으라고 했다. 혼비백산한 성우스님은 벌벌 떨며 걸망 속까지 열어 보이며 가져갈 것 있으면 다 가져가라 했다. 그러나 오현스님은 아무것도 가진 것이 없으니 죽일 테면 죽이고, 살릴 테면 살리라고 배짱을 부렸다고 한다. 강도는 어이가 없었는지 눈만 한 번 부라리다가 나갔다.

성우스님은 이때 오현스님에 대해 '이 사람은 어떤 두려움도 없이 자기만의 길을 갈 사람'임을 간파했다고 한다. 아마도 좌고우면하지 않고 무소의 뿔처럼 자신의 길을 갈 수 있는 담대한 성정은 타고난 것이기도 하고, 어린 시절부터 간난신고를 겪으면서 다져진 것이기도 할 것이다.

스님은 해인사에서 쫓겨난 뒤 삼랑진 금오산 약수암에서 6년간 정진하며 상당한 체험을 했지만, 그는 어떤 불교적 체험을 통해서보다는 간난신고의 고해바다를 건너며, 삶의 이치를 체득한 것으로 보인다. 그는 내게 "어느 순간 세상 이치가 훤해져 버렸다"고 했다.

어려서 어머니를 떠나 절집에 맡겨졌던 그에게서 오세암동자의 모습이 떠오르곤 한다. 아무도 없는 깊고 깊은 겨울 설악산 암자에서 불모 관세음보살에 의지해 모진 겨울을 난 어린 동자의 애닲은 그리움 같은 것이다. 인간은 어려서 모정이 결핍되면 사람을 믿기 어렵게 되고, 그 분리불안의 공포를 떨치기 어렵다는 것이 심리학자들의 분석이다.

스님도 그 그리움과 짙은 애수가 골수에 맺혀 시로 터져 나왔다. 그러나 그는 그 응어리에 걸려 있지만 않았다. 오히려 그는 그 자신이 어머니 같은 자애로운 보살이 되었다. 칼로 베어내는 듯한 파도가 스쳐간 상처를 진주로 토해낸 조개처럼.

스님은 "생모가 90세가 넘어 백담사로 찾아왔는데 만나지 않았다"고 했다. 그러나 그 어머니가 세상을 뜨자 고향 읍내 여관을 잡아 묵으며 자기식 이별을 고했고, 끝내 상가엔 가지 않았던 것으로 알려진다.

"불가에서 '마지막 무애도인'으로 존경받으셨던 신흥사와 백담사 조실 오현스님의 입적 소식을 들었습니다." "저는 그의 한글 선시가 너무 좋아서 2016년 2월 4일 '아득한 성자'와 '인천만 낙조'라는 시 두 편을 페이스북에 올린 적이 있습니다."

"이제야 털어놓자면 스님께선 서울 나들이 때 저를 한 번씩 불러 막걸리 잔을 건네주시기도 하고 시자 몰래 슬쩍슬쩍 주머니에 용돈을 찔러주시기도 했습니다."

"물론 묵직한 '화두'도 하나씩 주셨습니다."

"언제 청와대 구경도 시켜드리고, 이제는 제가 막걸리도 드리고 용돈도 한 번 드려야지 했는데 그럴 수가 없게 됐습니다."

"얼마 전에 스님께서 옛날 일을 잊지 않고 '아득한 성자' 시집을 인편에 보내오셨기에 아직 시간이 있을 줄로 알았는데, 스님의 입적 소식에 '아뿔싸!' 탄식이 절로 나왔습니다."

"스님은 제가 만나 뵐 때마다 늘 막걸리잔과 함께였는데 그것도 그럴듯한 사발이 아니라 언제나 일회용 종이컵이었습니다."

"살아계실 때도 생사를 초탈하셨던 분이었으니 '허허' 하시며 훌훌 떠나셨을 스님께 막걸리 한 잔 올립니다."

2018.5.27. 문재인이라고 쓴 대통령의 추모 SNS글도 추억담으로 남았다. 이렇듯 민초에서부터 대통령에 이르기까지 생사를 초탈하셨던 분으로 이구동성으로 추념한다. '천방지축 허장성세'로 살아온 것을 뉘우치고 그래서 짐승이 되어 가셨다는데 참 솔직하신 스님들이다"라고 말한 어느 성직자의 말에 말문을 막는 말에 다름 아니었다. 행여 그들이 말문을 연다면 거기에 스님의 생전 육성을 덧대어 보면 어떨까? "선원이나 토굴에서 참선만하며 심산유곡에서 차담과 도화를 즐기며 고담준론과 선문답으로 지내며 무소유의 삶을 살았다고 해서 깨달음의 삶을 산 것이 결코 아니다"고 말했다. 그러면서 "화두를 타파하면 부처가 된다고 하는데 부처가 왜 존재하느냐"고 되묻는다. 이토록 천방지축 말을 해도 알아듣지도 못할 세상이라니 '억' 하는 할(喝)이라도 내뱉어야 할 판이 되고 만다. 생사를 관통하는 말씀을 남기고 가셨음을 여실히 증명한 것에 다름 아니나 어쩌면 알아듣지도 그리하지 않을는지도 모를 일이다.

| 군더더기 |

파도 끝자락에 빛나는 본지풍광(本地風光)

신축년 새해를 맞았다. 경자년 봄, 여름 그리고 가을, 겨울 합본호에 이르기까지 해를 넘겨 '論, 아득한 성자'를 연속 집필했다. 오현스님의 열반게송으로 시작된 이 작은 시도는 다행히 불교문학이란 생명존중의 문학이라는 논의의 새로운 계기가 되었다. 그 의미는 문학전반으로 이어지기를 소망하고 있음이라. 힘든 세상살이에 생명존중에 기반한 자비실천과 대동(大同)인식 확산 그 중심에 (불교)문학이 오롯이 서야 한다는 주장을 다시금 펼치기도 했다. 그 논의가 의미심장, 확장되어 나가면 나갈수록 그 언설에 책임, 이를 뒷받침하기 위해서는 어떻게 던 개입해야만 했다. 그동안 해오던 작업이 지속가능 이어져야 했다. 현실 참여적 불교사상과 오늘날 문학이 공유한 정신사적 궤적, 그 깊이를 헤아렸다.

'論, 아득한 성자'로 시작된 오현스님 글은 3부로 한국불교문학 연재를 마쳤다. 끝맺음은 또 다른 시작이런가? 설악무산, 오현의 선시 배경에 '세상의 바다'라 할 만한 만해스님이 일렁이고 있다는 생각을 했다. 바다는 바람을 만나 춤을 추고 어떤 때는 태풍에 성난 파도가 되어 세상을 때렸다. 바다는 오늘도 일렁이고 있다. 필자가 아득한 바다라고 부르는 만해는 파도끝자락에 빛나는 본지풍광(本地風光)에 다름 아니리라.

*본지풍광이란 모든 사람에게 본래부터 갖추어져 있는 원만하고 진실한 면모를 가리키는 불교용어로 본분사·본분전지·본래면목이라 하기도 한다. (한국학 중앙연구원, 한국민속문화대백과사전 참조.)

바다(海)란 말은 비유에 의거해서 법을 설한 것이니 所言海者 寄喩顯法(소언해자 기유현법)

간추려 말한다면 바다란 네 가지의 뜻이 있다. 略而說之 海有四義(약이설지 해유사의)

첫째는 깊고 깊다는 뜻이 있으며, 一者甚深(일자심심)
둘째는 넓고 크다는 뜻이 있으며, 二者廣大(이자광대)
셋째는 온갖 보배로운 것들이 무궁하게 있다는 뜻이며, 三者百寶無窮(삼자백보무궁)
넷째는 온갖 형상의 그림자를 나타낸다는 뜻이 있다. 四者萬像影現(사자만상영현)

진여의 큰 바다도 마땅히 또한 그러하다는 것을 알아야 한다.
眞如大海 當知亦爾(진여대해 당지역이)
온갖 그릇된 것을 영원히 단절하고, 만물을 포용하며
永絶百非故 苞容萬物故(영절백비고 포용만물고)
모든 덕성을 구비하지 않음이 없으며, 無德不備故(무덕불비고)
모든 형상이 나타나지 않음이 없기 때문에 법성진여해라고 말한 것이다.
無像不現故 故言法性眞如海也(무상불현고 고언법성진여해야)

〈화엄경〉에서 말한 바대로 비유하자면 깊고 큰 바다에는 진귀한 보물이 다함이 없으며,
如華嚴經言 譬如深大海 珍寶不可盡 歎法寶竟(여화엄경언 비여심대해 진보불가진 탄법보경)

그 가운데 모든 것이 다 나타난 바와 같이 於中悉顯現(어중실현현)

중생들의 형태와 여러 종류의 모습이 모두 나타나는 것과 같다. 衆生
形類像(중생형류상)

깊고 깊은 인연의 바다에는 공덕의 보물이 다함이 없으며,

甚深因緣海功德寶無盡(심심인연해공덕보무진)

청정한 법신 안에 그 형상이 나타나지 않음이 없는 것이다.

淸淨法身中 無像而不現故(청정법신중 무상이불현고)

– 〈원효성사, '대승기신론소'〉중에서

진여의 큰 바다도 또한 그러함을 알아야 할 것이니, 왜냐하면 모든 잘
못을 영원히 끊어내기 때문이며, 만물을 포용하고 있기 때문이고, 갖추지
않은 덕이 없기 때문이며, 나타내지 않은 형상이 없기 때문이다. 그리하
여 법성진여해(法性眞如海)라고 말하니, 이는 화엄경이 이르기를 '비유
하면 깊은 대해(大海)에 진귀한 보배가 한이 없으며, 그 중에 중생의 형류
상(形類相)을 모두 나타내는 것과 같이, 매우 깊은 인연 바다에 공덕의 보
배가 한이 없으니, 청정한 법신 중에 어떤 형상이든 나타내지 않음이 없
기 때문이다. 아득하기만 한 바다다.

각설하고 만해스님이 바다와 같은 진리를 주창함에 따라 저항담론의
중심에 있던 불교사상이 세상 좌우변 양극단을 흔들었다. 그 중도의 도리
로 근대화의 대립과 갈등을 극복해 가는 원리로 작동해 왔던 것이라 하겠
다. 오늘날에 이르러 볼 때에도 상생과 화해의 중심에 자리하고 있다고
생각했음이다. 어느새 불교사상에 기반하여 만해의 정신을 계승하고 그
원리가 이를 현현하려는 노력을 계속 해나가려는 어떤 시도도 있음을 엿
보았다. "새 希望의 정수박이에 드러 부엇습니다"고 하는 바로 이 모습처
럼….

아직도 많은 사람들이 즐겨 읽고 외우는 만해의 대표작《님의 침묵》은

과거 시의 답습된 전통을 넘어 새로운 경지를 열었다. 오현스님의 시조 또한 한국문학사 최초로 시조시 형식에 선시를 도입한 선구이며, 본격적으로 한글로 선시를 구가한 시승으로 평가하고 있음을 볼 때 문학적 일맥을 꿴 것으로 보아 상통하고 있다는 데에 하등 이견이 없다.

오현스님은 깊은 침묵 끝에 정신적 스승 만해(萬海) 한용운의 민족자주정신, 불교의 현실참여 정신 및 문학사적 업적을 오늘에 되살리기로 마음먹었던 것이다. 마침내 2002년 7월 29일 '만해사상실천선양회'를 결성함으로서 그 기치를 들게 된다. 그동안 오현스님이 추앙해 온 만해, 가장 영향을 많이 받은 것으로 알려진 만해사상의 전승자가 된다. 그리하여 오현스님은 만해 한용운을 시인, 선사, 민족지도자로 오늘에 그를 되살렸음은 물론이다. 교과서에 갇힌 역사 속 형해화 된 만해는 물론이요 '님의 침묵', '알 수 없어요'란 정녕 알 수 없는 화두조차 세상 밖 활구로 이끌어 낸 장본인이기도 하다. 비로소 만해의 진면목이 드러나게 된 것이다.

나아가 '그 정신을 연구하고 기림으로써 민족문화창달을 도모하고자 한다'는 것을 이 단체의 취지로 세상에 천명했다. 대한민국 헌법 제9조를 살피면 '국가는 전통문화의 계승·발전과 민족문화의 창달에 노력하여야한다'는 규정에 따라 명실상부 만해사상을 기반으로 문화국가 원리를 충실하게 이행해나가는 미래지향적 단체로 자리매김 되고 있다.(김태진 공저, 《헌법스케치》 세종출판사 1997) 나아가 강원도 인제군 북면 용대리 일대에는 '만해마을'을 조성하여 만해를 정주시켰다. 그리하여 아득한 바다, 만해가 비로소 세상에 일렁이게 된 것이리라.

| 오현스님 연보 |

수계
1958년 문성준 스님께 득도
1959년 직지사에서 문성준 스님을 계사로 사미계수지
1968년 범어사에서 유석암 스님을 계사로 보살계수지
1968년 범어사에서 유석암 스님을 계사로 비구계수지

약력
1932년 경남 밀양 출생
1937년 절간 소 머슴으로 밀양 은선암에 입산
1958년 속초 땅에서 낙지, 성준스님을 만나 염의 삭발
1959년 종계종 승려가 된 후 밀양 약수암, 청도 신둔사, 김천 계림사, 구미 해운사, 속리
산 법주사 등에서 만행, 수도
1972년 해운사 주지
1977년 대한불교 조계종 총무원 교육국장
1977년 대한불교 조계종 제 3교구 본사 설악산 신흥사 주지.
불교신문사 편집국장, 주필 역임
춘천불교방송 사장 역임

문단이력
1968년 『시조문학』으로 등단. 현대시조문학상, 가람문학상, 남명문학상, 정지용문학상
등을 수상. 1987년 「불교신문」 주필, 1977년 불교신문사 논설위원.
2013년 제13회 고산문학대상 시조부문 수상자(수상시조집《우리 동네, 적멸을 위하여》)

기타
서울신문 신춘문예 심사위원 역임
가람시조문학상, 현대시조문학상, 남명문학상 본상
정지용문학상, 서훈으로 대한민국 동백장 수훈
대한불교 조계종 제3교구(본사 신흥사) 회주
대한불교 조계종 종립학교 관리위원장
한국 · 몽고 친선교류협의회 자문위원
만해사상실천선양회 이사장 등 역임
신흥사 회주로 내설악 백담사 무금선원 무문관 수행

※2018년 5월 26일 오후 5시 11분 강원도 속초 신흥사에서 입적(승랍 60년, 세수 87세)

승속이 함께하는 스님의 행장을 선양하는 첫걸음을 내디딥니다.
남기신 크신 뜻을 펼치고 많은 분들이 뒤따르게 되었으면 합니다.
소장하신 스님 사진 · 기록 등을 찾고 있습니다.
그 길에 동참해 주실 것을 권면드립니다.

— 한국불교문인협회 편집위원회

• E-mail : ktj3104@naver.com   • Mobile : 010-6665-3104

論, 아득한 성자

•

지은이 / 김태진
발행인 / 김영란
발행처 / **한누리미디어**
디자인 / 지선숙

08303, 서울시 구로구 구로중앙로18길 40, 2층(구로동)
전화 / (02)379-4514, 379-4519
Fax / (02)379-4516
E-mail/hannury2003@hanmail.net

•

신고번호 / 제 25100-2016-000025호
신고연월일 / 2016. 4. 11
등록일 / 1993. 11. 4

•

초판발행일 / 2021년 5월 23일

•

ⓒ 2021 김태진 Printed in KOREA

값 20,000원

•

•

ISBN 978-89-7969-838-1 03810